WO NERVEN ENDEN

TUCKER SPRINGS 1

L.A. WITT

Übersetzt von
JUTTA E. REITBAUER

Copyright Information

Where Nerves End (*Tucker Springs* 1)

Deutsche Ausgabe der vierten englischen Auflage

Copyright © 2012, 2014, 2018, 2019 L.A. Witt

Erste Auflage veröffentlicht von Amber Quill Press, 2012-2014

Zweite Auflage veröffentlicht von Riptide Publishing, 2014-2018

Dritte Auflage veröffentlicht von Dreamspinner Press, 2018-2019

Übersetzung von Jutta E. Reitbauer

Cover Art von Reese Dante

eBook ISBN: 978-1-64230-159-5

Paperback ISBN: 978-1-64230-167-0

❀ Erstellt mit Vellum

WO NERVEN ENDEN

Willkommen in Tucker Springs, Colorado. Einwohner: siebzig-irgendwas-tausend. Hier gibt es eine grandiose Aussicht auf Berge, zwei angesehene Universitäten und lächerlich hohe Lebenshaltungskosten.

Jason Davis kommt mit einer Trennung zurecht. Und mit einer erdrückenden Hypothek. Und einem angeschlagenen Unternehmen. Und den unerträglichen Schmerzen, die ihn nachts wegen einer Schulterverletzung wach halten. Aber mit all dem gleichzeitig? Nein, nicht wirklich. Als seine Schulter ihn schließlich an den Rand des Zusammenbruchs treibt, nimmt er den Rat eines Freundes an und versucht es mit Akupunktur.

Akupunkteur Michael Whitman ist alleinerziehender Vater und hat größte Probleme, über die Runden zu kommen. Als ein gemeinsamer Freund ihm Jason als Patienten empfiehlt und Jason eine Wohngemeinschaft vorschlägt, um ihre jeweilige finanzielle Bürde zu lindern, packt Michael die günstige Gelegenheit beim Schopf.

Ihr Zusammenleben sollte einfach sein, und das wäre es auch, wenn sich Jason nicht unbestreitbar zu seinem neuen

Mitbewohner hingezogen fühlen würde. Die Versuchung, diesen Gefühlen nachzugeben, ist groß, aber Michael ist hetero.

Zumindest behauptet das ihr gemeinsamer Freund ...

Dieses Buch ist der erste Band der Tucker-Springs-Reihe und kann als eigenständiger Roman gelesen werden.

DANKSAGUNG

Mein Dank gilt Marie Sexton, die mich an jenem Wochenende ertrug, als ich mir das Handgelenk verstaucht hatte und beschloss, für ein paar Tage aus Nebraska zu fliehen, was uns die Möglichkeit gab, uns das auszudenken, was schließlich Tucker Springs werden sollte.

Außerdem danke ich Dr. B. und Dr. J. für alles, was sie mir über Akupunktur beigebracht haben, sowohl dadurch, dass ich sie ausfragen durfte, als auch durch meine eigenen Behandlungen.

Dieses Buch gäbe es nicht ohne alles, was ich von euch beiden gelernt habe.

KAPITEL 1

Eine Nacht ohne Schmerzen schien nicht zu viel verlangt zu sein. Nur acht gottverdammte Stunden ununterbrochener Bewusstlosigkeit. Keine extrem heißen Duschen um viertel nach drei. Keine Übelkeit, die ich lange genug unterdrücken musste, um ein paar Pillen zu schlucken. Kein Aufwachen in der Überzeugung, von einem Lkw überfahren worden zu sein.

Nur. Eine. Nacht.

Entweder war es wirklich zu viel verlangt oder ich hatte die falsche Gottheit darum gebeten, denn ich war wieder wach. Und heute Nacht war der Schmerz *unerträglich*.

Eine weißglühende Klinge, die von meinem linken Schlüsselbein bis zur Rückseite meiner Schulter reichte, hatte mich aus dem Halbschlaf gerissen. Egal, wie oft das passierte, es ließ mich jedes Mal aufschrecken und trieb mir immer Tränen in die Augen.

Ich unterdrückte ein paar Flüche, befreite mich behutsam von Kyles – Kevins? – Armen und setzte mich bedächtig auf. Sobald ich mich in aufrechter Position befand, atmete ich ein paar Mal langsam und tief ein, bis der Schmerz so weit nachließ, dass ich meinen Blick fokussieren konnte.

Der Wecker zeigte kurz nach fünf an, was bedeutete, dass ich weniger als eine Stunde geschlafen hatte. Das war einfach nur grausam.

Ich brauchte eine heiße Dusche. Ich stand auf, bewegte mich vorsichtig und leise, um ... wie auch immer er hieß nicht zu wecken.

Unter der Dusche schloss ich die Augen, während das Wasser – so heiß, wie ich es ertragen konnte – auf meine Schulter prasselte. Mein Arzt bestand auf Eis anstelle von Wärme, aber scheiß drauf. Eis machte die Krämpfe schlimmer.

Nach guten zehn Minuten unter dem heißen Wasser ließ der Schmerz ein wenig nach. Ich versuchte, mich mit dieser kleinen Erleichterung zu trösten, aber ich wusste es besser. Sobald ich aus der Dusche trat, würde der Schmerz zurückkehren und unsichtbare Zähne in meine linke Schulter graben.

Langsam ließ ich einen Atemzug entweichen und konzentrierte mich auf meinen Plan. Sobald das Wasser abgedreht war, würde ich weniger als fünf Minuten Zeit haben, um nach unten zu laufen, etwas zu essen und ein Schmerzmittel zu nehmen. Wenn es länger dauerte, hätten die Krämpfe die Gelegenheit wiederzukommen, bevor ich sie abfangen konnte. Solange ich es in dieser Zeit schaffte, hatte ich eine geringe Chance, etwas Schlaf zu bekommen.

Zumindest theoretisch.

Sich abzurubbeln war mit einer kaputten Schulter nie eine angenehme Angelegenheit. Ich trocknete mich so weit ab, dass ich nicht den ganzen Boden volltropfte – auszurutschen und auf dem Hintern zu landen wäre nicht gerade hilfreich.

Ich hoffte nur inständig, dass ich es bis zu den Medikamenten schaffen würde, bevor die Krämpfe zurückkehrten, zumal es manchmal so wehtat, dass mir übel wurde. Das erschwerte den ganzen „ein paar Bissen essen und eine Pille nehmen" Teil der Gleichung.

Ich wickelte das Handtuch um meine Taille und ging nach unten. In der Küche schaltete ich das Licht über dem Herd ein. Ich war kein Freund von Fertiggerichten, aber ich hatte Sachen wie Bagels immer auf Vorrat für den Fall, dass ich eine Schmerztablette nehmen musste. Etwas Schnelles, das nicht die Übelkeit verschlechterte, die in den schlimmsten Nächten auftrat. In Nächten wie diesen.

Ich hätte ja alles oben aufbewahrt, zusammen mit den Schmerzmitteln, aber ich hatte mir eingeredet, dass es besser war, wenn ich komplett aufwachen und den ganzen Weg nach unten in die Küche gehen müsste, anstatt im Halbschlaf eine Pille zu schlucken, denn so würde ich die Tabletten nur dann nehmen, wenn es absolut nötig war.

Theoretisch.

Ich entschied mich für einen halben Bagel, und während ich ihn langsam aß, starrte ich auf das Pillendöschen, so wie jedes Mal, wenn das passierte.

Ist es heute Abend wirklich schlimm genug, Jason?

Kannst du es wegstecken und einschlafen?

Brauchst du das wirklich?

Ich rollte meine Schulter und die Bewegung ritzte leuchtend rote Linien entlang meines Schlüsselbeins und durch die Muskeln. Meine Augen brannten und ein paar Sekunden lang konnte ich nicht einmal atmen. Ja, ich brauchte die Pille.

Ich schluckte sie. In ein paar Minuten würde ich wieder ins Bett gehen und mit etwas Glück würde die Wirkung des Medikaments vor Sonnenaufgang einsetzen.

Hoffentlich würde es den Schmerz wenigstens dämpfen; ich nahm das Zeug schon so lange, dass ich eine Toleranz aufbaute und es jedes Mal weniger half. Mein Arzt hatte eine höhere Dosis oder ein stärkeres Narkotikum vorgeschlagen, aber ich hatte mich geweigert. Ich war bereits abhängig genug.

Seufzend stützte ich meine Hände auf die Anrichte, legte langsam den Kopf schief und versuchte, die Muskeln über meinem Schulterblatt zu dehnen. Nicht, dass es jemals geholfen hätte, aber das hielt mich nicht davon ab, es weiter zu versuchen.

Es musste sich etwas ändern, abgesehen von meiner Schmerzmitteldosierung. Ich hatte ein Unternehmen zu führen, ein Leben zu leben. Schlafmangel und ein Überfluss an Schmerz beeinträchtigten jede verdammte Sache, vom Autofahren bis hin zu meiner traurigen Entschuldigung eines Sexlebens.

Ich schürzte die Lippen und warf einen Blick auf die Treppe, die zu meinem Schlafzimmer führte, wo Kevin – nein, ich war mir ziemlich sicher, dass er Kyle hieß – noch immer schlief. Nur einmal wäre es schön, mit jemandem Sex zu haben, ohne alles, was wir taten, dem Ziel zu unterwerfen, den Zustand meiner Schulter nicht zu verschlimmern. Nichts verdarb die Stimmung mehr oder nahm einem Orgasmus den Glanz wie heftige, unerbittliche Schmerzen. Ich konnte nicht einmal mehr rauen Sex genießen, weil ich mir die ganze Zeit Sorgen machte, dass unser Streben nach gutem Schmerz den nicht so guten Schmerz auslösen könnte. Sex war nicht besonders reizvoll, wenn dies das Endergebnis war.

Aber Kyle hatte mir diesen Blick zugeworfen, als ich mich gestern Nacht darauf vorbereitete, den Club zu schließen, und ich hatte nicht lange gebraucht, um zu entscheiden *Ach, was soll's?* Er war süß, er war aggressiv und er war ein verdammt guter Küsser. Wenn ich ihn über der Musik hören konnte, hatte er mir die *schmutzigsten* Dinge ins Ohr geflüstert. Eine aufreizende Hand auf der Vorderseite meiner Hose und ich hatte aufgehört, mir das ausreden zu wollen.

Ich rieb mir die Schulter und betete im Stillen darum, dass sich die Krämpfe nicht in meinen Nacken oder auf meinem Rücken ausbreiteten, bevor die Medikamente anschlugen.

Das musste aufhören. Ich konnte so nicht leben.

„Weißt du", hallte die Stimme meines Freundes Seth in meinem Kopf wider, „ich sage dir immer wieder –"

„Ich verzichte auf Akupunktur. Wenn ich schon Geld ausgebe, dann lieber für etwas, das wirklich hilft, verstehst du?"

„Wie du willst", hatte er achselzuckend gesagt und sich wieder an die Arbeit an meinem Tattoo gemacht. „Aber wenn du es dir anders überlegst, ruf mich an und ich vermittle dir jemanden, der dir helfen kann."

In der Stille meiner Küche schloss ich die Augen und knetete meinen Nacken, während die Steifheit nach oben kroch. Zum ersten Mal war ich wirklich in Versuchung, von Seth diese Telefonnummer zu erfragen.

Aber dann war da noch das Geld. All die sich verschlimmernden finanziellen Probleme, die mich wach hielten, wenn meine Schulter es nicht tat. Die Dinge waren außer Kontrolle geraten, seit ich letztes Jahr meinen Geschäftspartner verloren hatte, und es war nicht besser geworden, als Wes auszog und seine Hälfte der Hypothekenzahlung mitnahm. Ironischerweise waren meine unablässigen Schmerzen einer der Auslöser für unsere Trennung gewesen, und diese Trennung hatte weitere Probleme geschaffen, die mich so sehr stressten, dass sich meine Schulter verschlimmerte. Wenn Ironie ein Schmerzmittel wäre, hätte ich nicht dieses verdammte Dauerrezept für Percocet.

Die Muskeln verkrampften sich noch mehr. Die Anspannung kletterte höher, bewegte sich auf meinen Haaransatz zu und bahnte sich ihren Weg auf die andere Seite meines Nackens. Steifheit schlängelte sich um meine Wirbelsäule und zog sich bis zur Mitte meines Rückens hinunter. Je mehr ich mir Sorgen machte, desto mehr tat es weh. Je mehr es wehtat, desto mehr Sorgen machte ich mir.

Zum Teufel damit. Morgen würde ich mir die Nummer von Seth geben lassen. Ich konnte es mir wirklich nicht leisten, aber egal. Vielleicht würde die Akupunktur ja helfen.

Ich betete zu jedem, der mir zuhörte, dass es so sein würde.

Dank der Gnade Gottes und Kaffees war ich am nächsten Morgen in der Lage, sicher zu fahren. Cameron, wie er wirklich hieß, wohnte auf der anderen Seite der Stadt, und da ich ohnehin in diese Richtung unterwegs war, brachte ich ihn nach Hause.

Als mein Auto vor dem Gebäude mit seinem Apartment im Leerlauf stand, grinste er und sagte: „Ruf mich an, wenn du mal eine Wiederholung willst."

Ich erwiderte das Grinsen. „Darauf kannst du wetten."

Er machte keine Anstalten, mich zu küssen, zwinkerte mir nur zu und stieg aus dem Auto aus. Ich hatte noch nicht entschieden, ob ich ihn anrufen würde. Wahrscheinlich nicht. Im Bett war er sicherlich nicht schlecht, aber im Moment war ich nicht an mehr als einem One-Night-Stand interessiert. Eine Beziehung aufrechtzuerhalten war schwierig, wenn jemand anfing, „meine Schulter tut zu sehr weh" mit „ich habe Kopfschmerzen" gleichzusetzen. Gelegenheitssex mit Männern, deren Namen ich kaum kannte, war weniger stressig.

Nachdem ich Camerons Wohnung hinter mir gelassen hatte, fuhr ich auf einen anderen Parkplatz und wählte Seths Handynummer. Überraschung, Überraschung, mein Anruf ging direkt auf die Mailbox. Das bedeutete, dass er entweder an jemandem arbeitete oder jemanden vögelte. Wahrscheinlich Ersteres, denn samstags war in seinem Laden am meisten los.

Ich legte mein Handy auf den Beifahrersitz, bog auf die Hauptstraße ein und fuhr zum Light District. Das war das inoffizielle Schwulenviertel der Stadt. Seattle hatte Capitol Hill. San Francisco hatte den Castro District und Tucker Springs hatte den Light District.

Um zehn Uhr an einem Samstagmorgen war auf den Straßen noch nicht viel los. Sobald mehr Geschäfte und Bierlokale rund um den Platz mit Kopfsteinpflaster und in den schmalen Seitenstraßen geöffnet hatten, würde dieser Ort von Einheimischen und Touristen gleichermaßen bevölkert sein. Im Moment war er jedoch weitgehend menschenleer.

Hier, einen halben Häuserblock vom Touristenmagneten des Platzes und nicht weit von meinem Nachtclub entfernt, hatte Seth seinen Tattoo-Studio eingerichtet. Unter ein paar Loftwohnungen gelegen passte Ink Springs überraschend gut zur alten Backsteinfassade des New-Age-Ladens und des Bücher-Antiquariats links und rechts davon. Es war weit entfernt von einem dieser zwielichtigen, schmuddeligen Läden in den fragwürdigeren Teilen der Stadt, und Seth hatte sich für ein geschmackvolles Schild entschieden, das nicht wie das T-Shirt einer Rockband bei einer Abendveranstaltung mit schicker Garderobe herausstach.

Die Beleuchtung des *Offen*-Schilds im Fenster war ausgeschaltet, aber die Lichter im Laden waren an. Ich parkte zwischen Seths verbeultem roten Chevy S10 und einer grauen Limousine und ging dann zur Tür.

Sie war verschlossen, aber Seth sah von der Arbeit am Rücken eines Mannes auf, der mit dem Gesicht nach unten auf einem der schwarzen Ledertische lag. Seth nickte scharf und legte seine Tätowiermaschine zur Seite. Er sagte etwas zu seinem Kunden, dann kam er quer durch den Laden zum Eingang und zog sich im Gehen die Gummihandschuhe aus.

Er schob den Riegel beiseite und ließ mich herein. „Hey, Jason. Ich habe dich nicht erwartet."

„Tut mir leid, dich bei der Arbeit zu stören", sagte ich, als er die Tür hinter mir schloss. „Ich, äh, ich wollte dich etwas über deinen Akupunkteurfreund fragen."

Seths Augen weiteten sich. „Du willst ihn tatsächlich anrufen?"

„Ich ... vielleicht."

Er verzog das Gesicht. „Schlechte Nacht?"

„Sehr schlecht." Ich kaute auf meiner Lippe. „Du glaubst wirklich an das, was er tut?"

„Auf jeden Fall", sagte er ohne zu zögern. „Ich schwöre bei Gott, es ist –"

„Oh, *das* ist bedeutungsvoll, wenn es von einem Atheisten kommt."

Er lachte. „Was soll ich sagen? Aber ich schwöre, das Zeug wirkt wie ein verdammter Zauber. Mich macht es auch irre. Es sollte nicht funktionieren. Es ergibt überhaupt keinen Sinn, aber", er zuckte mit einer Schulter, „es funktioniert."

„Wirklich? Es scheint so ..."

Seth grinste. „Sag mir nicht, dass du Angst vor Nadeln hast."

„Das könnte ich vor dir doch nicht verheimlichen, oder?"

„Auf keinen Fall." Immerhin war er derjenige gewesen, dem ich vertraut hatte, eine viel erträglichere Variante des Schmerzes in meinen Oberarm zu stechen.

„Nein, es liegt nicht an den Nadeln. Ich verstehe nur nicht, wie das funktionieren soll."

„Ich weiß auch nicht, es bringt das Qi in die richtige Richtung oder ... ja, so was in der Art."

„Das Qi? Ernsthaft? Ausgerechnet du glaubst das?"

„Ich weiß nicht, ob ich das mit dem Qi glaube, aber irgendetwas daran funktioniert."

„Ich kann nicht glauben, dass dich tatsächlich jemand überzeugt hat, es überhaupt zu versuchen."

„Es hat eine Weile gedauert, glaub mir. Ich kannte Michael schon, bevor er auf die Hokuspokus-Schule ging, und er musste mich *trotzdem* zwei Jahre lang überreden, nachdem ich meinen Autounfall hatte." Seth deutete auf seinen Hals. „Hat einen gewaltigen Unterschied gemacht. Dieser Scheiß ist unglaublich."

„Und was hat dich schließlich umgestimmt? Hat er dir einen Stapel Studien von Experten gezeigt oder was?"

„Ehrlich?" Seth warf einen Blick auf seinen wartenden Kunden, dann wandte er sich wieder mir zu. „Ich hatte nach dem Unfall so höllische Schmerzen und nichts hat geholfen. Michael setzte sich mit mir zusammen und sagte mir, dass er es nicht ertragen könne, mich so leiden zu sehen, wenn er die Möglichkeit hat, mir zu helfen. Und dann sagte er, dass es im schlimmsten Fall nichts bringen würde, und im besten Fall würde ich wieder schlafen können."

Schlafen. Gott. *Schlafen.*

„In Ordnung. Du hast mich überzeugt." Ich deutete auf Seths Kunden. „Lass dich nicht von der Arbeit abhalten. Ich hole mir die Nummer, wenn du fertig bist."

„Den Teufel wirst du." Er nickte in Richtung des Schreibtisches hinter dem Tresen. „Mein Handy liegt neben dem Computer. Es ist ein technisch furchtbar kompliziertes Modell, aber ich bin sicher, dass du –"

„Halt die Klappe." Ich lachte unterdrückt.

Seth kehrte zu seinem Kunden zurück und zog sich ein Paar frische Handschuhe an. Als die Tätowiermaschine surrend wieder zum Leben erwachte, nahm ich das Handy von Seths Schreibtisch und schaltete es ein.

„Es ist als *Tucker Springs Acupuncture* gespeichert", sagte er, ohne von seiner Arbeit aufzusehen.

„Verstanden." Ich fand den Eintrag und schickte ihn von seinem Handy auf meins. „Danke, Mann."

„Jederzeit. Viel Glück."

KAPITEL 2

Ich rief am Montagnachmittag an und am Dienstagmorgen folgte ich den Anweisungen des Empfangsmitarbeiters quer durch die Stadt zu einem Einkaufszentrum, das nur ein paar Blocks vom Freeway entfernt lag. Es gab nichts Glaubwürdigeres für medizinisches Fachpersonal, als eine Praxis in einem Einkaufszentrum aufzumachen. Andererseits wusste ich nur zu gut, wie schwierig es war, einen Standort mit einem einigermaßen erschwinglichen Mietpreis und einer gewissen Sichtbarkeit zu finden. Aus diesem Grund befand sich mein Nachtclub in einem alten, umgebauten Lagerhaus auf der nicht so schönen Seite des Light District. Glashaus, Steine und so weiter.

Ich saß in meinem Auto, atmete tief durch und starrte auf die Praxis.

Auf dem Schild über dem Schaufenster stand *Tucker Springs Acupuncture* zwischen einem schwarz-weißen Yin und Yang und einem anderen Symbol, das ich nicht kannte. Seth hatte mich zwei Jahre lang dazu gedrängt, dies zu tun, und hochgradige Verzweiflung mitten in der Nacht hatte mich schließlich zum Nachgeben gebracht, aber jetzt war ich mir nicht mehr so sicher.

Aber ich war hier. Ich hatte einen Termin vereinbart und das Geld in meiner Brieftasche, das ich mir nicht leisten konnte auszugeben. Aber abgesehen vom Geld, was hatte ich schon zu verlieren? Es war ja nicht so, dass das Zeug gefährlich war oder so. Ich konnte mir nicht vorstellen, dass die winzigen, oberflächlichen Nadeln allzu viele Nebenwirkungen hatten, und ich konnte mir nicht vorstellen, dass ich danach süchtig wurde.

Ich schaute auf die Buchstaben und das Yin und Yang und die getönten Fenster darunter und erwartete im Stillen, dass sie sich rechtfertigten. Einen Beweis lieferten. Mir einen Grund gaben, warum ich durch diese reflektierende Glastür gehen sollte. Wenn es um alternative Medizin ging, war ich genauso skeptisch wie Seth gegenüber dem Leben im Allgemeinen. Ich hielt jede Behandlung nicht nur für Schlangenöl, sondern für die Schlange selbst. Im besten Fall Quacksalberei. Im schlimmsten Fall gefährlich. Und auf jeden Fall scheißteuer.

Aber nach den letzten paar Nächten war ich verzweifelt.

Auf dem Weg hinein blieb ich stehen, um das Schild im Fenster zu lesen. Es griff den Namen und das Yin und Yang darüber auf und listete in kleinerer Schrift die verschiedenen Beschwerden auf, die der Akupunkteur zu behandeln behauptete.

Unfruchtbarkeit.

Drogensucht.

Augenerkrankungen.

Asthma.

Und so weiter und weiter und weiter. Gott, das roch nach einem Verkäufer von Schlangenöl. *Eine Tinktur für*

jedes Leiden auf dieser Welt! Ein Wundermittel! Halleluja!
Das macht 79,99 Dollar, bitte – zahlbar in bar, per Scheck,
mit Kreditkarte oder durch Überlassung des Erstgeborenen.

Meine Schulter pochte unablässig und mir war leicht
schwindlig vom Schlafmangel und der zweiten Dosis
Schmerzmittel, die ich um viertel nach sechs Uhr morgens
genommen hatte.

Vielleicht war ich einfach nur verzweifelt, vielleicht
war ich so leichtgläubig wie der Rest der Welt, aber zwei
Worte auf dieser langen Liste zogen mich durch die Tür:
Chronische Schmerzen.

In der Praxis roch es seltsam nach ... Kräutern. Scharf,
vage vertraut und leicht verbrannt. Stark genug, dass ich es
nicht ignorieren konnte, aber nicht so übermächtig, dass mir
davon übel wurde. Vielleicht irrte ich mich, aber ich hätte
schwören können, dass ich ein bestimmtes Kraut roch, das
bis vor Kurzem noch nicht legal war, zumindest nicht ohne
eine von einer Behörde ausgestellte Erlaubnis und einen
zwingenden Grund.

Der Wartebereich unterschied sich nicht allzu sehr von
einer Arztpraxis, auch wenn er nicht so karg und steril
wirkte. Gerahmte Bilder von friedlichen Landschaften
säumten die dunkelgrüne Wand zwischen zwei Bücherrega-
len aus Mahagoni. Unter dem Tisch stand eine Kiste mit
buntem Plastikspielzeug und in einem metallenen Zeit-
schriftenständer lehnten ein paar abgegriffene Magazine.
Zwischen einer Buddha-Statue und mehreren Büchern
über chinesische Medizin befand sich ein plätschernder
Brunnen in einer Tonschale. Das Wasser lief über Kiesel-
steine und Jade-Imitate und obenauf stand ein Bäumchen,
das einem Bonsai ähnelte.

„Sie müssen Mr Davis sein."

Sofort erkannte ich die säuselnde Stimme des

Empfangsmitarbeiters und drehte den Kopf. Er war ein süßer Junge, wahrscheinlich ein College-Student. Hipster-Brille mit eckigen Gläsern, stylisch zerzaustes Haar mit aufgehellten Spitzen und ein *ganz klein wenig* extravagant. Ich fragte mich, ob er einer der Gründe war, warum Seth regelmäßig hierherkam. Dieser Junge war zu 100 Prozent sein Typ, bis hin zu der Bräune, die in Colorado um diese Jahreszeit nicht natürlich war.

„Ja", sagte ich. „Ich bin Jason Davis."

Er lächelte. „Überpünktlich. Dr. Whitman möchte, dass Sie das hier ausfüllen, so gut Sie können." Er gab mir einen Stift und ein Klemmbrett. „Und seien Sie ganz ehrlich, denn ..." Er gestikulierte mit einer Hand und seufzte dramatisch. „Er wird die Antwort so oder so aus Ihnen herausbekommen, also versuchen Sie nicht, etwas zu verbergen."

Ich lachte. „Wirklich?"

„Glauben Sie mir." Der Junge hatte ein verschmitztes Funkeln in den Augen. „Er ist einer von diesen Leuten. Sie können ihm genauso gut gleich sagen, was er wissen will. Er ist wie die CIA, nur ohne Autobatterien und Water-boarding."

„Gut zu wissen."

Ich nahm die Unterlagen mit in den Wartebereich und setzte mich neben den Tisch mit den Büchern und dem Brunnen.

Das Formular entsprach in etwa dem, was ich von jedem Mediziner erwarten würde. Das übliche Zeug über Verletzungen und Beschwerden. Und natürlich: *Nehmen Sie derzeit Medikamente ein, auch rezeptfreie?*

Ich kaute auf der Innenseite meiner Wange und trom-melte mit dem Stift auf das Formular. Ich hatte gehört, dass Vertreter der Ganzheitsmedizin die moderne

Medizin verpönten. Giftige Chemikalien und böse Pharmakonzerne oder so ein Quatsch. Wie auch immer. Das Letzte, was ich brauchte, war ein Vortrag darüber, warum ich die Pillen nicht nehmen sollte, die oft den Unterschied zwischen einer und drei Stunden Schlaf ausmachten.

Aber wenn er die Antwort sowieso aus mir herausbekommen würde …

Ich seufzte und schrieb *rezeptfreie Entzündungshemmer + vom Arzt verschriebenes Percocet gegen die Schmerzen*. Der Mann würde wahrscheinlich einen Herzinfarkt bekommen, wenn er herausfand, dass ich schwere Schmerzmittel schluckte, anstatt zu meditieren oder gereinigtes Wasser zu trinken, das von einem Einhorn gesegnet worden war. Egal.

Nachdem ich alles ausgefüllt hatte, übergab ich das Formular dem Burschen am Empfang und kehrte dann auf meinen Platz zurück. Während ich darauf wartete, aufgerufen zu werden, richtete ich den Blick auf den plätschernden Springbrunnen. Es lag ein schweres Gefühl der Hoffnungslosigkeit in der Erkenntnis, dass es so weit gekommen war. Dass ich verzweifelt genug war, um alles zu versuchen, was auch nur die geringste Aussicht auf Linderung meiner Schmerzen versprach – sei es nun ein Mythos oder nicht.

Was, wenn es nicht half? Was, wenn nichts half? Nach fünf Jahren war ich mit meinem Latein am Ende. Was würde in zehn, zwanzig, fünfzig Jahren passieren, wenn ich keine langfristige – oder auch nur kurzfristige – Lösung fand?

„Jason?" Die Stimme des Empfangsmitarbeiters holte mich aus meinen Gedanken. Er hob das Kinn an, um über den hohen Tresen zu sehen. „Dr. Whitman ist noch bei einer Patientin, aber er müsste in ein paar Minuten fertig sein."

Ich zwang mich zu einem Lächeln. „Kein Problem."

Mein Magen flatterte vor Nervosität. Als ob ich nicht schon genug hätte, über das ich nachdachte, fiel mir ein, dass ich Seth nicht über diesen Kerl ausgefragt hatte. Sie waren seit Langem gute Freunde, was viel aussagte, da Seth den meisten Menschen nicht über den Weg traute. Ich konnte mir die Unterhaltungen zwischen den beiden kaum vorstellen. Seth, der knallharte Beweis-es-oder-es-ist-nicht-passiert-Atheist gegen „Dr." Whitman, den Akupunkteur.

Was für eine Art Mensch beschäftigte sich überhaupt mit Akupunktur? Womit hatte ich es hier zu tun? Einem Mann, der einem Gebrauchtwagen und Schwachsinn verkaufen konnte? Oder mit einem New-Age-Hippie-Typ, der genauso davon überzeugt war wie seine Kunden?

Gib ihm eine Chance, Jason.

Ich schloss die Augen und ließ einen Atemzug entweichen. Ich würde ihm eine Chance geben. Aber ein erster Beweis sollte sich besser sofort einstellen, sonst kaufte ich ihm das nicht ab.

Am Ende des Flurs öffnete sich eine Tür. Als sich Schritte und eine männliche Stimme näherten, drehte ich den Kopf. Zuerst tauchte eine ältere Frau auf, und als die Quelle der männlichen Stimme in Sicht kam, stockte mir der Atem.

Anscheinend war *das* die Art Mensch, die sich mit Akupunktur beschäftigte. Heilige *Scheiße*.

Ich konnte nicht sagen, ob ich Dreadlocks und Hanf oder eine Brille und einen Laborkittel erwartet hatte, aber was ich definitiv nicht erwartet hatte, war ein über ein Meter achtzig großer *Oh mein Gott* mit einer gehörigen Portion *Bitte sag mir, dass du Single bist*-Mann. Er sah aus, als käme er aus einem entspannten Geschäftsmeeting: faltenfreie Hose und ein schlichtes weißes Hemd, bei dem der erste Knopf lässig offen blieb und die Ärmel bis zu den Ellbogen hochgekrempelt waren. Sein Haar war fast schwarz, kurz genug, um ordentlich zu sein, und lang genug, dass es sich *gerade eben* zu locken begann. Lang genug für einen Mann, um es mit festem Griff zu packen, wenn ...

Großer Gott, Jason. Bekomm du dich mal in den Griff.

Eine dünne Schnur aus gedrehtem braunem Leder hing um seinen Hals und verschwand im Ausschnitt seines Hemdes, und er trug ein mit Perlen verziertes Hanfarmband am linken Handgelenk, also wies er immerhin ein Anzeichen eines Hippie-Lebensstils auf. Während der Akupunkteur und seine Patientin ein paar Worte miteinander wechselten, starrte ich ihn einfach nur an. Verdammt, er war heiß. Er war die perfekte Verkörperung des alten Klischees „groß, dunkelhaarig und gutaussehend". Dunkelhaarig, dunkeläugig, groß genug, dass ich zu ihm aufschauen musste, und sein Dauergrinsen deutete an, dass sich in seinem Kopf etwas Hinterhältiges verbarg. Und gutaussehend? Guter Gott, ja. Das perfekte Maß an Rauheit schärfte seine Kanten und milderte sein grenzwertig hübsches Aussehen wie eine unsichtbare Lederjacke und eine Sonnenbrille. Wenn der Empfangsmitarbeiter Seths Typ war, dann war dieser Kerl unbestreitbar meiner.

Und dann sah er mich direkt an. „Mr Davis?"

Ich räusperte mich und stand auf. „Jason."

Er streckte die Hand aus. „Ich bin Dr. Whitman, aber die meisten Leute nennen mich Michael."

„In Ordnung. Ich schätze, dann werde ich Sie auch Michael nennen."

Er lächelte, was Fältchen in seinen Augenwinkeln

erzeugte, auf eine Art, die meine Aufmerksamkeit auf sich zog, und plötzlich ging mir nichts mehr durch den Kopf außer *Und ich dachte, ich habe eine Schwäche für* blaue *Augen.* Offensichtlich galt das auch für braune Augen.

„Folgen Sie mir."

Mit größtem Vergnügen ...

KAPITEL 3

Michael führte mich durch einen Flur mit vier Türen auf jeder Seite und bedeutete mir, durch die dritte Tür links zu gehen. In der Mitte des Raumes stand ein Tisch. Allerdings kein Untersuchungstisch. Eher ein Massagetisch. Schwarzes Leder, gepolstert, mit einem doughnutförmigen Kissen an einem Ende, damit man mit dem Gesicht nach unten liegen konnte.

„Setzen Sie sich erst einmal. Wir werden Ihre Krankengeschichte und Ihre Beschwerden durchgehen, bevor ich Sie behandle."

Ich setzte mich auf den Tisch und Michael nahm auf einem kleinen Rollhocker Platz. Er überflog das Formular und hielt abrupt inne, als ihm offenbar etwas ins Auge stach. „Ihnen gehört das Lights Out?"

Ich nickte. „Sie kennen es?"

„Ich habe davon gehört, war aber noch nie dort." Er lächelte und schaute durch seine Wimpern nach oben, was nahezu schüchtern wirkte. „Ich kann mir nicht vorstellen, dass ich zu Ihrer Zielgruppe gehöre."

Ich lachte. „Nicht viele Leute in dieser Stadt tun das."

Wir brachten das übliche Prozedere hinter uns, als ob ich bei einem neuen Arzt wäre. Trank ich Alkohol? Rauchte ich? Schmerz ist eine Vier an einem guten Tag, eine Elf in einer schlechten Nacht, im Moment eine Sieben. Bla, bla, bla.

Dann verfinsterte sich seine Miene beim Blick auf das Formular, und ich brauchte nicht zu fragen, welchen Teil er gelesen hatte.

„Sie nehmen also Percocet?" Er sah zu mir auf. „Wie oft?"

„Wann immer ich es brauche."

Er hob eine Augenbraue. „Und wie oft brauchen Sie es?"

Ich rutschte unbehaglich hin und her. „Ein paar Mal in der Woche. Für gewöhnlich, wenn ich nicht schlafen kann." Ich machte eine kurze Pause, bevor ich schnell hinzufügte: „Ich meine damit, wenn der Schmerz mich nachts wach hält."

„Ich verstehe." Er warf einen Blick auf mein Formular, dann atmete er aus. „Und wie lange geht das schon so?"

„Ich bin nicht süchtig danach", sagte ich mit zusammengebissenen Zähnen.

Michael wedelte mit einer Hand und seine Stimme war sanft. „Ich habe keine Anschuldigungen gemacht. Ich mache mir eher Sorgen über die Belastung, die der Langzeitkonsum eines so schweren Narkotikums für Ihre Leber bedeutet."

„Meine ... Leber?" Ich legte den Kopf schief.

Er nickte und kritzelte ein paar Notizen auf das Formular. „Und die Nieren."

„Sie wollen mir doch nicht sagen, dass ich diese Pillen nicht mehr nehmen soll, oder?"

Michael kniff die Augen leicht zusammen und ich

verstand plötzlich die Bemerkung des Rezeptionisten über Autobatterien und Waterboarding. Michael hatte kein Wort gesagt, aber ich war mir sicher, dass er mich durchschaute, bis hin zu dem *Fick dich*, das in roten Neonbuchstaben aufleuchten würde, sobald er mir sagte, dass ich nichts mehr gegen die Schmerzen nehmen sollte.

Er verschränkte die Hände auf dem Formular. „Ich werde Ihnen nicht sagen, dass Sie sie nicht nehmen können oder sollen. Ich hoffe nur, dass ich den Grund beseitigen kann, warum Sie diese Pillen überhaupt nehmen."

Oh Gott, bitte.

Ich schluckte. „Und wenn Sie das nicht können?"

„Dann habe ich meine Arbeit nicht richtig gemacht." Er hielt meinen Blick einen unangenehmen Moment lang fest. „Sagen Sie mir, wie genau haben Sie sich Ihre Schulter verletzt?"

Mein Gesicht stand sofort in Flammen, dabei wusste ich nicht einmal, warum. Es war ja nicht so, dass ich diese Geschichte nicht schon einer Million Menschen erzählt hätte, normalerweise mit Ausschmückungen, damit alle über meine Dummheit lachen konnten, warum also wurde ich jetzt verlegen?

Ich räusperte mich. „Ich nehme an, dass ‚idiotische Angeberei' nicht aufschlussreich genug ist?"

Michael lachte. „Nicht wirklich, aber es ist auf jeden Fall eine Antwort, die mich neugierig macht." Er legte den Kopf schief. „Reden Sie weiter."

„Ich war mit dem Mountainbike unterwegs, fuhr auf einem einspurigen Trail viel schneller, als ich sollte, verlor die Kontrolle und legte eine Bauchlandung hin." Ich deutete auf meine Schulter. „Bin auf meinem Gesicht und meiner Schulter gelandet."

Michael verzog das Gesicht. „Wie geht es Ihrem Nacken?"

„Mein Nacken hat nichts abgekriegt, Gott sei Dank. Ich habe mir das halbe Gesicht aufgeschürft, aber der Helm hat meinen Kopf geschützt. Meine Schulter hat das meiste abbekommen."

„Besser das als eine Kopf- oder Halsverletzung."

„Was Sie nicht sagen. Oder meine Zähne verschlucken."

Er erschauderte. „Genau. Zum Glück denke ich, dass wir die Verletzung, die Sie haben, behandeln können." Seine Augen verengten sich wieder, als ob er mich irgendwie lesen würde.

„Stimmt etwas nicht?", fragte ich.

„Sie stehen unter *großem* Stress."

Ich lachte trocken. „Bin ich schon so grau geworden?"

„Nein." Ein Grinsen huschte über seine Lippen. „Aber die Verspannung ist nicht nur in dem Bereich, in dem Sie Schmerzen haben. Sie bekommen Kopfschmerzen, wenn Sie angespannt sind, nicht wahr?"

„Tut das nicht jeder?"

„Manche mehr als andere." Er zeigte zwischen seine Augenbrauen. „Aber ich nehme an, Ihre strahlen von hier aus?"

Dieser Typ war gut.

„Manchmal, ja", sagte ich. „Aber Sie wissen ja, wie das ist. Stress wegen der Finanzen und so weiter."

Er ächzte. „Oh, glauben Sie mir, dieses Gefühl kenne ich sehr gut."

„Wirklich? Ich dachte, Sie würden hier groß absahnen."

Michael zuckte mit den Schultern. „Ich bin kein Kardiologe."

„Also sind Sie nur ein armer Schlucker wie wir anderen auch?"

„Im Grunde genommen ja. Jedenfalls haben Sie diesen starken Schmerz in der Stirn, bei dem Ihre Augen wehtun, richtig?"

Scheiße. Er war *wirklich* gut.

„Ja, stimmt."

„Das dachte ich mir. Wenn das das nächste Mal passiert? Drücken Sie mit den Seiten Ihrer Daumen genau hierhin." Er demonstrierte es, indem er seine Daumen über dem Nasenrücken zusammenführte. „Drücken Sie hinein und dann ziehen Sie sie so rüber." Er zog seine Daumen auseinander, führte sie langsam an den Bogen seiner Augenbrauen entlang und ließ die Hände sinken. „Machen Sie das drei- oder viermal, dann sollte sich die Spannung etwas lösen."

„Gut zu wissen."

Er betrachtete erneut meine Unterlagen. „Sie sagten, Sie hätten sich vor fünf Jahren an der Schulter verletzt. Abgesehen von der anfänglichen Heilungsphase, sind die Schmerzen seither besser oder schlimmer geworden?"

„Größtenteils sind sie gleich geblieben, aber ..."

Seine Augenbrauen hoben sich. „Hm?"

Ich bewegte mich und der Tisch knarrte leise unter mir. „Es wurde schlimmer, als meine Beziehung in die Brüche ging. Und seit er ausgezogen ist, habe ich finanziell zu kämpfen, also ..."

„Das reicht schon", sagte er leise. „Stress verstärkt fast immer chronische Schmerzen."

„Ja." Ich lachte verbittert. „Und eigentlich waren die Schmerzen einer der Gründe, warum meine Beziehung überhaupt in die Brüche ging."

Michael legte wieder den Kopf schief, sagte aber nichts.

Ich räusperte mich. „Mein Ex, er, ähm ... Wir hatten ein paar Probleme und ich denke, meine Schulter wurde zu einer Ausrede für einen Streit. Wenn ich zu starke Schmerzen hatte oder zu sehr unter Medikamenteneinfluss stand, um viel im Haus zu tun, oder wenn ich irgendwelche Pläne absagen musste, drehte er durch. So wie er es sah, hatte ich immer nur dann Schmerzen, wenn *er* wollte, dass ich etwas tue."

Michael machte ein finsteres Gesicht. „Und Sie sagten, die Schmerzen wurden schlimmer, als er weg war? Nachdem Sie unter so einem Druck gelebt haben, bin ich überrascht, dass es nicht besser geworden ist."

„Er hat mir beide Hälften einer Hypothek hinterlassen, die ich mir nicht leisten kann." Ich rollte vorsichtig mit den Schultern. „Es ist schön, dass ich mich nicht mehr dafür rechtfertigen muss, dass ich es ruhig angehe, aber ..."

„Ja, das verstehe ich."

Er ging weiter meine Krankengeschichte durch und stellte Fragen zu allem, von meiner Gesundheit über meine Familie bis hin zu meinem Beruf. Ich gab ihm vage Antworten über finanzielle Probleme und den Verlust des Miteigentümers des Clubs, über die ich *nie* gerne sprach, und er wollte keine Einzelheiten wissen. Seltsamerweise löste seine Art der Befragung keine *Das geht Sie einen Scheißdreck an*-Reaktion aus, wie es wahrscheinlich der Fall gewesen wäre, wenn ich mit meinem Hausarzt oder Zahnarzt gesprochen hätte. Es half, dass er keine abfälligen Bemerkungen machte wie „Verdammt, wenn Sie nicht so viel Unglück hätten, hätten Sie überhaupt kein Glück in Ihrem Leben." Ich nahm niemandem seine Fragen übel, solange er nicht auf den *Welchen Gott haben Sie denn verärgert?*-Zug aufsprang. Ich konnte mir nicht erklären, inwiefern einige der Informationen, die er verlangte, für die

Heilung meiner verdammten Schulter relevant waren, aber ich antwortete ohne zu zögern.

Tatsächlich Autobatterien und Waterboarding ...

„Normalerweise müssten Sie sich hinlegen", sagte er, „aber in Ihrem Fall müssen Sie sitzen bleiben, damit ich Zugang zur Vorder- und Rückseite Ihrer Schulter bekomme. Bitte ziehen Sie Ihr Hemd aus. Schuhe und Socken auch."

Ich tat, was er verlangte, während er in eine kleine Kommode griff und eine Handvoll Plastiktüten herausholte. Als ich genauer hinsah, erkannte ich, dass jedes Päckchen eine einzeln verpackte Nadel enthielt, die wie eine zwei Zentimeter lange Antenne aussah. Etwas weniger als die Hälfte der Nadeln war dicker als die anderen und hatte eine kleine Schlaufe am Ende. Sie waren so fein, dass ich mir nicht vorstellen konnte, dass sie irgendetwas durchstoßen könnten – geschweige denn Haut –, ohne sich zu verbiegen.

Als er die Nadeln ausbreitete, blickte er auf meinen Oberarm und schaute gleich darauf noch mal genauer hin. „Wow, das ist ein tolles Tattoo. Ein Werk von Seth?" Ich erwartete fast, dass er mit den Fingern darüberstreichen würde, so wie es manche Typen taten. Irgendwie hoffte ich, dass er das tun würde. Ich hoffte es wirklich.

Ich hoffte auch, dass er das Phantomkribbeln nicht bemerkte, das sich dort einstellte, wo er als Profi *nicht* mit den Fingern über meine tätowierte Haut gestrichen hatte. „Ja. Seth hat es gestochen. Er hat tolle Arbeit geleistet."

„Ich glaube, ich habe noch kein Tattoo von ihm gesehen, das nicht umwerfend war." Er sah mir in die Augen und lachte leise. „Das bedeutet also, dass Sie kein Problem mit Nadeln haben?"

„Ja, so was in der Art." Hatte ich tatsächlich nicht, aber

zugegebenermaßen zog sich mein Magen ein wenig zusammen, als er eine der Packungen aufriss. „Also, ähm, sagen Sie mir, wie das funktioniert?"

„Der Körper wird von Energie durchflossen. Qi, wie die Chinesen es nennen. Manchmal sind die Kanäle blockiert oder unterbrochen, und die Nadeln", er gestikulierte mit der Nadel, die er aus der Plastiktüte befreit hatte, „helfen bei diesen Blockaden. Wenn Sie das Wortspiel verzeihen, steht an der Spitze der Akupunktur der Versuch, das Qi richtig zum Fließen zu bringen."

Vor meinem geistigen Auge sah ich, wie er mit dem spitzen Instrument unter meine Haut grub, bis er den Qi-Kanal seinem Willen unterworfen hatte. Ich war mir ziemlich sicher, dass es so nicht funktionierte, aber das mentale Bild trug nicht gerade zu meiner Entspannung bei.

Offensichtlich sah er die Besorgnis, die mir ins Gesicht geschrieben stand, und sagte: „Vertrauen Sie mir." Als sich unsere Blicke trafen, belebte sein halbes Lächeln – in Verbindung mit dem, was das schwache, warme Licht mit seinen bereits dunklen Augen anstellte – mein Herz. Und andere Körperteile.

Doch dann setzte er sich und richtete seine Aufmerksamkeit auf meinen Fuß, und ich erinnerte mich an die Nadeln, die er noch nicht in mich gestochen hatte. Er schob die Nadel in ein dünnes Plastikröhrchen und mir sträubten sich die Haare im Nacken. Als er das Röhrchen knapp unterhalb des Knöchels gegen meinen Fuß drückte, hielt ich den Atem an.

Dann klopfte er auf das Ende und zog den Schlauch eine Sekunde später ab. Die Nadel ragte in einem spitzen Winkel aus meiner Haut.

Es tat nicht weh. Nun, das stimmte nicht ganz. Es tat weh, aber nicht so, wie ich es erwartet hatte. Es gab ein kurzes Stechen, das so schnell vorbei war, dass ich es kaum bemerkte, aber der Schmerz, der folgte, war ... seltsam. Es war ein dumpfes Gefühl, aber gleichzeitig fast elektrisch.

Ich bewegte meinen Knöchel.

„Geht es Ihnen gut?", fragte Michael.

„Ja. Es fühlt sich einfach nur komisch an."

„Es ist anders, besonders beim ersten Mal." Er beugte sich hinunter und setzte eine weitere Nadel an. Er positionierte sie so, dass sie fast senkrecht auf meiner Haut saß, und das gleiche warme, ziehende Gefühl, unterlegt von einem Kribbeln, breitete sich um die Spitze herum aus. „Was Sie fühlen, ist De-Qi."

Ich zog eine Augenbraue hoch. „De was?"

„De-Qi." Er sah auf, nachdem er eine dritte Nadel aus der Verpackung befreit hatte. „Das Gefühl, dass das Qi sich bemerkbar macht."

„Ich verstehe." Ich sah zu, wie er die Nadel in das Plastikröhrchen schob. „Ist das so eine Sache, an die ich glauben muss, damit es funktioniert?"

„Das ist Akupunktur, Jason." Er stupfte die Nadel an ihren Platz. „Nicht der Weihnachtsmann. Es funktioniert auch, wenn Sie nicht daran glauben."

„Gut zu wissen."

Er wechselte zu meinem anderen Fuß und die Neugier übermannte mich.

„Okay, ich muss das einfach wissen. Warum mein Fuß? Wenn ich doch wegen meiner Schulter hier bin?"

Er nickte, ohne aufzuschauen. „Ich mache mir Sorgen um Ihre Leber und Ihre Nieren, die durch die Medikamente, die Sie eingenommen haben, möglicherweise geschädigt wurden. Das hier wird sie stimulieren und ihnen helfen, einen Teil der Giftstoffe auszuspülen." Er setzte die Nadel etwa zwei Zentimeter unterhalb der Basis meines ersten und zweiten Zehs an, genau zwischen den Knochen.

„Äh ..." Ich musterte ihn. „Ist ... ist die Leber nicht ... *nicht* in meinem Fuß?"

„Der Leberkanal beginnt in den Füßen. Wenn man diesen Kanal stimuliert und öffnet", er machte eine Pause und stupste die Nadel an ihren Platz, „hilft es, die Leber zu beruhigen und zu entstauen."

„Beruhigen? Entstauen?" Ich schüttelte den Kopf. „Sie sind hier der Experte."

„Vertrauen Sie mir." Er blickte auf und verdammt noch mal, der Mistkerl zwinkerte mir tatsächlich zu. „Ich weiß, was ich tue."

Irgendwie bezweifle ich, dass Sie über alles Bescheid wissen, was Sie gerade tun, Dr. Whitman ...

Als er weitermachte, konnte ich mich nicht entscheiden, was faszinierender war: die Nadeln oder seine langen, geschickten Finger, die sie mit fachmännischer Präzision an die richtige Stelle setzten. Ich hatte keinen Zweifel daran, dass dahinter eine komplexe Technik steckte, die er in jahrelanger Ausbildung gelernt hatte. Wahrscheinlich hatte es eine Zeit gegeben, in der er ungeschickt und unsicher gewesen war, aber jetzt sah es leicht aus. Mühelos.

Nachdem er damit fertig war, mir Nadeln in die Füße zu stecken, stand er auf. „Okay, jetzt noch ein paar in die Schultern."

„Was ist mit denen?" Ich deutete auf die, die aus meiner Haut ragten. „Wie lange lassen Sie die drin?"

„Ach, wissen Sie was, kommen Sie in einer Woche oder so wieder."

Wir sahen uns in die Augen und behielten eine ernste Miene bei. Dann zuckten seine Mundwinkel und ich lachte.

Er schmunzelte, als er sich abwandte, um eine Schublade aus dem Schrank zu ziehen. „Nur zehn oder fünfzehn Minuten." Etwas raschelte und klapperte. „Normalerweise würde ich Sie allein lassen und die Nadeln ihre Arbeit machen lassen, aber ich denke, Ihre Schulter braucht einen etwas ... aktiveren Ansatz."

„Aktiv? In welcher ..."

Er drehte sich wieder um und ich hätte beinahe laut aufgestöhnt.

Der Typ an der Rezeption musste einfach eine Autobatterie erwähnen, nicht wahr?

In einer Hand hielt Michael eine Plastikbox, die etwa halb so groß war wie ein Telefonbuch. Oben ragten mehrere Knöpfe heraus und an einer Seite befanden sich etwa zehn Steckplätze für Peripheriegeräte. In der anderen Hand hielt er ein halbes Dutzend dünner roter und schwarzer Drähte. An einem Ende waren sie mit Steckern versehen, um sie mit dem Kasten zu verbinden. Das andere Ende? Verfickte Miniatur-Starterkabel. Natürlich.

„Habe ich die Wahl zwischen dem hier und Waterboarding?"

Michael verdrehte die Augen. „Nathan liebt es, den Leuten das zu sagen."

Ich betrachtete das Gerät misstrauisch. „Ja, aber er hat mir gesagt, dass es *keine* Autobatterien und *kein* Waterboarding gibt."

„Keine Sorge. Das hier hat nur den Zweck, einen leichten elektrischen Strom durch die Nadeln zu schicken. Probleme wie die, die Sie haben, brauchen manchmal eine zusätzliche Stimulation, damit das Qi richtig fließt."

Ich war mir bei dieser Sache dennoch nicht so sicher. „Warum habe ich das Gefühl, dass die Leute, die Akupunktur erfunden haben, so etwas nicht hatten?"

Er grinste schief. „Wissen Sie, auch die östliche Medizin hat Fortschritte gemacht."

„Genau wie die CIA."

Michael lachte. „Entspannen Sie sich." Er stellte das Gerät auf den Tisch neben mir und legte die Drähte darauf. „Das Schlimmste, was Sie spüren könnten, ist ein leichter, dumpfer Schmerz."

„Ich nehme Sie beim Wort."

„Wenn es zu intensiv ist, sagen Sie es mir und ich werde entweder die Stärke herunterdrehen oder die Nadel entfernen. Ich will nicht, dass Sie Schmerzen erleiden."

„Vielen Dank, das weiß ich zu schätzen."

Er legte mir den Handballen auf die Schulter und ich atmete scharf ein.

„Ist diese Stelle empfindlich?" Er nahm seine Hand weg.

„Nein, alles in Ordnung. Ich ...", *sollte es nicht mögen, wenn du mich so berührst,* „habe es nur nicht erwartet."

„Tut mir leid." Er legte seine Hand wieder auf meine Schulter. Eine Sekunde später drückte er das Plastikrohr gegen meine Haut.

Ich schloss die Augen und versuchte, mich auf das bevorstehende Stechen und den leisen Schmerz zu konzentrieren. Als er die Nadel ansetzte, pikste es und tat ein bisschen weh, aber ich konzentrierte mich nur halb auf die seltsamen Empfindungen. Meine kribbelnden Nerven waren zu sehr damit beschäftigt, der Wärme seiner Hand zu folgen, wo immer er mich berührte.

Ich hätte nie gedacht, dass ich enttäuscht sein würde, wenn ein Mann damit fertig war, Nadeln in meine Haut zu stecken, aber so war es.

Er griff nach dem Gerät und den Kabeln. „Ich bringe die Stecker an den Nadeln an", erklärte er. „Und ich werde sie mit Klebeband befestigen, damit die Nadeln nicht herausgerissen werden."

Ich erschauderte. Das war ein weiteres geistiges Bild, das ich nicht brauchte.

Wie versprochen klebte er die Kabel fest. Dann schaltete er das Gerät ein, und während er die Stromstärke einstellte, zupfte er mit der anderen Hand an den Nadeln herum. Es fühlte sich an, als würde er sie ... umrühren? Jedenfalls bewegte er sie, aber nicht auf eine Weise, die schmerzhaft war. Es erinnerte mich an die Arbeit eines Zahnarztes, während ich betäubt war – ich wusste, dass er etwas tat, und es hatte den Anschein, als ob es wehtun müsste, aber das tat es nicht. Es war nicht einmal unbedingt unangenehm, nur seltsam.

Und er hatte Recht mit der elektrischen Stimulation. Ein warmer, dumpfer Schmerz ging von den Nadeln aus, zusammen mit einem zeitweiligen Kribbeln, das manchmal an Unbehagen grenzte, aber es war nur insofern unangenehm, als es fremdartig war. Aber selbst während er die Nadeln, die in meiner Haut steckten, manipulierte, konnte ich meine Gedanken nicht von seinen Händen abwenden. Ich hätte schwören können, dass seine Fingerspitzen elektrischer waren als die Starterkabel.

Mein Gott, Davis. Reiß dich verdammt noch mal zusammen.

Es war unmöglich zu erraten, wie lange das ging. Ich schloss die Augen und ließ ihn sein Ding machen, während ich jeden Augenblick genoss, wenn seine Haut meine berührte.

„Jason?"

Meine Lider flogen auf. Es war weniger der Klang meines Namens, der mich aufschreckte, als vielmehr die sanfte Wärme seiner Hand an meinem Oberarm. „Ent-schuldigung, was?"

„Ist alles in Ordnung?"

„Ja, warum?"

„Ist Ihnen schwindlig?"

„Ähm ..." Mir war tatsächlich ein bisschen schwindlig, oder?

Das kommt davon, wenn man vergisst zu atmen, Blödmann.

Ich erwiderte seinen Blick und lächelte. „Nein, es geht mir gut."

Er beäugte mich unsicher, dann ließ er meinen Arm los – *nein, deine Hand kann dort bleiben!* – und machte sich wieder an die Arbeit. „Wenn Sie sich hinlegen müssen, sagen Sie es einfach."

„Mir geht es gut", sagte ich. „Ich darf nur nicht vergessen zu atmen."

Michael lachte. „Ja, das ist normalerweise ein empfoh-lener Teil der Behandlung."

Ich lachte auch, was noch mehr Luft in meine Lunge brachte und das Schwindelgefühl linderte. „Ich schätze, Sie haben mich ein bisschen zu sehr entspannt."

„Deshalb müssen sich die Leute dafür normalerweise auch hinlegen." Er stützte meine Schulter mit einer Hand – *ah, da ist sie ja* – und justierte eine Nadel unterhalb meines Schlüsselbeins. „Aber ich möchte gleichzeitig an der Vorder- und Rückseite arbeiten." Er beugte sich zur Seite, damit er mir in die Augen schauen konnte. „Ich kann auch zuerst die Vorderseite machen und dann die Rückseite, wenn es im Liegen bequemer ist."

„Ist schon in Ordnung. Es geht mir gut."

„Sind Sie sicher?"

Ich nickte. Er hielt meinen Blick einen Moment lang

fest, dann machte er weiter.

Ungefähr fünf Minuten später war er fertig und entfernte die abgeklebten Kabel, bevor er sich vor mich hinstellte.

„Lassen Sie mich Ihren Puls überprüfen." Er winkte mir auffordernd zu und als ich meinen Arm mit der Handfläche nach oben ausstreckte, umklammerte er meinen Handrücken, während er seine Finger auf die Innenseite meines Handgelenks drückte. Ich hatte keinen Zweifel daran, dass mein Puls jetzt erhöht war und weiter anstieg.

Er gab jedoch keinen Kommentar ab, als er meinen Puls maß. „Wie fühlt sich Ihre Schulter jetzt an?"

„Eigentlich ... besser." *Verdammt noch mal. Es fühlt sich* wirklich *besser an.* „Immer noch ein bisschen steif, aber ..."

„Gut. Es gibt noch eine Sache, die ich tun muss, und das mag seltsam klingen, aber –"

„Ist das der Teil, an der Sie meine Zunge sehen wollen?"

Er lachte. „Seth hat Sie gewarnt, hm?"

„Ja. Ich dachte, er würde mich verarschen."

„Nein. Leider nicht. Also ..." Er vollführte eine *Machen Sie schon*-Geste.

„Muss ich ‚ah' sagen?"

Michael lachte wieder. „Wie Sie wollen, aber ich muss trotzdem Ihre Zunge sehen."

Und ich möchte, dass du etwas anderes tust, als sie nur anzuschauen.

Gut, dass dies eine etwas unangenehme Untersuchung war. Wenn meine Wangen so rot waren, wie ich glaubte, würde er es wenigstens damit abtun, dass ich mir lächerlich vorkam, anstatt mich für die Gedanken zu schämen, die mir durch den Kopf gingen. Und vielleicht ein bisschen nervös. Nur ein kleines bisschen.

Okay, sehr.

„In Ordnung", sagte er und ich schloss den Mund, während er etwas auf das Formular schrieb.

„Darf ich fragen, wonach Sie auf meiner Zunge suchen?"

„An der Zunge kann man viel über jemanden erkennen", sagte er so sachlich, dass ich mir wie ein unreifes Schulkind vorkam, weil ich die Bemerkung völlig falsch interpretiert hatte.

„Das können Sie?"

Michael nickte. „Die Farbe und Beschaffenheit sagen viel darüber aus, was anderswo vor sich geht."

Ich räusperte mich. „Wirklich?"

„M-hm", sagte er. „Wenn ich mir zum Beispiel Ihre anschaue, weiß ich, dass ich auf jeden Fall meine Aufmerksamkeit auf Ihre Leber und Nieren richten muss. Wahrscheinlich auch auf die Gallenblase. Zwischen Ihrer Zunge und Ihrem drahtigen Puls ..."

„Drahtiger Puls?"

Das nächste Nicken. „Er weist darauf hin, dass Ihre Leber aus dem Gleichgewicht geraten ist sowie auf ein sekundäres Defizit in Ihren Nieren."

„Was soll ich dagegen tun?"

„Ich würde Ihnen empfehlen, wieder zu mir zu kommen. Mit Akupunktur, einer leichten Ernährungsumstellung und vielleicht einigen Kräuterbehandlungen können wir alles wieder so hinbekommen, wie es sein soll."

Ich atmete aus. „Was meinen Sie, wie oft ich noch kommen soll?"

„Es wird wahrscheinlich mindestens sieben oder acht Termine brauchen, um Sie wieder auf den richtigen Weg zu bringen. Und danach? Es liegt an Ihnen, ob Sie sich regelmäßig behandeln lassen wollen."

Ich runzelte die Stirn, während ich in Gedanken die Kosten durchrechnete. Michael musste das schon oft erlebt haben, denn er fuhr fort: „Wenn Geld ein Problem ist, vor allem, weil die Versicherung meine Behandlung normalerweise nicht übernimmt, können wir einen Plan zur Ratenzahlung ausarbeiten. Ich kann meine Dienste nicht verschenken, aber wenn ich helfen kann, werde ich tun, was immer mir möglich ist, um die Behandlung zugänglich zu machen."

Verlockend. Sehr verlockend. „Danke. Ich weiß das zu schätzen."

Er gab mir ein paar der üblichen Ratschläge – Eis, keine Hitze, Blödmann – und entfernte dann die Nadeln aus meiner Schulter und meinen Füßen.

Ich zog mein Hemd und meine Schuhe an und Michael führte mich auf den Flur hinaus. Auf dem Weg zurück in den Wartebereich musste ich die Augen zusammenkneifen, als ich mich an die Leuchtstoffröhren über mir und die durch das getönte Glas einfallende Sonne gewöhnte. Warum war es so unwirklich, wieder hier draußen zu sein? Selbst mein eigenes Auto, das Einkaufszentrum, die Aussicht auf die Berge kamen mir ... seltsam vor. Als wäre ich für eine kurze Zeit auf einer ganz anderen Ebene gewesen.

Wir schüttelten uns die Hände. Dann drehte ich mich um, um den Rest an der Rezeption zu erledigen, und Michael brachte einen anderen Patienten in den Behandlungsraum. Als er den Flur hinunter verschwand, überlegte ich, ob ich auf sein Angebot eingehen sollte, eine Art Finanzplan auszuarbeiten.

Ich konnte mich nur nicht entscheiden, ob ich wegen der Akupunktur oder wegen dem Akupunkteur zurückkommen wollte.

KAPITEL 4

Vor fünf Jahren hatten mein Geschäftspartner Rico und ich eine verlassene Fabrik am östlichen Rand des Light District in die Finger bekommen. Nachdem wir eine ungeheure Menge an geliehenem Geld in die Renovierung des Gebäudes gesteckt hatten, ganz zu schweigen von der Beschaffung von Alkohol und den Genehmigungen für den Ausschank, hängten wir ein Schild auf, schalteten die Lichter auf der Tanzfläche ein und das Lights Out war geboren.

In der Nacht, in der wir eröffneten, strahlte Rico hinter der Bar, als unser DJ vor einem vollen Haus auflegte. „Wie ein Phönix aus der Asche."

Angesichts des derzeitigen Geldflusses war ich eher geneigt, es mit einem Zombie zu vergleichen, bei dem es niemand übers Herz brachte, ihm ins Gesicht zu schießen.

Heute Abend öffnete der Club erst um neun, also waren die Lichter an und die Stühle hochgestellt. Statt pulsierendem Techno hallten im Raum klirrende Flaschen, fließendes Wasser, Stimmengewirr und gedämpfte, blecherne Musik aus der kleinen Stereoanlage hinter der Bar wider.

Wenn die normale Beleuchtung eingeschaltet war, waren die Wände einfarbig blau, schwarz und weiß. Sobald wir später das Schwarzlicht anschalteten, würden Dutzende von bunten Mustern erscheinen. Nicht, dass die Leute darauf achteten, denn alle waren entweder betrunken oder flirteten oder beides, aber es sorgte für eine coole Atmosphäre.

Als ich durch den Club zur Treppe ging, sprach mich Brenda, einer Barkeeperin, von hinten an.

„Wow, Davis." Als ich mich umdrehte, weiteten sich ihre Augen. „Hast du neue Drogen bekommen oder was?"

„Äh, nein. Warum?"

Sie zuckte mit den Schultern. „Ich weiß nicht, du siehst einfach ... anders aus."

„Echt?"

Brenda warf einen Blick über ihre Schulter. „Hey, Tony. Komm mal kurz her."

Tony schlenderte hinter der Bar hervor. „Ja, Herzallerliebste?"

Ruckartig nickte sie in meine Richtung. „Sieht er heute anders aus?"

Tony musterte mich. „Na ja, du siehst etwas wacher aus."

„Ernsthaft?" Ich zog die Augenbrauen hoch. „Schaue ich normalerweise so schlecht aus?"

Beide lachten.

„Davis, Darling." Tony schnalzte mit der Zunge und schüttelte den Kopf. „Nichts für ungut, aber du siehst normalerweise total scheiße aus, wenn du hier auftauchst."

Brenda nickte. „Da hat er recht."

„Oh, danke vielmals", sagte ich. „Ihr beide schmeichelt mir heute ungemein."

„Hey, ich sage es nur, wie ich es sehe", sagte Brenda sachlich. „Normalerweise scheinst du entweder furchtbare Schmerzen zu haben oder du bist völlig high. Und heute bist du ..." Sie musterte mich von oben bis unten und zuckte dann wieder mit den Schultern. „Ich weiß nicht, du siehst einfach ... besser aus."

Ich lächelte. „Nun, hoffen wir, dass es bis zum Ende der Schicht anhält, oder?"

„Ja, das hoffen wir alle", sagte Tony. „Ich will nicht, dass du all die heißen Jungs vergraulst."

Ich lachte, während ich die Treppe hinaufging. „Wenn ich all die heißen Jungs vergraulen wollte, würde ich dich auf den Tresen klettern und tanzen lassen."

„Hey! Ich würde dich beim Tanzen jederzeit übertrumpfen, du Hungerhaken!"

Ich schmunzelte und ging weiter. Oben war die Tanzfläche menschenleer und still, die Lampen im Tiffany-Stil über den Billardtischen dunkel und die Barhocker leer. Ich sah keinen meiner Barkeeper, aber Geplauder aus dem Hinterzimmer verriet mir, dass sie hier waren. Ich vertraute darauf, dass sie sich um die Vorbereitungen kümmerten, bevor der Club öffnete – wenn die Sachen jetzt nicht erledigt wurden, mussten sie Limetten schneiden und Eiskästen füllen, während zehn Leute auf ihre Drinks warteten. Das wäre ihr Untergang.

Ich überließ sie ihrer Arbeit und ging zu meinem Büro, das in einem umgebauten Lagerraum zwischen der Bar und einem weiteren Lager untergebracht war.

Ich hatte Ricos Schreibtisch immer noch nicht weggeräumt. In letzter Zeit hatte ich Unterlagen darauf gestapelt, um sie nicht einsortieren zu müssen. Oder den Schreibtisch umstellen. Für Ersteres hatte ich keine Zeit und Letzteres brachte ich nicht übers Herz. Vielleicht irgendwann einmal.

Ich ging zu meinem eigenen Schreibtisch und ließ mich in den weich gepolsterten Lederdrehstuhl sinken, den ich mir vor ein paar Jahren zum Geburtstag geschenkt hatte. Dann starrte ich auf meinen Posteingang, vor allem auf den schwarzen Ordner, der sich dort seit gestern materialisiert hatte. Offenbar hatte die Buchhalterin ihn abgegeben. Es bedurfte einer gehörigen Portion geistiger Überredung, um mich endlich dazu zu überwinden, danach zu greifen.

Als ich mir die Zahlen ansah, konnte ich das flaue Gefühl in meiner Brust nicht ignorieren. Wir waren nicht nur in den roten Zahlen, wir waren fast am Ende. Ausgelaugt, ausgewrungen und überzogen, was Gefallen und Kredite gleichermaßen anging.

Wenn meine Schulter nicht wäre, hätte ich vielleicht ein paar Barkeeper entlassen und ihre Schichten selbst übernommen. Es war nicht so, dass ich ihren Job nicht in- und auswendig kannte, aber die Folgen für mich waren eine Garantie für eine qualvolle Nacht mit heißen Duschen und Tabletten.

Die DJs waren bereits überlastet und unterbezahlt. Wenn ich irgendwelche Kellner oder Türsteher verlieren würde, müsste das verbleibende Personal Überstunden machen, die ich im Moment nicht bezahlen konnte. Oder ich müsste eine der beiden Ebenen des Clubs schließen, was meine Kundschaft verärgern würde. Die College-Kids tobten sich gerne im lauteren, helleren Erdgeschoss aus, während die Leute um die dreißig und darüber die Lounge-Atmosphäre des ersten Stocks bevorzugten. Die jüngeren

Gäste tranken literweise billige Spirituosen und Bier, aber es floss viel Geld in der oberen Etage, wo die Barkeeper Wein, Spezialbiere und erstklassigen Scotch ausschenkten. Eine Preiserhöhung könnte kurzfristig helfen, aber nur, wenn ich einige Kunden verlieren wollte, vor allem diejenigen, die meine Barkeeper wegen des überteuerten Alkohols – im Moment noch – gutmütig anmaulten.

„Wir werden eine Lösung finden", hörte ich Rico vor anderthalb Jahren sagen, als es noch nicht einmal annähernd so schlimm gewesen war. „Mach dir keine Sorgen, Mann. Wir werden einen Weg finden."

Ich ließ den Blick zu seinem leeren, mit Papierstapeln beladenen Schreibtisch gleiten.

Sicher werden wir das, Rico. Sicher.

Und das würde ich auch. Ich brauchte nur eine Veränderung, etwas Luft. Ein Polster von ein paar hundert Dollar im Monat und vielleicht könnte ich mich über Wasser halten. Eine Rechnung, die nach unten statt nach oben ging. Vielleicht könnte sich Onkel Sam verdammt noch mal zurückhalten, anstatt immer dann zuzuschlagen, wenn ich fast vorankam.

Ich rieb mir die Stirn. Natürlich *musste* Wes mir diese verdammte Hypothek aufbürden, wenn ich den Club kaum allein am Laufen halten konnte. Seine Kreditwürdigkeit war bereits völlig im Eimer – was kümmerte es ihn, wenn die Bank die Zwangsvollstreckung einleitete? Als er mich verließ, hörte er daher auf, zur Hypothek beizutragen. Und da der Wert dank des beschissenen Immobilienmarktes im Keller war, konnte ich nicht verkaufen, ohne mein letztes Hemd zu verlieren.

Mein Freund war weg. Mein Geschäftspartner war weg. Meine Lebensqualität war die meiste Zeit über beschissen. Es war nur eine Frage der Zeit, bis noch etwas anderes den Bach hinunterging.

Vielleicht war es nur dummer Stolz, aber ich war fest entschlossen, weder den Club zu schließen noch Konkurs anzumelden noch das Haus aufzugeben. Ganz sicher wollte ich nicht alle drei Dinge tun. Ich würde mir die Niederlage nicht eingestehen.

Und jetzt pochte auch noch mein verdammter Kopf. Direkt zwischen meinen Augen breitete sich ein tiefer, unerbittlicher Schmerz aus, der bis zu meinem Haaransatz und zu meinen Schläfen ausstrahlte. Ich stützte die Ellbogen auf den Schreibtisch und drückte mit den Daumen auf beide Seiten meines Nasenrückens, in der Hoffnung, dass ein Gegendruck den Schmerz linderte. Oder meinen Kopf explodieren lassen würde, was einige Probleme lösen würde.

„Wenn das das nächste Mal passiert?", hatte Michael gesagt. *„Drücken Sie mit den Seiten Ihrer Daumen genau hierhin. Drücken Sie hinein und dann ziehen Sie sie so rüber. Machen Sie das drei- oder viermal, dann sollte sich die Spannung etwas lösen."*

Ich warf einen Blick auf die geschlossene Tür. Es war niemand da, der mich sehen konnte, aber ich kam mir trotzdem wie ein Idiot vor.

Ich drückte meine Daumen zwischen die Augenbrauen und bewegte sie auseinander, so wie Michael es mir gezeigt hatte. Die Kopfschmerzen verschwanden nicht, aber der Druck ließ ein wenig nach, also schloss ich die Augen und machte es noch einmal. Ein drittes Mal.

Nach dem vierten Mal ließ ich die Hände sinken und schaute auf die Rechnungen vor mir.

Und mein Kopf tat nicht weh.

Ich blinzelte ein paar Mal. Was zum Teufel?

Das Stechen in und hinter meiner Stirn hatte nachgelassen. Erheblich. Ein unbestimmtes Gefühl der Schwere blieb, das mich daran erinnerte, dass dort vor einem Moment noch Schmerz gewesen waren, aber das Schlimmste war definitiv vorbei.

Außerdem tat meine Schulter immer noch nicht weh, was ungewöhnlich war, wenn ich gestresst war. Vorsichtig rollte ich meine Schultern. Die Muskeln waren angespannt, ein bisschen steif und taten leicht weh, aber die größten Schmerzen waren verschwunden. Ich streckte mich vorsichtig, schloss die Augen und lächelte, als ich ausatmete.

Ich ertrank in Problemen, aber für kurze Zeit hatte ich keine Schmerzen. Ich hatte keine. Verdammten. *Schmerzen.*

Und wenn auch nur für kurze Zeit war ich damit völlig zufrieden.

„Hey, hey, da sieht aber jemand besser aus", rief Seth über die Musik im oberen Stockwerk. Wir gaben uns die Hände in dem Griff, der so aussah, als würden wir gleich zum Armdrücken übergehen. „Wie geht's der Schulter?"

„Viel besser." Zur Betonung meiner Worte rollte ich sie. „Das Zeug ist unglaublich."

Er grinste und hob seine Bierflasche in einem spöttischen Toast. „Hab's dir gesagt."

„Ja, ja, du hattest recht. Komm mit."

Seth folgte mir hinter die Bar und den Gang entlang an den Toiletten vorbei. Ich stieß die Tür auf, die mit *Zutritt nur für Angestellte* beschriftet war, und wir stiegen die

Metalltreppe zum Dach hinauf, wo wir immer chillten, wenn er in den Club kam.

Mehr als einmal hatte ich darüber nachgedacht, diesen Bereich als Terrasse für den Club zu nutzen, aber bei dem Gedanken an das Risiko bekam ich eine Gänsehaut. Was, wenn ein Betrunkener über die Brüstung kippte? Was, wenn eine Zigarette nicht in dem dafür vorgesehenen Behälter landete und der ganze Laden in die Luft flog? Nein, nein, nein. Dies war und würde auf absehbare Zeit nur ein Pausenraum im Freien sein.

Seth lehnte sich an die Brüstung und klopfte mit seiner Bierflasche auf die Ziegelsteine. „Michael hat dir also geholfen. Freut mich, das zu hören.“

„Mehr als ich erwartet habe, so viel steht fest.“ Ich warf ihm einen anklagenden Blick zu. „Du hättest mich warnen können, dass er heiß ist.“

Seth lachte. „Nun, ich wollte die Überraschung nicht verderben.“ Er hob das Bier an seine Lippen und fügte hinzu: „Zu schade, dass er hetero ist.“

Ich machte ein finsteres Gesicht. „Ja, das habe ich befürchtet.“

„Es ist eine verdammte Schande, dass er nicht für unser Team spielt. Ich meine, ich dachte es ein paar Mal, aber ...“

„Was meinst du damit?“

„In der Highschool hätte ich schwören können, dass er auf den Jungen steht, der mit uns in der Band war.“

„Ach ja?“

Seth nickte. „Michael und ich waren beide Solo-Trompeter. Damals war er ein super talentierter, großartiger Musiker. Ist er wahrscheinlich immer noch. Wie auch immer, im ersten Jahr auf der Highschool zog dieser Junge, Charlie Turner, in die Stadt. Ich schwöre, an dem Tag, als Charlie sich neben uns setzte, konnte sich Michael an keine einzige verdammte Tonleiter mehr erinnern." Er lachte und seine Miene nahm einen abwesenden Ausdruck an. „Danach war ich mir sicher, dass Michael schwul war. Oder zumindest bi. Neugierig. Irgendwas in der Art."

„Aber er ist es nicht?"

„Nein. Es gab keine Cheerleaderin an unserer Schule, die nicht mit ihm ausgegangen ist, und ich bin mir ziemlich sicher, dass er sich auf dem College durch zwei Studentenverbindungen gevögelt hat, bevor er seine Frau kennenlernte."

„Verdammt, er ist auch noch verheiratet?"

„*War* verheiratet."

„Aber spielt immer noch für das andere Team."

„Soweit ich weiß, ja."

„Bastard."

„Du weißt ja, wie das ist." Er zuckte mit den Schultern. „Die Guten sind alle schon vergeben oder hetero."

„Oh, danke vielmals."

Er lachte. „Hey, ich bin auch Single, also ..."

„Ja, aber wir reden hier von den Guten."

„Oh, leck mich."

Ich kicherte, dann stützte ich meinen Ellbogen auf die Betonbrüstung und sah ihn an. „Ihr wart also zusammen auf der Highschool? Wie seid ihr beide in dieser gottverlassenen Stadt gelandet?"

„Du kennst ja meine Geschichte, aber Michaels Sohn hat große Probleme mit Asthma, der ganze Mist. Der Smog in L. A. hat dem armen Kind nicht gut getan, also wollten Michael und Daina irgendwo hinziehen, wo es sauberere Luft gibt." Er deutete hinauf zum Nachthimmel, der mit Sternen übersät war, die selbst die schwachen Lichter der Stadt nicht trüben konnten. „Ich habe Tucker Springs vorgeschlagen und jetzt sind sie hier."

„Du?" Ich hob eine Augenbraue. „Du, der sich ständig darüber beschwert, dass er hier festsitzt und dass es in Tucker Springs nichts gibt? *Du* hast jemanden überredet, in diese Stadt zu ziehen?"

„Okay, es ist verdammt langweilig und ich würde gerne wegziehen, aber ich kann verstehen, warum jemand mit einem Kind hier leben möchte. Vor allem, wenn es einen Unterschied bei gesundheitlichen Problemen macht."

„Ich nehme an, das macht die Langeweile wieder wett, nicht wahr?"

„Anscheinend. Und hey, es bedeutet, dass ich meinen alten Freund in meiner Nähe habe. Ich sehe ihn zwar nicht so oft, wie ich gerne würde, aber es ist jetzt öfter als einmal im Jahr."

„Und die Akupunktur ist ein Bonus, richtig?"

„Darauf kannst du wetten."

„Wo wir gerade dabei sind, nochmals vielen Dank. Ich weiß nicht, was zum Teufel er getan hat, aber ..."

„Es hat geholfen, nicht wahr?"

„Gott, ja."

„Freut mich für dich", sagte er. „Wirst du wieder zu ihm gehen?"

„Ich möchte es, das kannst du mir glauben."

„Aber das Geld?"

„Wie immer."

„Wenn du welches brauchst, kann ich –"

„Auf keinen Fall, Seth." Ich hob eine Hand. „Ich kann dich das nicht bezahlen lassen. Das ist zu viel."

„Und wir wissen beide, dass du es dir nicht leisten kannst." Er zeigte auf den Club unter unseren Füßen. „Du hast diesen Ort, der beständig deine Brieftasche leert."

„Ja, und du musst dich um die Fixkosten deines Geschäfts und so was kümmern." Ich schüttelte den Kopf.

„Ich kann das nicht annehmen. Danke, aber ich kann nicht."

„Nun, das Angebot steht, falls du es brauchst."

„Ich weiß das zu schätzen." Und das tat ich wirklich, aber ich konnte sein Geld nicht annehmen.

Ganz gleich, wie dringend ich Michael wiedersehen wollte.

KAPITEL 5

Ich konnte der täglichen, ja sogar stündlichen Erinnerung nicht entkommen, dass ich finanziell versagt hatte, und es gab nur wenige Dinge, für die ich mich mehr schämte, als den Kerl im größten Pfandhaus des Light District so gut zu kennen, dass wir uns mit Vornamen anredeten. Allerdings hatte ich keine andere Wahl, also stieß ich die Tür auf und tat so, als würde ich den vertrauten Geruch des Ladens nicht bemerken. Es handelte sich hauptsächlich um gealtertes Vinyl und ammoniakhaltigen Glasreiniger – eine unverwechselbare Mischung, anhand derer ich dieses Geschäft selbst mit verbundenen Augen hätte erkennen können.

Der bittersüße Geruch des Versagens. Ich verdrängte den Gedanken, als ich auf die Vitrine am Eingang des Ladens zuhielt.

Emanuel – für die meisten von uns El – kam von hinten auf mich zu und grinste. „Jason! Mein Freund. Bist du hier, um mir Geld zu bringen?"

Ich zuckte zusammen und versuchte, nicht an die vier

Artikel zu denken, die ich verpfändet hatte. Wahrscheinlich würde ich nichts von dem Zeug wiedersehen.

„Schön wär's." Ich ignorierte die vertraute Kamera unter der Glasvitrine zwischen uns. „Ich fürchte, ich bin hier, um dir Geld abzuknöpfen."

„Mann, wenn das so weitergeht, muss ich mein Schild ändern und *Jason Davis' persönlicher Geldautomat* draufschreiben."

„Davon träume ich doch. Dann müsste ich nicht jede zweite Woche mein Haus auf den Kopf stellen, um etwas zu finden, das ich herbringen kann." Ich legte eine Uhr aus Leder und Stahl auf den Tresen und versuchte, mich nicht daran zu erinnern, wie sehr ich mir das verdammte Ding gewünscht hatte, bevor ich es schließlich kaufte. „Was kannst du mir dafür geben?"

Er schaute mich an statt der Uhr. „Ist alles in Ordnung mit dir? Du schaust nicht so gut aus."

Ich verzog das Gesicht. Weniger als eine Woche nach meinem Termin hatte meine Schulter bereits wieder angefangen, ihre alte, schmerzhafte Form zu erreichen.

El legte den Kopf schief. „Du versuchst, etwas für deine Schulter zu tun, nicht wahr?"

Meine Wangen brannten, aber es hatte keinen Sinn zu versuchen, El die Wahrheit zu verschweigen. Er war viel zu vertraut mit den Problemen, die sich von meiner körperlichen Gesundheit bis hin zu meinen finanziellen Schwierigkeiten erstreckten. „Ja, wenn ich es bezahlen kann. Es ist etwas Neues für meine Schulter."

Er schürzte die Lippen. „Etwas Neues?" Eine Augenbraue hob sich und er wich ein wenig zurück. „Jason, ich maße mir kein Urteil an, aber wenn das für Drogen ist ..."

„Nein, nein, ganz und gar nicht." Ich verlagerte das Gewicht. „Es ist für Akupunktur."

„Du? Akupunktur?" El blinzelte. „Hat dir jemand eine Waffe an den Kopf gehalten oder was?"

Ich lachte. „Nein, Seth hat mich dazu überredet."

„Und es funktioniert?"

„So weit, so gut." Ich deutete auf meine Schulter. „Ich brauche nur eine weitere Behandlung."

„Hey, was immer gut für dich ist, mein Freund." El grinste. „Aber wenn er dich bittet, deine Hose auszuziehen, weißt du, dass er vorhat, mehr als nur Nadeln in dich zu stecken."

Ich lachte verhalten. „Schön wär's, glaub mir."

„Meinst du, das würde gegen die Schmerzen helfen?"

„Wär mir scheißegal." Ich grinste und schämte mich nicht im Mindesten für die Gänsehaut, die sich auf meinen Armen bildete. „Du solltest diesen Kerl *sehen*."

„Ach ja?" El überlegte einen Moment lang. Dann stützte er eine Hand auf sein Kreuz und zuckte dramatisch zusammen. „Weißt du, ich glaube, ich spüre selbst einen plötzlichen Schmerz aufkommen."

Ich lachte. „Aber bevor du dich deswegen behandeln lässt, muss ich wegen meiner Schulter zu ihm." Meine Erheiterung verschwand und ich tippte auf die Uhr. „Deshalb bin ich ja hier."

Els Lippen wurden schmaler. „Wie viel brauchst du?"

„Wie viel kannst du mir geben?"

Er kniff die Augen zusammen und erwiderte kurz meinen Blick. Dann richtete er seine Aufmerksamkeit auf die Uhr. „Sie ist in gutem Zustand, aber diese Dinger verkaufen sich nicht so gut. Fünfunddreißig ist das Beste, was ich machen kann."

Ich atmete aus. „Scheiße ..."

Er trommelte mit den Fingern auf das Glas neben der Uhr. „Tut mir leid, Mann. Das ist wirklich das Maximum."

Geistesabwesend rieb ich mir den Nacken und versuchte, die Verspannungen zu lösen, die von meiner Schulter hochzukriechen drohten. Aber wenn das auch nur ein verdammtes bisschen helfen würde, wäre ich nicht hier und würde versuchen, wie ein verzweifelter Drogensüchtiger an etwas Geld ranzukommen, um mir das einzige Mittel zu besorgen, das *tatsächlich* half.

El beäugte mich. „Wie viel brauchst du?"

Ich schüttelte den Kopf. „Ich werde dich nicht bitten, mir mehr zu geben, als sie wert ist."

Der Blick aus seinen braunen Augen bohrte sich direkt in mich. Sie waren nicht so intensiv wie Michaels, aber sie hatten genau den richtigen Farbton, um mich an die meines Akupunkteurs zu erinnern, und meine Knie wurden ganz wackelig. Unauffällig lehnte ich mich an die Vitrine und hielt Els Blick stand.

Als er wieder etwas sagte, war sein Tonfall nicht verhandelbar. „Jason. Wie viel brauchst du?"

„Ich werde nicht –"

„Lass es mich anders ausdrücken", sagte er. „Wie viel kostet die Behandlung?"

Ich lenkte meine Aufmerksamkeit auf die Uhr, um seinem stechenden Blick auszuweichen. „Fünfundsechzig Dollar."

„Und wie viel hast du?"

„Nicht genug." Aber ich kannte die Antwort, die er wirklich wollte. Ich schloss die Augen und atmete scharf aus. Scham kribbelte in meinem Bauch und Hitze stieg mir ins Gesicht, als ich murmelte: „Wenn ich die nächste Woche auch was essen will? Dann ungefähr zwanzig."

El stieß einen schnaufenden Atemzug aus. „Mann, dieser Club saugt dich völlig aus."

„Das brauchst du mir nicht zu erzählen. Und wenn der Club mich nicht umbringt, dann tut es das Haus."

Er nickte, sagte aber nichts. Wir hatten dieses Gespräch schon oft genug geführt. Den Club schließen, das Haus loswerden, meine Verluste begrenzen – El wusste wahrscheinlich genauso gut wie ich, dass es keinen Sinn hatte, darüber zu diskutieren. Irgendwann würde ich mit der verheerenden langfristigen Katastrophe, die mein finanzielles Leben nun mal war, fertig werden. Irgendwie. Kurzfristig brauchte ich das hier.

„Also fünfundsechzig?", fragte er.

Ich sah ihn nicht an. „Danke."

Er druckte die üblichen Formulare aus, schrieb die entsprechenden Informationen darauf und reichte sie mir dann. Ich machte mir nicht die Mühe, sie zu lesen. El würde mir sagen, wenn sich seit meinem letzten Besuch hier etwas geändert hatte, und bei Gott, ich hatte diese Dinger oft genug gelesen, um sie auswendig zu kennen. Ich unterschrieb einfach auf der gepunkteten Linie und schob die Formulare über die Vitrine. El überprüfte sie, unterzeichnete sie und legte sie unter den Tresen.

Dann drückte er mir die Scheine in die Hand. „Nun, mein Freund, ich hoffe, die Akupunktur hilft weiterhin."

„Danke." Ich zog meine Brieftasche heraus und steckte das Geld ein. „Glaub mir, das hoffe ich auch."

El und ich unterhielten uns noch ein paar Minuten lang über unsere jeweiligen Geschäfte, die fantastischen neuen Biersorten, die eine Kneipe am Ende der Straße kürzlich eingeführt hatte, und darüber, ob wir glaubten, dass die Broncos es dieses Jahr schaffen würden. Dann schüttelten wir uns die Hände und ich verließ den Laden mit genug Geld in der Brieftasche, um eine Akupunkturbehandlung bezahlen zu können.

Als ich die Praxis betrat, blickte Nathan hinter dem hohen Tisch der Rezeption auf und strich sich ein paar Haarsträhnen aus den Augen. „Mr Davis, richtig?"

Ich nickte. „Ja, ich hoffe, ich bin nicht zu spät?"

„Oh, Schätzchen." Er winkte mit einer Hand. „Dr. Whitman ist heute so spät dran, wenn Sie wollten, könnten Sie einen Kaffee trinken gehen und die Zeitung lesen."

„Er ist jetzt schon im Rückstand?" Ich warf einen Blick auf meine Uhr. „Es ist noch nicht einmal eins."

„Sein erster Termin des Tages dauerte länger." Nathan stieß einen verärgerten Seufzer aus. „Dann auch der zweite und der dritte und ..." Wieder ein Winken. „Von da an ging es nur noch bergab. Was so ziemlich die Standardprozedur für den Doc ist."

Ich schmunzelte und tat so, als ob ich nicht hoffte, dass mein Termin auch etwas länger dauern würde. Hey, ich konnte den Mann nicht anfassen, aber ich hatte nichts dagegen, ihn ein paar Minuten länger anzuschauen. Oder seine Hände auf mir zu haben. Oder ...

Ich räusperte mich. „Dann werde ich einfach warten. Ich hab's nicht eilig."

„Sie Glücklicher." Nathan lächelte. „Die Hälfte der Patienten, die hierherkommen, haben gerade Mittagspause oder sind auf dem Weg, um ihre Kinder abzuholen. Sie haben es immer eilig, aber es macht ihnen nichts aus, ein bisschen länger beim Doc zu bleiben."

„Ich kann es ihnen nicht verdenken", sagte ich. „Nun, ich arbeite heute Abend nicht vor sieben. Wann immer er für mich Zeit hat."

„Es sollte nicht zu lange dauern. Er ist normalerweise ..." Nathan hielt inne und schaute auf etwas auf seinem

Schreibtisch. Dann riss er den Kopf hoch. „Oh mein Gott. Ihnen *gehört* das Lights Out?"

„Ja, das stimmt."

„Oh, ich liebe diesen Club. Nur eine Frage." Er beugte sich vor und senkte die Stimme zu einem verschwörerischen Flüstern. „Dieser Barkeeper mit den ganzen Tattoos und den Ohrringen. Sie wissen schon, der, der aussieht, als käme er gerade aus dem Gefängnis?"

„Caden?"

„Heißt er so? Wie dem auch sei, ist er", er senkte die Stimme noch ein wenig mehr, „ist er Single?"

Ich schüttelte den Kopf. „Ich fürchte, er ist schon vergeben."

Nathan schnalzte mit der Zunge. „Verdammt noch mal. Die Guten sind alle schon vergeben."

„Leider die Wahrheit, nicht wahr?"

Als sich eine Tür außerhalb meines Blickfelds öffnete, fügte eine Stimme in meinem Kopf hinzu: *Und wenn sie nicht vergeben sind, sind sie hetero.*

Eine Frau kam in die Lobby und am anderen Ende des Flurs öffnete sich eine weitere Tür, die sich dann wieder schloss. Michael musste mehrere Leute gleichzeitig behandelt haben.

Ich nahm Platz, während die Frau ihre Rechnung bezahlte und ging. Eine Weile später kam noch jemand anderes heraus. Etwa zehn Minuten später kam eine dritte Person den Flur entlang und Michael war direkt hinter ihr.

Er warf einen Blick in meine Richtung und vielleicht bildete ich mir das nur ein, aber er schien sich ein wenig anzuspannen. Er lächelte jedoch, nickte mir zu und wandte sich ab, bevor ich sicher sein konnte, ob seine Wangen Farbe bekommen hatten.

Ich rutschte auf meinem Stuhl hin und her und richtete

die Aufmerksamkeit auf den Bonsaibaum auf dem Jade-brunnen vor mir. Wunschdenken, nichts weiter. Der Mann war professioneller Mediziner und er war heterosexuell, ganz egal wie sehr ich mir auch wünschte, er wäre nur ein wenig neugierig und sehr, sehr unprofessionell.

„Jason?"

Ich sah auf und während ich aufstand, fragte Michael: „Wie geht es Ihrer Schulter?"

„Besser. Ich meine, es war ein paar Tage lang besser, nachdem ich bei Ihnen war. Die Behandlung hat geholfen. Sehr." Ich merkte, dass ich vor mich hinplapperte, und deutete auf meine Schulter. „Aber jetzt tut sie wieder weh. Ich war fast die ganze letzte Nacht wach."

Michael schürzte die Lippen und beäugte das belei-digte Gelenk, als ob es erklären könnte, warum es sich nicht seinem Willen unterworfen hatte. Dann zeigte er den Flur hinunter. „Kommen Sie mit nach hinten."

Ich folgte ihm in einen der Räume. Es war nicht derselbe wie beim letzten Mal, aber ähnlich eingerichtet: gedämpftes Licht, eine Massageliege, ein Stuhl und ein paar kleine Schränke und eine Kommode an den Wänden.

„Es freut mich zu hören, dass Ihre letzte Behandlung geholfen hat." Michael schloss die Tür hinter uns und sperrte uns in dem winzigen Zimmer ein. Oder besser gesagt, er schloss den Rest der Welt aus. Ohne meinen beständig steigenden Puls mitzubekommen, fragte er: „War die letzte Nacht besser, schlimmer oder ungefähr so wie das, was Sie vorher durchgemacht haben?"

„Sie war ..." Ich brach abrupt ab, als er mein Handge-lenk nahm und zwei Fingerspitzen dagegen drückte. Ich schluckte und zwang mich, seine Hand nicht anzuschauen. „Es war nicht so schlimm wie in den letzten paar Monaten."

„M-hm. Haben Sie etwas genommen?"

Ich hoffte, dass das gedämpfte Licht des Raumes die Röte kaschierte, die meine Wangen in diesem Moment verdunkelte. „Ich, ähm ...“ Was machte es schon, dass ich rot wurde? Er hatte seine verdammten Finger auf meinem Puls. „Ich habe Percocet genommen.“

„Hat es geholfen?“

Ich zuckte mit meiner guten Schulter. „So viel wie immer.“

„Und wie viel ist das?“

„Es hat dem Schmerz genug Schärfe genommen, dass ich etwas schlafen konnte. Besser als die ganze Nacht damit zu verbringen, mir die Kante einer Mauer in die Schulter zu bohren.“

Michael legte den Kopf schief. Er ließ meine Hand los, machte einen kurzen Vermerk in meiner Akte und fragte dann: „Die Mauerkante hineinbohren? Wie meinen Sie das?“

Ich wrang die Hände in meinem Schoß und konzentrierte mich auf sie, nicht auf ihn. „Es hört sich lächerlich an, aber manchmal, wenn es richtig wehtut, lehne ich mich gegen eine Ecke oder einen Sims an der Wand. Einfach irgendetwas mit einer scharfen Kante. So fest ich kann.“

„Dann tut es noch mehr weh, stimmt’s?“

Ich nickte und schaute nicht auf. „Ja. Es tut höllisch weh. Aber wenn ich damit aufhöre ...“

„Dann ist es eine Erleichterung, wenn dieser Schmerz aufhört, auch wenn der ursprüngliche Schmerz noch da ist.“

Endlich sah ich ihm in die Augen. „Ja. Ganz genau.“

„Und natürlich wird der ursprüngliche Schmerz durch die freigesetzten Endorphine gemindert.“

„Das nehme ich an. Ich weiß nur, dass es Nächte gibt, in denen es entweder Tabletten oder die Wand ist. Oder beides.“

Er legte meine Akte ab. „Nun, deshalb sind Sie ja hier. Der Plan ist, Sie von den Tabletten wegzubringen. Und von der Wand. Bevor sie Schaden nimmt."

„Die meisten Leute würden sagen, dass *ich* einen Schaden habe."

Michael lachte. „Ich fürchte, daran kann ich leider nicht viel ändern." Er ging an mir vorbei zu der kleinen Kommode hinter der Liege, auf der ich saß.

„Bevor wir anfangen", begann ich, „Sie haben mir beim letzten Mal gesagt, dass mehrere Termine nötig sind, um das zu behandeln. Ist das … immer noch realistisch?"

„Ich wünschte, ich könnte Ihnen sagen, dass dies eine sofortige Lösung ist, aber diese Verletzung hat eine lange Zeit gehabt, um sich festzusetzen. Es wird eine Weile dauern, sie zu heilen."

„Der Zeitfaktor ist nicht das Problem." Ich schluckte und fragte mich, ob es sich so anfühlte, wenn ich buchstäblich meinen Stolz hinunterschlucken musste. „Es ist das Geld."

„Nun, vielleicht können wir etwas aushandeln. Wie ich schon sagte, da die Versicherung die Akupunktur meistens nicht übernimmt, habe ich oft damit zu tun. Wir werden eine Lösung finden."

Ich lachte bitter auf. „Tja, ich bin mir nicht sicher, wie sehr man etwas aushandeln kann, wenn es um Essen oder Akupunktur geht."

Michael trat in mein Blickfeld und als ich ihn ansah, waren seine Augenbrauen hochgezogen. „Sie verzichten doch nicht aufs Essen, oder?"

„Nicht dieses Mal. Aber es gibt nur eine begrenzte Anzahl an Zeug, das ich verpfänden kann, um dafür zu bezahlen."

„Autsch." Er kaute auf seiner Unterlippe und zupfte

geistesabwesend an der Verpackung einer der Nadeln in seiner Hand.

„Autsch ist das richtige Wort." Ich seufzte. „Das wirklich Schlimme daran? Vor einem Jahr hatte ich fast alles unter Kontrolle. Ich war noch immer am Kämpfen, aber ich hatte die Lage so weit im Griff, dass ich über die Runden kam. Dann verschlechterte sich der Immobilienmarkt und obendrein verlor ich, wie ich schon sagte, sowohl meinen Geschäftspartner als auch meinen Freund innerhalb weniger Monate, sodass ich mit dem Club und der ganzen Hypothek alleine dastand und ..." Ich machte eine frustrierte Geste. „Jetzt bin ich im Grunde genommen am Arsch." Ich machte eine Pause. „Und aus irgendeinem Grund erzähle ich Ihnen meine Lebensgeschichte. Ich schwöre, ich versuche nicht, Mitleid zu erhaschen, ich –"

„Erkläre nur, wie es zu meiner aktuellen Lage gekommen ist", sagte er mit einem Nicken. „Ich verstehe das. Und ich kenne das Gefühl, glauben Sie mir. Die Lebenshaltungskosten hier sind obszön hoch."

„Gelinde ausgedrückt."

„Ich frage mich langsam, ob der natürliche Zustand aller Menschen in dieser Gegend ‚gerade so über die Runden kommen' ist."

„Selbst für einen Arzt?"

„Ja. Ehrlich gesagt, ich würde aus Tucker Springs wegziehen, wenn ich könnte. Ich liebe es hier, aber es ist so verdammt teuer."

„Warum bleiben Sie dann?"

„Mein Sohn." Er strich über den Rand des Aktenordners in seinen Händen. „Seine Mutter und ich haben das gemeinsame Sorgerecht und es würde ... die Dinge verkomplizieren." Er hielt inne, seine Augen verloren an Fokus. Dann schüttelte er sich leicht und war wieder konzentriert.

„Wie auch immer. Ich versuche durchzuhalten. Zu schauen, ob die Wirtschaft besser wird, und alles zu tun, was ich kann, um mehr Patienten zu bekommen. Sie wissen ja, wie das ist."

„Ja, das kenne ich."

„Natürlich habe ich auch noch die Praxis." Er machte eine Geste, die den Raum umfasste. „Fixkosten und all das."

Ich stöhnte auf. „Gott, ich weiß, wie das ist. Auch wenn ich es meinem schlimmsten Feind nicht wünschen würde, ist es manchmal gut zu wissen, dass ich nicht der Einzige bin."

„Nicht wahr?" Er lachte humorlos. „Und jetzt hören Sie sich noch das an: Als Bonus musste ich meine Wohnung auf eine monatliche Mietzahlung umstellen, was natürlich teurer ist, denn ich weiß nicht, ob ich sie mir in drei, sechs oder zwölf Monaten noch leisten kann."

„Autsch. Seien Sie froh, dass Sie nicht mit einer verdammten Hypothek belastet sind."

„Bin ich auch. Jeden Tag, glauben Sie mir, bin ich froh darüber." Seine Augen nahmen einen distanzierten Ausdruck an. „Aber ich denke, wir alle haben unser Kreuz zu tragen."

„Ja." Ich fragte mich, welches Gewicht er sonst noch auf seinen Schultern mit sich schleppte. „Das tun wir wohl."

Unsere Blicke trafen sich.

Dann räusperte sich Michael und legte den Akten-ordner auf den Stuhl neben dem Tisch. „Wie dem auch sei. Ziehen Sie Hemd und Schuhe aus und legen Sie sich hin."

„Diesmal keine Autobatterie?"

Er lachte. „Noch nicht. Sie werden sich nur eine Weile mit ein paar Nadeln entspannen, und dann lasse ich Sie sich auf dem Bauch legen, damit ich eine Elektrostimulation entlang des Schulterblatts durchführen kann."

„Schocktherapie", murmelte ich. „Kann es kaum erwarten."

Michael schmunzelte nur.

Er musste mehr als ein Dutzend Nadeln gesetzt haben und sie waren nicht auf meine Schulter konzentriert. Hände. Füße. Zwei in meiner Kopfhaut. Anscheinend irgendwas wegen der Beruhigung der Leber und der Gallenblase. Ich hörte nur halb zu, als er es mir erklärte; seine Finger waren auf mir und kein Gerede und kein Piks von scharfen Gegenständen in meine Haut konnten mich von ihnen ablenken. Ich spürte die Nadeln kaum. Als er mein Haar vorsichtig geteilt hatte, ließ er Elektrizität über meine Nervenenden fließen, und es war mir egal, ob er die Gänsehaut sah. Solange ich es schaffte, nicht sichtbar erregt zu werden, war alles in Ordnung, und irgendwie blieb ich in dieser Hinsicht gelassen.

Tatsächlich war ich so gelassen wie schon lange nicht mehr. Ich war mir seiner Gegenwart und seiner Berührung bewusst, ja, aber ... gelassen. Entspannt. Ich hätte nie gedacht, dass ich mich so fühlen würde, obwohl ich wahrscheinlich wie ein menschliches Nadelkissen aussah, aber nach der letzten Nacht nahm ich es hin.

Ich war mir vage bewusst, dass Michael sich neben mir bewegte. Er stand auf – anscheinend hatte er gesessen? Verdammt, ich hatte den Überblick verloren – und trat vom Tisch weg.

„Haben Sie es bequem?", fragte er.

„Sehr." Nur ein Wort und es kostete unvorstellbare Mühe, es auszusprechen. „Könnte einschlafen."

„Gut. Ich bin in etwa zwanzig Minuten zurück."

Er dämpfte das Licht, bis er nur noch als Silhouette an

der Wand zu erkennen war. Als er die Tür öffnete, strömte helles, kühles Licht vom Flur herein und beleuchtete ihn einen Moment lang, bevor er hinaustrat. Die Tür schloss sich hinter ihm und der Raum wurde wieder weitgehend dunkel.

Meine Augenlider waren schwer, also ließ ich sie zu.

Eine Zeit lang döste ich vor mich hin. Halb träumte ich, halb ließ ich meine Gedanken umherstreifen. Zuerst versuchte ich, so ruhig wie möglich zu liegen, weil ich nicht mehr wusste, wo all die Nadeln waren, aber bald hatte ich gar keine Lust mehr, mich zu bewegen. Ich fühlte mich zu wohl. Zu entspannt.

Und während ich diese friedliche Schläfrigkeit genoss, wanderten meine Gedanken zu all dem, über das Michael und ich zuvor geredet hatten. Obwohl der bloße Gedanke an Geld all diese Entspannung leicht zunichtemachen könnte, geschah es dieses Mal nicht.

Ich fühlte mich ein bisschen weniger wie ein gottverdammter Versager, wenn ich wusste, dass ich nicht der Einzige war, der zu kämpfen hatte. Oder es war einfach genug Platz für uns alle in dem Versagerboot.

Meine Lider flogen auf. Michael war in der gleichen Situation wie ich. Er kam kaum über die Runden und hatte mit den Lebenshaltungskosten zu kämpfen.

Was wäre, wenn ...

Was würde ein Hetero davon halten, mit einem schwulen Mann zusammenzuleben? Was hielt *ich* davon, mit einem umwerfend heißen Kerl zusammenzuwohnen, den ich nicht anfassen konnte? Aber verzweifelte Zeiten rechtfertigten nun mal verzweifelte Maßnahmen, und Fremde als Mitbewohner ins Haus zu holen, war eine verdammt verzweifelte Maßnahme. Einen Kerl wie Michael in mein Haus zu holen, würde vielleicht nicht viel gegen meine sexuelle Frustration ausrichten, aber es könnte den Blick auf mein Bankkonto ein bisschen weniger schmerzhaft machen.

Ich hatte genug Platz. Das Gästezimmer wurde überhaupt nicht mehr benutzt, seit Wes ausgezogen war. Die einzigen Übernachtungsgäste, die wir je gehabt hatten, waren seine Eltern alle paar Monate, und ich ging kaum noch in mein Arbeitszimmer, seit ich einen Laptop hatte. Ich könnte das Zimmer problemlos für Michael oder seinen Sohn räumen.

Michael kannte mich nicht, aber er kannte Seth. Seth konnte für uns beide bürgen, zumindest ausreichend, um uns gegenseitig davon zu überzeugen, dass wir keine Axtmörder waren. Aber wie ich Seth kannte, würde er einen Weg finden, uns seine Empfehlung aufs Auge zu drücken.

Ein Klopfen an der Tür holte mich in die Gegenwart zurück und Michael betrat den Raum. Er schloss die Tür hinter sich und erhellte langsam das Licht, bis ich seine Gesichtszüge erkennen konnte.

„Geht es Ihnen gut?", fragte er.

„*Oh* ja."

„Gut. Ich möchte aber noch Elektrostimulation durchführen."

„Sie und Ihre Autobatterie."

Michael lachte. „Sie kennen mich ja."

Ich wünschte, es wäre so ...

Er drehte das Licht noch ein wenig heller und entfernte vorsichtig alle Nadeln. „Legen Sie sich mit dem Gesicht nach unten hin. Setzen Sie sich aber langsam auf und geben Sie mir Bescheid, wenn Ihnen schwindelig wird."

Ich gehorchte und achtete darauf, meine Schulter nicht zu belasten, obwohl ich, als ich mich aufrichtete, feststellte, dass sie nicht besonders wehtat. Sie schmerzte ein wenig und war unangenehm verkrampft, aber das Schlimmste war definitiv vorbei. Ich neigte den Kopf erst auf die eine, dann auf die andere Seite, bevor ich meine Schulter vorsichtig rollte. Ja, verkrampft und schmerzend, aber nicht unerträglich.

Dann legte ich mich mit dem Gesicht nach unten auf den Tisch, mit dem Kopf in dem donutförmigen Kissen.

„Ist das bequem?", fragte er. „Das belastet nicht Ihren Nacken oder Ihre Schulter?"

„Es ist in Ordnung."

„Sagen Sie mir einfach, wenn Sie sich bewegen müssen."

Eine Schublade öffnete und schloss sich und etwas Plastik knisterte. Wahrscheinlich Nadelbehälter. Dann wurde eine Tüte aufgerissen, was sich sehr nach einer Kondomverpackung anhörte –

Denk nicht in diese Richtung, Jason. Denk nicht in diese Richtung.

Als er die erste Nadel ansetzte, unterdrückte ich einen Schauer; so attraktive Männer sollten nicht in Berufen arbeiten, die Berührungen erforderten. Nein, streicht das. Sie sollten es. Sie sollten dazu *verpflichtet* sein. Eigentlich sollten sie –

Eine Nadel pikste stärker, als ich erwartet hatte, und ich zuckte zusammen und fluchte mit zusammengebissenen Zähnen.

„Alles okay?", fragte er.

„Ja. Normalerweise tun sie nicht so weh."

„Wenn der Muskel besonders empfindlich ist, kann das der Fall sein", sagte er. „Wie fühlt es sich jetzt an?"

„Tut immer noch weh, aber es ist nicht so schlimm."

„Wenn es unerträglich wird, geben Sie mir Bescheid."

„Wird gemacht."

Während er seine Arbeit fortsetzte, kaute ich auf meiner Unterlippe und versuchte, den Mut aufzubringen das anzusprechen, worüber ich nachgedacht hatte, während er nicht im Zimmer gewesen war. Es war leicht zu sagen, dass ich mit jemandem, der so attraktiv war und in meinem Haus lebte, umgehen konnte. Ein wenig schwieriger war es, wenn die Hände von diesem Jemand auf meiner Haut waren und ich mich so sehr darauf konzentrieren musste, cool zu bleiben.

Es dämmerte mir, dass die bloße Andeutung die Situation peinlich machen könnte. Ach, zum Teufel damit. Wenn es so wäre, gäbe es andere Akupunkteure in Tucker Springs. Und die konnte ich mir wahrscheinlich auch nicht leisten.

„Hören Sie mal, ich weiß, das kommt sehr unerwartet, aber ... hören Sie mir einfach bis zum Ende zu."

Er sagte nichts.

Ich fuhr fort. „Es klingt, als ob wir beide damit zu kämpfen hätten, über die Runden zu kommen, und vielleicht könnten wir beide in dieser Hinsicht etwas Erleichterung gebrauchen."

„M-hm ..." Er stach eine weitere Nadel in mich.

„Wären Sie bereit, eine Wohngemeinschaft in Betracht zu ziehen?"

Michaels Hände erstarrten. „Sie ... Ist das Ihr Ernst?"

Ich nickte, so gut ich in dieser Position konnte. „Ich weiß, es klingt völlig verrückt, vor allem, weil wir praktisch Fremde sind, aber Seth kann für uns beide bürgen."

„Stimmt." Einen Moment lang war er still. Ich war mir nicht sicher, ob er über die Idee nachdachte, sich darauf konzentrierte, Nadeln zu arrangieren, oder beides. Dann: „Sie wissen schon, dass ich das gemeinsame Sorgerecht für meinen Sohn habe, oder? Er würde also einen Teil der Zeit bei mir leben."

Ich nickte erneut. Die Tatsache, dass er die Idee nicht sofort abgeschmettert hatte, gab mir einen seltenen Hoffnungsschimmer.

„Und das stört Sie nicht?", fragte er.

„Warum sollte es?"

Seine Hände hielten kurz inne, dann setzten sie ihre Arbeit fort.

Nach langem Schweigen sagte er: „Das ist ein interessanter Gedanke. Ich möchte mich jetzt noch nicht festlegen, aber ich sage Ihnen was: Drucken Sie einen Mietvertrag aus. Treffen wir uns außerhalb der Praxis, lassen Sie uns die Einzelheiten besprechen und..." Er zog sanft an einem Kabel, dann nahm er das Gerät in die Hand. „Vielleicht können wir etwas aushandeln."

KAPITEL 6

Am folgenden Nachmittag schlenderte ich mit einer Mappe unter dem Arm durch den Light District. Noch war nichts in Stein gemeißelt, aber der Gedanke, dass ein Mitbewohner meine finanziellen Sorgen lindern könnte, gab mir ein viel besseres Gefühl.

Ausnahmsweise gut gelaunt, entspannte ich mich und genoss die malerische Umgebung. Der Light District war eine dieser coolen Gegenden, wo nichts zusammenpasste, mit seltsamen Läden und eklektischen Kunstwerken an jeder Ecke. Ursprünglich sollte es ein Treffpunkt für Autoren, Dichter, Musiker und Künstler sein. Aber anscheinend zog es auch diejenigen an, die sich für ein Geschenk Gottes an die Kunst hielten, aber nicht das Zeug dazu hatten, damit einen Durchbruch zu schaffen. Also gab irgendwann in den frühen 1970er Jahren jemand aus der Literaturabteilung der Tucker U, der Privatuniversität am nördlichen Ende der Stadt, dem Viertel den Namen Hacktown in Anlehnung an die vielen *Hacks* –Schmierfinken. Der Spitzname hielt sich eine Zeit lang, auch wenn er heute nicht mehr so oft verwendet wurde, doch das künstlerische Patchwork aus Menschen und Läden blieb bestehen.

Die meisten der Möchtegern-Künstler waren ausgezogen und dies war das Herz der queeren Gemeinschaft von Tucker Springs geworden. Hoffentlich störte es Michael nicht, mich hier zu treffen. Andererseits, wenn er auch nur ein bisschen homophob wäre, würden er und Seth sich nicht so nahestehen, und ich bezweifelte, dass er in dem Fall überhaupt in Erwägung gezogen hätte, mit mir zusammenzuziehen. Wenn er schon bei einem Spaziergang durch diese Gegend die Krätze bekäme, würde dieses Arrangement wahrscheinlich nicht funktionieren.

Ich wartete auf ihn an einem Tisch vor einem der kleinen Bierlokale, die den Stadtplatz an der südwestlichen Ecke des Light District säumten.

Ich war früh dran, also machte ich es mir mit meinem Kaffeebecher auf dem Knie bequem, während die Sonne meinen Rücken wärmte. Meine Brieftasche und meine Schlüssel lagen oben auf der Mappe und dienten als behelfsmäßige Briefbeschwerer, damit die leichte Brise den Mietvertrag nicht über den ganzen Pavillon verstreute. Das Wetter war für die Jahreszeit ungewöhnlich warm, wenn man bedachte, dass der Frühling noch im Anmarsch war, und keine einzige Wolke am Himmel versperrte mir die Sicht auf die schneebedeckten Berge, die im Westen eine zackige Linie bildeten. Es war ein spektakulärer Tag, um mit einem Mountainbike einen schmalen Trail in den niedrigeren Lagen zu befahren. Vielleicht würde ich das eines Tages wieder tun können.

Hier in der Stadt nutzten Dutzende von Menschen das gute Wetter aus. Ein Trio von Skateboardern mit herunterhängenden Hosen schlängelte sich zwischen Paaren und Familien hindurch, wobei die Plastikräder ihrer Boards über die rötlichen Pflastersteine des Platzes klapperten. Der Fahrradverleih musste ein Riesengeschäft machen, denn in seinem langen Ständer befanden sich nur noch zwei Fahrräder. Die Bierlokale und Cafés hatten alle ihre Terrassen geöffnet und selbst um halb fünf am Nachmittag waren die meisten Tische besetzt.

An Tagen wie diesen konnte ich verstehen, warum Tucker Springs die Leute anlockte. Ich nahm an, dass es ein ganz guter Ort zum Leben war. Verdammt teuer und im Winter definitiv nichts für schwache Nerven, aber alles in allem war es ganz okay. Vielleicht war ich einfach nur zynisch, weil mein Leben im letzten Jahr so mies verlaufen war, und ich war bereit, die Schuld auf alles zu schieben, was gerade zur Hand war. Welches leichtere Ziel gab es als eine ruhige, kleine Stadt, die auf dem Papier besser klang, als sie in Wirklichkeit war? Besonders dieser Ort.

Nehmen wir den Namen der Stadt selbst. Hätten die Gründer an Wahrheit in der Werbung geglaubt, hätten sie den Ort Tucker Mud Puddle – Schlammpfütze – genannt. Die einzige Zeit, in der die namensstiftenden Quellen nennenswert waren, war nach einem mächtigen Gewitter oder nach starker Schneeschmelze in den Bergen, und dann waren die Straßenverhältnisse so schlecht, dass sie ohnehin kaum zugänglich waren.

Und dann gab es noch *Villa Condominiums*, wo mein Ex und ich gewohnt hatten, bevor wir das Haus gekauft hatten. Von wegen schicke Anlage mit Eigentumswohnungen. Egal wie man es nannte, es waren einfach nur enge Buden, die zwischen anderen engen Buden eingeklemmt waren, mit einem schmalen, hallenden Treppenhaus voller Metallgitter, das in Ordnung schien, bis man versuchte, eine Couch in den dritten Stock zu schaffen.

Eigentumswohnung hin oder her, der Immobilienmarkt

war zurzeit furchtbar und wir hätten es besser wissen müssen, als ein Haus zu erwerben, nachdem wir unsere Wohnung kaum hatten verkaufen können, ohne unser letztes Hemd und ein paar Gliedmaßen zu verlieren. Aber wir hatten ja auch nicht geplant, es zu kaufen und dann bald wieder auszuziehen. Begriffe wie „sesshaft werden" und „eine Weile hierbleiben" waren oft genug gefallen, sodass der Kauf während einer miesen Marktlage eine großartige Chance war und keine Gelegenheit, in den Arsch gefickt zu werden. Und nicht auf die Art und Weise, wie ich es mochte, in den Arsch gefickt zu werden.

Aber wir hatten das Haus gekauft und dann musste ich mich ja verletzen. Und das hatte Wes' schlimmste Seite hervorgebracht. Seine übliche Ungeduld – großer Gott, der Mann konnte einfach nicht mit irgendeiner Form von Unannehmlichkeiten umgehen – war viel schwerer zu ertragen, wenn sie gegen mich gerichtet war. Es war amüsant gewesen, ihn über eine rote Ampel fluchen oder über einen verspäteten Flug schimpfen zu hören. Sich diesen *Bist du* endlich *fertig?*-Blick einzufangen, wenn etwas so Einfaches wie das Anziehen eines Hemdes mir fast Tränen in die Augen trieb? Nicht so sehr.

Meine Laune verschlechterte sich, und ich trank den letzten Rest meines Kaffees und warf den Becher in einen nahe gelegenen Mülleimer. Dann setzte ich mich wieder und blätterte in der Mappe mit dem Mietvertrag, während ich den Blick gelegentlich durch die Menschenmenge schweifen ließ. Vielleicht würde sich meine Lage jetzt bessern.

Wenn Michael zustimmte einzuziehen.

Zum Teufel, selbst wenn er nicht wollte, konnte ich immer noch einen anderen Mitbewohner finden, aber mir gefiel die Vorstellung von jemandem, mit dem ich mir einen gemeinsamen Freund teilte. Und ich hatte definitiv nichts gegen einen solchen Augenschmaus.

Nur dass ich mich mit ihm in meinem Haus in den Wahnsinn treiben würde. Er war tabu – hetero, mein Akupunkteur, mein Mitbewohner –, also war er nur eine Augenweide, mehr nicht. Das bedeutete aber nicht, dass *andere* Leute ihn nicht anfassen konnten. Gott stehe mir bei, wenn er eines Abends „Gesellschaft" mit nach Hause brachte.

Und wenn man vom Teufel sprach – da war er. In der einen Sekunde waren die Gesichter in der Menge eine verschwommene Masse, in der nächsten waren die verschwommenen Gesichter hinter Michael, als er mit Sonnenbrille und den Händen in den Taschen seiner Jeans auf mich zuschlenderte. Die Sonne wurde von seiner Uhr reflektiert, was meine Aufmerksamkeit auf seine Arme lenkte. Seine Ärmel waren wieder bis zu den Ellbogen hochgekrempelt und gaben den Blick auf seine leicht gebräunten Unterarme mit feinen, dunklen Härchen frei.

Ich stand auf und wir schüttelten uns die Hände, bevor wir uns beide setzten. Die metallenen Stuhlbeine schrammten über das Kopfsteinpflaster, als wir an dem kleinen, runden Tisch zwischen uns näherrückten.

Michael legte den Fuß auf sein gegenüberliegendes Knie und tippte geistesabwesend – nervös – mit den Fingern auf die Seite seines Knöchels. „Also, eine gemeinsame Wohnung, halten Sie das wirklich für eine gute Idee?"

„Sie nicht?"

Aber er ist hier. Das ist ein gutes Zeichen.

Er zuckte mit den Schultern. „Ich denke einfach nur darüber nach. Es ist verlockend, das muss ich Ihnen lassen. Ich bin mir nicht sicher, ob ..."

„Vielleicht ist es eine gute Idee, vielleicht auch nicht."

Ich verschränkte die Hände in meinem Schoß. „Wenn es nicht klappt, heißt es nicht, dass wir für immer dabei bleiben müssen."

„Bis auf die Sache mit der ersten und letzten Monatsmiete bei einer neuen Wohnung, der Kaution und all dem Scheiß." Er atmete tief ein und aus. „Das ist kein völlig risikoloses Angebot."

„Ist das denn irgendein Angebot?"

„Nein, wohl nicht." Er schwieg einen Moment, dann deutete er auf die Mappe neben meiner Brieftasche und meinen Schlüsseln. „Ich nehme an, das ist der Mietvertrag?"

Ich schob die Mappe zu ihm. „Nichts Außergewöhnliches. Nur ein Mustervertrag, den ich im Internet gefunden habe. Es ist alles verhandelbar, falls Ihnen etwas nicht gefällt."

Michael nahm ihn in die Hand, und während er die Seiten durchblätterte, nutzte ich seine Beschäftigung *nicht* aus, um ihn abzuchecken. Ich doch nicht. Niemals. Denn als er den Kopf nach vorne schob, um zu lesen, befand er sich absolut nicht in dem perfekten Winkel, um mich zu fragen, wie die Haut seines Halses schmeckte. Das kam mir überhaupt nicht in den Sinn. Kein einziges Mal.

Jason. Mann. Hör auf mit dem Scheiß.

Ich erstickte ein Husten. „Also, um ganz offen zu sein, die Hypothekenzahlungen sind zweitausenddreihundert Dollar. Für die Miete verlange ich eintausend pro Monat. Darin ist alles enthalten, außer Essen und so weiter."

„Wirklich?" Er legte den Kopf schief und entblößte dabei ungewollt einen weiteren Zentimeter seines Halses. „Nicht halbe-halbe?"

„Nicht, wenn ich in Eigenkapital investiere und Sie nicht."

„Hm, gutes Argument. Aber ich bringe zwei Leute mit, nicht nur einen."

„Und der Zweite ist nur die Hälfte der Zeit da. Aber ich mache mir da keine Sorgen, denn die Hypothek muss ich so oder so bezahlen und ehrlich gesagt brauche ich im Moment alles, was ich kriegen kann, um sie zu stemmen. Außerdem lohnt es sich nicht, wenn ich mehr verlange, denn die Miete für eine Zweizimmerwohnung liegt bei ungefähr zwölfhundert Dollar."

„Plus Nebenkosten." Er lächelte. „Das ist ein ziemlich verlockendes Angebot. Ich will Sie nicht über den Tisch ziehen."

Du kannst mich über den Tisch zu dir ziehen und darauf vögeln, wie immer du willst.

„Machen Sie sich keine Sorgen. Sie würden mir einen großen Gefallen tun, wenn Sie auch nur die Hälfte davon bezahlen."

Michael schloss die Mappe. „Nun, ich möchte das Haus sehen, bevor ich mich darauf einlasse."

„Natürlich." Ich holte mein Handy heraus. „Wollen Sie sichergehen, dass Sie nicht in ein Crack-Haus ziehen?"

„So ungefähr. Aber Sie scheinen mir nicht der Typ zu sein, der ein Drogenlabor besitzt."

„Der Schein kann trügen."

Er schmunzelte. „Nicht so sehr."

Unsere Blicke trafen sich und sein wissendes Lächeln ließ mich erschauern. Ich hätte wissen sollen, mit wem ich hier redete. Der Mann hatte wahrscheinlich schon erraten, welche Art von Kunstwerken ich an den Wänden hatte und welche Fernsehsendungen ich aufzeichnete.

Ich richtete die Aufmerksamkeit wieder auf mein Handy und tippte auf das Fotoalbum mit den Aufnahmen, die ich heute früh gemacht hatte. „Wie auch immer, hier sind ein paar Bilder vom Haus." Ich reichte ihm mein Handy.

Er nahm es und blätterte durch das Album. „Wow. Das Haus ist wunderschön."

„Danke." Ich lachte trocken. „Ich dachte, ich würde damit ein tolles Geschäft machen, aber ..."

Er sah von den Bildern auf. „Stimmt irgendetwas nicht damit?"

„Nein, nein, mit dem Haus selbst ist alles in Ordnung. Ich liebe es. Aber ich bin mit dem Gedanken herangegangen, dass zwei Einkommen die Hypothek bezahlen würden, und das hat nicht ganz funktioniert."

„Ja, das kann ich nachvollziehen", murmelte er und blätterte weiter durch das Album. Als er fertig war, legte er das Handy auf den Tisch und schob es zu mir zurück. „Ich bin definitiv interessiert. Aber sind Sie sicher, dass das für Sie keine Zumutung ist?"

„Nein, überhaupt nicht. Und was mich betrifft, so ist es nicht anders, als wenn wir das Haus von Anfang an zusammen gemietet hätten. Ja, das Haus gehört mir, aber ich bin in der gleichen Lage wie Sie, also werde ich mich nicht zum Alleinbestimmer aufschwingen."

„Und Sie sind ganz sicher, dass es Ihnen nichts ausmacht, wenn mein Sohn mit einzieht?"

„Natürlich nicht."

„Gut", sagte er leise, wahrscheinlich mehr zu sich selbst als zu mir. „Er wird sowieso nur die Hälfte der Zeit da sein. Seine Mutter und ich wechseln uns jeden zweiten Mittwochabend ab."

„Wie alt, sagten Sie, ist er?"

„Sieben", sagte Michael. „Und er ist ein ruhiger Junge. Ein bisschen schüchtern, aber ... seine Mutter und ich versuchen, ihm zu helfen, aus seinem Schneckenhaus herauszukommen. Der Punkt ist, dass er nicht die Art von Kind ist, die schreiend durch das Haus rennt."

Ich lachte. „Nun, das ist immer ein Pluspunkt. Aber, ich meine, er ist noch ein Kind." Ich zuckte mit den Schultern. „Ich habe Nichten und Neffen. Ich weiß, wie das ist."

Er nickte und warf einen Blick auf die Mappe mit dem Mietvertrag. „Wissen Sie, um ehrlich zu sein, bin ich in meiner Lage fast versucht, unbesehen zu unterschreiben.

„Ich kenne das Gefühl." Ich schaute auf meine Uhr. „Wie viel Zeit haben Sie noch?"

„Ich habe heute Abend frei. Mein Sohn ist bei seiner Mutter und ich habe die Praxis für heute bereits geschlossen."

„Warum fahren wir nicht gleich rüber zu mir?"

Michael parkte neben mir in der Einfahrt. Als ich aus dem Auto stieg, schaute ich mich in der Sackgasse um. Ich hatte ein paar neugierige Nachbarinnen, die nicht viel zu tun hatten – solche, die sich noch immer darüber aufregten, dass *einer von denen* in dieser respektablen Nachbarschaft wohnte – und die sich wahrscheinlich schon gegenseitig anriefen, um zu verkünden, dass ich einen Mann mit nach Hause gebracht hatte. Schon wieder. Noch dazu am helllichten Tag, als schamloser Mistkerl, der ich war.

Ich lachte in mich hinein.

Ich wünschte, es wäre so, meine Damen. Glaubt mir, ich wünschte es.

Ich schloss die Haustür auf und führte Michael hinein. Er sah sich im Eingangsbereich um. Ich folgte seinem Blick und nahm meine vertraute Umgebung wahr, als hätte ich sie noch nie zuvor gesehen.

Die Böden waren aus Hartholz, von der Sorte, die bei der geringsten Belastung knarrte, und die riesigen Räume verstärkten jedes Geräusch. Ein Haus dieser Größe schien eine gute Idee zu sein, als Wes und ich über Dinge wie „für immer" und „eine Familie" geredet hatten, aber allein hier zu leben, verursachte bei mir eine Gänsehaut, fast so schlimm wie das Gefühl, die Hypothek allein zu bezahlen.

Ich riss mich aus meinen trübseligen Gedanken und führte Michael den Flur hinunter. Auf der einen Seite war das Wohnzimmer, auf der anderen die Küche und das kaum genutzte Esszimmer.

Im Wohnzimmer waren die Wände und Einbauregale auffallend leer. Nicht völlig, als wäre ich jemand, der mit Unordnung nicht leben konnte, sondern es befanden sich gerade genug kleinere Gegenstände in dem Raum – ein gerahmtes Foto, ein paar Bücher auf dem Couchtisch –, um anzudeuten, dass da mehr hätte sein sollen. Und das wäre auch so gewesen, aber das meiste, was ich außer Möbeln und einfacher Elektronik besaß, war entweder in Wes' neuer Wohnung am anderen Ende des Landes oder in Els Pfandleihe.

„Im Moment ist alles noch ziemlich spärlich", sagte ich mit einem selbstironischen Lachen. „Früher oder später werde ich es so einrichten, dass es aussieht, als würde hier tatsächlich jemand wohnen."

„Wenn ein Siebenjähriger einzieht, müssen Sie sich darüber wahrscheinlich keine Sorgen machen." Michael schaute mich mit hochgezogenen Augenbrauen an.

Ich winkte mit einer Hand. „Es kann nicht schlimmer sein als alles, was ich mit dem Haus gemacht habe. Seien Sie froh, dass Sie nicht hier waren, als ich dachte, ich könnte die Küche neu fliesen."

„Lief nicht so gut?"

„Äh, nein."

„Hatte Ihre Schulter etwas damit zu tun?"

„Na ja, vielleicht ein bisschen. Aber hauptsächlich lag es daran, dass ich mich bei Heimwerkerprojekten einfach ungeschickt anstelle."

Er lachte. „Sie auch, hm?"

„Sie sind auch kein guter Handwerker?"

„Definitiv nicht."

„So viel zum Thema kostenlose Arbeit", sagte ich mit einem Grinsen.

Wir lachten beide und ich führte ihn in die Küche. „Ich fürchte, hier gibt es nichts, was oft benutzt wird. Ich bin kein guter Handwerker und noch weniger ein guter Koch."

„Ich *war* kein guter Koch." Er schaute sich in der Küche um. „Aber wenn man alleinerziehend ist, kann man die Küche nicht einfach meiden."

„Ich nehme an, wenn jemand anderes auf einen angewiesen ist, um etwas zu essen zu bekommen ..."

„Ganz genau. Und kein Kind von mir wird sich von frittiertem, zu Tode verarbeitetem Mist ernähren."

„Gehört das zu Ihrem Job?"

Er nickte. „Ich wäre ein Heuchler, wenn ich all meinen Patienten raten würde, sich richtig zu ernähren, und dann meinen Sohn mit einem Teller Fischstäbchen und einer Cola vor dem Fernseher parken würde, verstehen Sie?"

„Ja, das wären Sie wohl, nicht wahr?" Ich machte eine ausladende Geste. „Benutzen Sie was immer Sie hier drin brauchen. Aber trinken Sie nicht meine Cola und essen Sie nicht meine Fischstäbchen."

In der Andeutung eines spöttischen Saluts tippte sich Michael seitlich an die Stirn. „Ist notiert."

„Mal sehen, was gibt es noch? Oh, die Garage. Sie ist groß genug für zwei Autos, aber ich nehme an, dass ich dort alles unterbringen werde, was in den beiden Zimmern im Obergeschoss ist."

„Mein Auto kann am Bordstein übernachten. Ich mache mir da keine Sorgen."

„Meins auch. Wenn es Winter wird, kümmern wir uns darum, das Zeug wegzuräumen, damit wir die Autos reinbringen können, aber momentan ..." Ich zuckte mit den Schultern.

„Perfekt."

„Die Schlafzimmer sind da entlang." Ich nickte in Richtung Treppe, und als er sie hinaufging, folgte ich ihm. Das war auf keinen Fall eine Ausrede, um ihm auf den Hintern zu starren oder so. Auf keinen Fall starrte ich ihm auf den Hintern. Oder bemerkte, dass die Jeans perfekt saßen, vor allem, wenn er ging und –

Gott. Ich werde mit diesem Kerl zusammenleben? Nach einer Woche wird er mich wegen eines Tennisarms behandeln müssen.

Oben auf der Treppe sammelte ich meine letzten Reste an Verstand und räusperte mich.

„Mein Schlafzimmer ist am Ende des Flurs." Ich zeigte in diese Richtung und dann in die andere. „Hier drüber sind das Gästezimmer und mein ehemaliges Büro. Beide Zimmer würden Ihnen gehören und dazwischen befindet sich ein Badezimmer."

Michael sah zu den Zimmern, sagte aber nichts.

„Ich muss Sie warnen", fuhr ich fort, „die Akustik in diesem Haus ist nicht besonders gut. Ich schwöre bei Gott, ich kann von hier oben eine Spinne in der Küche niesen hören."

„Könnte schlimmer sein. Etwa drei Blocks von meiner jetzigen Wohnung entfernt verläuft eine Eisenbahnlinie."

„Sagen Sie nur nicht, ich hätte Sie nicht gewarnt. Vor

allem, weil ich manchmal erst um drei oder vier Uhr morgens von der Arbeit nach Hause komme. Ich versuche, leise zu sein, aber ..."

Er winkte mit einer Hand. „Keine Sorge. Wenn ich einmal schlafe, bekomme ich nichts mit, und bei Dylan ist es genauso."

„Gut zu wissen."

Ich öffnete die Tür zu dem Zimmer, das früher mein Büro gewesen war. Es gab noch einen Schreibtisch und ein paar Aktenschränke, dazu den drei Jahre alten Computer, der hoffnungslos veraltet war. Einige gerahmte Familienfotos verstaubten an den Wänden neben meinem College-Abschluss und ein paar Schnappschüssen von verschiedenen Campingausflügen.

Auf der anderen Seite des Flurs lag das spärlich eingerichtete Gästezimmer. Nichts als ein Bett, eine Kommode und zwei Nachttische, obwohl an der Wand über dem Doppelbett noch der schwache rechteckige Schatten eines Gemäldes zu sehen war, das ein paar Jahre lang dort gehangen hatte. Ich wusste, dass wir nicht diese spottbillige Farbe hätten nehmen sollen, aber „Ich hab's dir ja gesagt" war ein bitterer Trost, wenn man nur herausfand, wie stark die Farbe verblasst war, weil der eigene Freund Bilder von den Wänden nahm und wegging.

Ich riss den Blick von den Beweisen für Wes' Abgang los und deutete auf die Möbel. „Ich kann das alles in die Garage oder in den Keller bringen."

„Mit etwas Hilfe, hoffe ich?" Michael warf mir einen pointierten Blick zu.

„Ja, natürlich. Sie haben doch nicht geglaubt, ich würde versuchen, alles selbst zu transportieren, oder?"

Eine Augenbraue hob sich.

Himmel, er ist wirklich *gut.*

Ich räusperte mich und unterbrach den Blickkontakt. „Ich, ähm, kann mir Hilfe besorgen."

„Gut", sagte er mit einem scharfen Nicken. „Ansonsten werde ich nachher mit den stumpfen, rostigen Nadeln Ihre Schulter behandeln."

„Schon gut, schon gut, ich werde nichts tragen, ich schwöre es."

„Stimmt genau, das werden Sie sicher nicht tun." Er warf mir einen Blick zu, der wahrscheinlich finster sein sollte, aber dann lachten wir beide.

Ich führte ihn weiter herum und ging schließlich mit ihm auf die Terrasse auf der Rückseite des Hauses.

„Wow." Er stützte sich mit den Händen auf dem Geländer ab und ließ den Blick über den Hof schweifen. „Dylan wird das *lieben*."

„Ist er gerne draußen?"

„Gott, ja." Er lächelte liebevoll. „Sein Stiefvater nimmt ihn zum Skifahren mit und ich zum Wandern. Es ist ein Wunder, dass er nicht weggelaufen ist, um in den Wäldern zu leben."

Ich schmunzelte. „Sie wandern also gerne?"

Er nickte. „Das macht das Leben hier zu einem eindeutigen Pluspunkt." Er deutete zu den Bergen. „Ich werde wahrscheinlich fünfzig Jahre brauchen, um alle Wanderpfade in der Gegend zu erkunden."

„Können Sie laut sagen", sagte ich. „Ich lebe schon mein ganzes Leben hier und ich streiche jährlich ein paar neue von meiner Liste. Waren Sie schon oben bei den Quellen?"

„Noch nicht."

„Sparen Sie sich die Mühe."

„Wirklich?"

„Ja. Glauben Sie mir. Sie sind besser dran, wenn Sie nach Colorado Springs fahren und sich mit den Touristen herumschlagen." Ich machte eine Pause. „Ich meine, es ist eine nette Wanderung zu den Quellen von Tucker Springs, das gebe ich zu, aber erwarten Sie einfach nicht viel, wenn Sie die Quellen erreichen."

Michael zuckte mit den Schultern. „Solange es eine hübsche Wanderung ist."

„Oh, es ist eine hübsche Wanderung. Ich bevorzuge die technisch anspruchsvolleren Routen, aber es ist ein schöner Spaziergang durch den Wald."

„Die anspruchsvollen sind die besten. Allerdings bin ich kein großer Fan von denen, bei denen man richtig klettern muss."

„Tja, der Meinung kann ich mich nur anschließen."

Er sah mich an, sein Blick wanderte zu meiner Schulter und er verzog das Gesicht. „Ich schätze, Klettern steht zurzeit nicht sehr weit oben auf Ihrer Liste, oder?"

„Na ja, deshalb gehe ich ja auch zu Ihnen, stimmt's?" Ich grinste. „Damit ich bis zum Ende des Sommers den Horton Peak besteigen kann?"

„Viel Glück dabei", sagte er trocken. „Ich bin kein Wunderheiler."

„Was?" Ich seufzte dramatisch. „Seth ist also ein verdammter Lügner."

Wir tauschten Blicke aus und schmunzelten wieder.

Dann räusperte sich Michael, drehte sich um und schaute zum Haus hinauf. „Also, die Miete. Sie haben gesagt, sie beträgt einen Tausender im Monat. Alles inbegriffen."

„Ja."

„Scheint ein Schnäppchen zu sein, jetzt, da ich es persönlich gesehen habe. Sind Sie ganz sicher, dass ich nicht die Hälfte zahlen soll?"

„Das ist schon in Ordnung. Tausend Dollar im Monat und wir sind quitt."

„Nun gut, ich muss meinem Vermieter dreißig Tage vorher Bescheid geben. Ich könnte frühestens am ersten Mai einziehen, wenn Sie also ein paar Wochen warten können ..."

„Kein Problem. Solange es ein Licht am Ende dieses Tunnels gibt, werden Sie mich nicht rumjammern hören."

„Großartig." Mit einem Lächeln streckte er die Hand aus. „Jason, wir sind im Geschäft."

KAPITEL 7

Als ich zu meinem nächsten Termin in Michaels Praxis kam, saß ein kleiner Junge mit Nathan hinter dem Empfangstresen. Er konnte nicht älter als sieben sein und war eindeutig Michaels Sohn. Hätte ich ein Foto von dem Jungen gesehen, hätte ich geschworen, dass ich Michael als Kind vor mir hatte. Dieselben braunen Augen, dasselbe dunkle Haar, das sich beinahe lockte, und wenn er älter wurde und etwas von der Rundheit seines Gesicht verlor, würde er wahrscheinlich dieselben scharfen Züge haben.

Nathan begrüßte mich, aber er und der Junge richteten ihre Aufmerksamkeit schnell auf etwas auf dem Computermonitor.

„Oh, folge diesem Kerl." Nathan zeigte auf den Bildschirm. „Er wird dich zum Zauberer bringen, damit du ein Level höher kommst."

Ich lehnte mich an den Schreibtisch. „Weiß Dr. Whitman, dass Sie hier einen faulen Lenz schieben?"

„Einen Lenz schieben?" Nathan machte eine wegwerfende Geste. „Oh bitte. Ich bringe seinem Kind *Trollquest* bei. Das hat nichts mit Faulsein zu tun." Er legte dem

Jungen eine Hand auf die Schulter. „Stimmt's, Dylan? Was tun wir?"

Ohne aufzublicken, sagte Dylan: „Wir machen Anfänger platt."

Ich zog eine Augenbraue hoch. „Und Sie werden dafür bezahlt."

Nathan zuckte mit den Schultern. „Es ist ein harter Job, aber einer muss ihn ja machen."

„Aha."

Einen Moment später tauchte Michael aus einem der Zimmer am Ende des Flurs auf. „Oh, hey, Jason." Er lächelte. „Ich sehe, du hast meinen Sohn schon kennengelernt."

„Na ja, irgendwie schon." Ich lachte. „Er ist ein wenig beschäftigt."

„Noch immer?" Michael stützte eine Hand auf die Stuhllehne des Jungen und schaute auf den Bildschirm. „Du bist schon bei den Eishöhlen? Wie bist du an den Trollen am Tor vorbeigekommen?"

Dylan schnaubte. „Die Tor-Trolle sind leicht."

Michael warf Nathan einen bösen Blick zu.

Nathan klimperte mit den Wimpern. „Was? Nicht meine Schuld, dass du nicht zielen kannst."

Kopfschüttelnd sah Michael mich an und schürzte die Lippen wie in *Kannst du die beiden fassen?*

Ich schmunzelte nur.

Michael drückte die Schulter seines Sohnes. „Drück mal kurz auf Pause. Ich möchte dir Jason vorstellen."

Dylan klickte einen Button, löste den Blick vom Bildschirm und richtete ihn auf mich.

„Das ist Jason", sagte Michael. „Ihm gehört das Haus, in das wir nächsten Monat einziehen werden."

Der Junge wich ein wenig zurück und beäugte mich schüchtern.

„Na los." Michael stupste ihn sachte am Arm an. „Weißt du noch, was Mom gesagt hat?"

Dylan zögerte, streckte dann aber die Hand aus. „Freut mich, dich kennenzulernen."

Ich schüttelte sanft seine Hand. „Ich freue mich auch, dich kennenzulernen."

Als er mich losließ, fragte er: „Spielst du *Trollquest*?"

„Ich habe es gespielt, als es zum ersten Mal herauskam." Ich streckte den Hals, um auf den Monitor zu sehen. „Damals, als die Grafik noch nicht *so* gut war."

„Mein Vater spielt es auch." Dylan schaute zu Michael auf. „Er versucht es zumindest."

„Hey!"

Nathan erstickte ein Lachen.

Michael warf ihm einen weiteren gespielt bösen Blick zu. „Du bist wirklich ein schlechter Einfluss auf mein Kind."

„Hey." Nathan hob die Hände. „Du willst, dass ich ihn im Auge behalte? Dann hast du alles hinzunehmen, was ich ihm beibringe."

„Toll." Michael stöhnte, dann winkte er mir zu. „Komm, lass uns nach hinten gehen, damit sie ihre aktuelle Quest in Ruhe beenden können."

„*Endlich*", sagte Nathan mit gespielter Genervtheit.

Dylan kicherte und ich folgte Michael in den Flur.

„Er ist ein bisschen schüchtern", sagte Michael, als wir in eines der Zimmer traten. „Aber er wird sich schon noch mit dir anfreunden."

Ich zuckte mit den Schultern. „Ist schon in Ordnung. Das Kind meiner Schwester ist auch schüchtern. Mach dir nichts draus."

Michael erwiderte meinen Blick. „Und du bist wirklich damit einverstanden, dass er im Haus wohnt? Selbst die Hälfte der Zeit?"

„Warum sollte ich das nicht sein?"

„Äh, nun ja. Immerhin zieht ein Erstklässler in deine Junggesellenbude ein."

Ich lachte. „Wenn es eine Einzimmerwohnung wäre, könnte das ein Problem sein. Ehrlich gesagt rettest du mich aus einer beschissenen Situation. Daher werde ich mich nicht darüber beschweren, dass dein Kind auch bei uns wohnt."

Er musterte mich, dann entspannte er sich. „Okay. Solange du dir wirklich sicher bist. Das befreit auch mich aus einer misslichen Lage, aber ich will dich nicht benutzen."

Du kannst mich benutzen, wie immer du willst.

Ich räusperte mich und brach den Blickkontakt ab. „Mach dir keine Gedanken darüber. Ganz im Ernst. Er scheint ein ziemlich cooler Junge zu sein und selbst wenn nicht ..." Ich begegnete Michaels Blick erneut. „Es gibt nicht viel Stress, den ein kleiner Junge in dieses Haus bringen könnte, der auch nur im Entferntesten mit dem vergleichbar wäre, was du als mein Mitbewohner ausgleichst. Alles cool. Glaub mir."

Er ließ den Atem entweichen. „Okay. Gut. Passt dir Anfang Mai immer noch?"

„Je früher, desto besser."

„Perfekt. Jetzt schauen wir uns mal diese Schulter an."

Etwa eine Woche vor dem Ende von Michaels letztem Monat in seiner Wohnung fuhr er mit einem Umzugswagen in meine Einfahrt. Wir hatten beide eine kleine Armee von Freunden rekrutiert, um ihm beim Einzug zu helfen, und jeder Zentimeter des Bordsteins der Sackgasse war mit einem Auto zugeparkt. Später würde ich den Grill anwerfen und alle mit Steak und Bier bezahlen, aber jetzt gab es erst einmal einiges zu tun.

Ich griff nach einer Schachtel, aber Michael hielt meinen Arm fest.

„Denk nicht mal daran."

Obwohl sich meine Schulter in letzter Zeit ziemlich gut anfühlte, widersprach ich nicht. Ich hob die Hände und sagte: „Ich werde, ähm, die Aufsicht übernehmen."

Er lächelte und ich tat so, als würde mir keine Gänsehaut über den Rücken laufen.

„Ausgezeichnet", sagte Michael. „Jemand muss ein Auge auf dieses ganze Gesindel haben."

„Hey!" Seths Stimme ließ uns beide den Kopf drehen. „Das habe ich gehört."

„Wenn man vom Teufel spricht", sagte Michael mit einem Grinsen.

„Ja, ja." Seth zeigte ihm den Mittelfinger. „Fick dich."

Zusammen mit allen anderen, die wir rekrutiert hatten, machten sich Seth und Michael an die Arbeit, Kisten und Möbel auszuladen, während ich mich im Hintergrund hielt und versuchte, mich irgendwie nützlich zu machen. Obwohl Michaels Behandlung eine große Verbesserung gebracht hatte, war meine Schulter noch lange nicht geheilt. Es gab nicht viel, was ich heute tun konnte, es sei denn, ich wollte später Qualen erleiden. Also übernahm ich die Aufsicht. Wenigstens hatte ich den Anstand, mich nicht mit einem Bier und einer Sonnenbrille in einen Liegestuhl zu setzen, obwohl das verlockend war, und sei es nur, um Seth zu schikanieren.

Ich schaute mich in der Sackgasse um. Vorhänge waren zur Seite geschoben worden, Gesichter lugten aus den Fenstern, und ich konnte mir gut vorstellen, wie hektisch getratscht wurde, während die Kisten und Möbel aus dem Lkw geholt wurden. Edna und Kristine standen auf ihren jeweiligen Seiten des hüfthohen Zauns zwischen ihren Grundstücken, mit Augen so groß wie Untertassen, während sie hinter erhobenen Händen tuschelten. Jemand zog hier ein, das war sicher, aber *wer*? Man hätte denken können, dass der unauffällige Umzugswagen in der Einfahrt ein regenbogenfarbenes Leuchtfeuer glitzernder Schwulheit war, das in ihre ruhige Vorstadtsiedlung eindrang. Nicht, dass ich überrascht war. Sie hatten alle gespannt zugesehen, als ein ähnlicher Lkw Wes und seine Sachen abgeholt hatte. Ich hatte mich endlos über die Reaktionen amüsiert – die von Erleichterung bis hin zu offener Enttäuschung reichten –, als die Leute erfuhren, dass ich immer noch hier wohnte. Darüber zu lachen war besser, als sich damit zu quälen, dass Wes weg war.

Ich wandte mich von meinen gaffenden Nachbarinnen ab und sah zu, wie ein paar der Jungs ein kleines Bettgestell die Rampe hinuntertrugen. Ich nahm an, es gehörte Dylan.

Seth kam aus dem Haus und hielt inne, um sich mit dem Handrücken über die verschwitzte Stirn zu wischen. „Habt ihr das absichtlich auf den heißesten Tag des Jahres gelegt?"

„Der heißeste Tag?", spottete ich. „Oh bitte. Wir haben gerade erst den Winter hinter uns. Sei froh, dass wir nicht bis August gewartet haben."

„Es überrascht mich, dass ihr das nicht getan habt", murmelte Seth. „Nur um Arschlöcher zu sein."

„Wir haben darüber nachgedacht." Michael klopfte ihm auf die Schulter. „Haben einen heißen Tag ausgesucht, nur damit du dich elend fühlst, Wheeler." Er grinste. „Mission erfüllt, ja?"

„Ja, ja. Fick dich, Doc." Seth schaute ihn misstrauisch an. „Das ist ein Trick, um mich wieder in deine Praxis zu locken, nicht wahr?"

„Natürlich", sagte Michael mit einem lässigen Achselzucken.

„Und das alles nur, damit du mit diesem Knallkopf leben kannst." Seth zeigte mit dem Daumen auf mich. „Hast du eine Ahnung, worauf du dich da einlässt?"

Michael lachte. „Ich denke, ich komme schon klar."

„Red dir das nur ein." Seth drehte sich zu mir um. „Hilfst du endlich beim Tragen, oder was?"

„Nein." Ich hob die Hände. „Ärztliche Anweisung."

„Das stimmt", sagte Michael. „Wenn er irgendetwas aufhebt, das mehr als zehn Pfund wiegt, bricht die Hölle über ihn herein."

Seth schnaubte. „Tja, verdammt. Ich will den Teil mit der Hölle sehen, also Jason, warum nimmst du nicht –"

„Bezahlst du dann für seine Akupunktur?" Michael warf ihm einen vielsagenden Blick zu.

„Äh, nein." Seth wandte sich mir zu. „Wenn ich es mir recht überlege, warum lässt du es nicht langsam angehen?"

„Das habe ich vor." Ich grinste. „Was dich betrifft, wie wäre es, wenn du weniger quasselst und mehr Zeug ins Haus schleppst?"

Seth grummelte etwas von Hitze und Sklavenarbeit. Dann zog er sein verschwitztes T-Shirt aus und hängte es über das Geländer der Veranda. Mit einem Ächzen verschränkte er die Finger über dem Kopf und streckte sich.

Und verdammt auch, Michael starrte ihn verstohlen an.

Ich meine, ich konnte es ihm nicht verübeln. Seth und ich waren Freunde und würden nie mehr als das sein, aber der Mann war *höllisch* heiß. Die aufwendigen Tattoos, die seine Arme, den größten Teil seiner Brust und etwa drei Viertel seines Rückens bedeckten, waren die perfekte Ausrede, um sich seinen schlanken, fast haarlosen Körper genau anzuschauen. Tief sitzende Jeans über so schmalen Hüften könnten jeden Mann um den Verstand bringen, wie konnte ich es Michael also verdenken, dass er einen Blick darauf riskierte?

Abgesehen von der Tatsache, dass er, ihr wisst schon, *heterosexuell* war.

Vielleicht hatte er Seths neuere Tätowierungen noch nicht gesehen. Die aufwendigen Tattoos, die sich über Seths Schultern und die Mitte seines Rückens erstreckten, waren ziemlich neu. Michael kannte Seth schon seit Jahren. Es war möglich, dass er ihn einfach schon eine Weile nicht mehr mit nacktem Oberkörper gesehen hatte.

Andererseits war Seth einer von Michaels Patienten. Sicherlich musste er die Tätowierungen mittlerweile schon gesehen haben? Mehr als einmal?

Als Seth im Umzugswagen verschwand, huschte Michaels Blick zu mir, und im selben Moment, in dem mir klar wurde, dass ich Michael angestarrt hatte, wurde ihm wahrscheinlich klar, dass er beim Anglotzen von Seth erwischt worden war. Er schüttelte sich leicht und wandte sich ab, während Röte seine Wangen überzog.

„Hey, Mike!", rief Seth aus dem Inneren des Wagens. „Hilf mir mal mit diesem Ding."

Michael atmete aus, zweifellos genauso erleichtert wie ich über die Ablenkung, und verschwand im Lkw. Das Metallgehäuse dämpfte ihre Stimmen und Bewegungen, aber vor meinem geistigen Auge sah ich immer noch Michaels interessierten Blick.

Ich musste mir das eingebildet haben, oder? Michael

war hetero. Und nur weil er hingeschaut hatte, hieß das nicht, dass er auch *hingeschaut* hatte. Außer, dass er es absolut getan hatte. Ich hatte es verdammt noch mal deutlich *gesehen.*

Oder nicht?

Wunschdenken, Mann. Nichts als Wunschdenken.

Kopfschüttelnd ging ich ins Haus, um zu sehen, ob dort jemand Hilfe brauchte.

Es dauerte nur wenige Stunden, um den Lkw zu entladen. Dann fuhren Michael und Seth mit dem Umzugswagen los, um alles andere aus der alten Wohnung zu holen. Michael sagte, es sei alles in Kisten verstaut und abholbereit, es müsse nur noch aufgeladen und zu dem Lagerraum gebracht werden, den er gemietet hatte. Er und Seth konnten sich allein darum kümmern.

Während sie weg waren, schleppte der Rest von uns die restlichen Kisten und Möbel in die jeweiligen Zimmer. Ohne Michael, der mich im Auge behielt, trug ich ein paar Sachen. Nichts allzu Schweres, aber genug, damit ich mich nützlich fühlte. Allerdings war ich mir nicht sicher, ob es klug war, mich darauf vorzubereiten, dass ich später Schmerzen haben würde, wenn ich mit dem verdammten Akupunkteur zusammenlebte, der mir deutlich gesagt hatte, ich solle mich schonen.

Um halb drei war alles an seinem Platz, die Möbel waren aufgebaut und es galt nur noch, die Kisten auszupacken. Michael und Dylan würden sich um diesen Teil allein kümmern.

Draußen im Garten stürzten sich alle auf das kalte Bier, während ich den Grill anwarf. Die Holzkohle hatte gerade die perfekte Temperatur erreicht und ich legte Burger und Steaks auf den Grill, als Seth und Michael zurückkamen.

„Darfst du in deinem Beruf Bier trinken?", fragte ich, als Michael eines aus der Kühlbox holte.

Er lachte. „Sag es keinem meiner anderen Patienten, okay?"

„Solange du meinem Akupunkteur nichts davon erzählst."

„Kein Wort."

Kaum hatte Michael sich gesetzt und sein Bier aufgemacht, als sein Handy piepte. Er warf einen Blick auf das Display und sprang dann aus seinem Stuhl auf. „Mein Junge ist hier. Bin gleich wieder da." Er stellte sein Getränk und seinen Teller auf den Plastiktisch neben seinem Stuhl und verschwand im Haus.

Kurz darauf kehrte er zurück, flankiert von einer zierlichen Brünetten mit einem Kleinkind mit zwei Zöpfen auf der Hüfte, einem blonden Kerl, der sogar noch größer war als Michael, und Dylan.

„Das ist Daina", sagte Michael. „Ihr Mann, Lee. Ihre Tochter, Amanda. Und", Michael strahlte, „natürlich hast du meinen Sohn schon kennengelernt."

Ich schüttelte Michaels Ex-Frau und ihrem Mann die Hand.

Daina übergab Amanda an Lee und richtete dann die Aufmerksamkeit auf ihren Sohn. „Du möchtest Jason etwas fragen, nicht wahr?"

Dylan drückte sich an seine Mutter.

„Mach nur." Daina stupste ihren Sohn sanft an. „Du hast ihn schon kennengelernt, Schatz. Du weißt, dass er nicht beißt."

Ich ging in die Hocke, sodass wir mehr oder weniger auf Augenhöhe waren, und er wich noch ein wenig mehr zurück. „Hey, Kumpel. Erinnerst du dich an mich?"

Er nickte. Dann schaute er zu seiner Mutter auf und als

sie ihm ein Lächeln schenkte, sah er mich an und fragte schüchtern: „Kann ich meine PlayStation an deinen Fernseher anschließen?"

„Natürlich", sagte ich. „Das bedeutet nur, dass wir etwas Platz zwischen der Wii und der Xbox schaffen müssen."

Seine Augen leuchteten auf. „Du hast eine Xbox? Kann ich damit spielen?"

„Solange deine Eltern damit einverstanden sind." Ich warf einen Blick auf Michael und Daina, die beide nickten. Zu Dylan sagte ich: „Wir schließen heute Abend alles an, okay?"

„Cool!" Er grinste seine Mutter an, die lachte und durch sein Haar wuschelte.

„Daina!" Seths Stimme ließ uns den Kopf drehen, und er kam mit ausgebreiteten Armen und einem Bier in der Hand auf uns zu. „Ich habe dich schon ewig nicht mehr gesehen."

„Seth!", quietschte sie und schlang ihre Arme um ihn. „Lange nicht mehr gesehen."

Er umarmte sie fest. „Und *warum* habe ich dich seit einer Ewigkeit nicht mehr gesehen, Frau? Hm?"

„Ich schätze, ich habe mich schon eine Weile nicht mehr unter das gemeine Volk gemischt."

„Oh. *Oh.*" Er ließ sie los und legte eine Hand auf sein Herz. „Das war ein Treffer."

Sie stieß ihn spielerisch mit dem Ellbogen an. „Das stärkt den Charakter."

„M-hm." Seth wandte sich Lee zu. „Also, wann kommst du vorbei und lässt mich das Design fertigstellen?"

„Wenn du es umsonst machst."

„Umsonst?" Seth schnaubte. „Ich arbeite nicht umsonst." Er brauchte mir keinen *Halt die Klappe*-Blick zuzuwerfen, aber er tat es trotzdem. Ich hielt die Klappe. Diskretion war die einzige Bedingung, die an meine kostenlosen Tattoos geknüpft war.

Während alle weiterplauderten, klingelte es an der Tür. Als ich aufmachte, war ich nicht sonderlich überrascht, dass Edna auf der Veranda stand.

„Ich habe gesehen, dass jemand eingezogen ist." Sie gestikulierte in Richtung des Vorgartens, wo der Umzugswagen Michaels Ankunft angekündigt hatte. „Natürlich wollen alle Hallo sagen und den Neuankömmling in der Nachbarschaft willkommen heißen."

„Klar, kommen Sie nur rein."

Immerhin war es Edna. Sie war fast fünfundachtzig und obwohl sie offensichtlich nicht wusste, was sie von zwei Männern halten sollte, die so wie Wes und ich zusammengelebt hatten, war sie immer freundlich. Sie war nicht offen homophob – all dieses schwule Zeug, wie sie es bezeichnete, ergab für sie einfach keinen Sinn.

Im Hinterhof gingen wir zu Michael, der sich mit Seth unterhielt.

„Michael", sagte ich, „das ist Edna Morton. Sie wohnt zwei Häuser weiter. Edna, Michael Whitman. Mein neuer Mitbewohner."

„Ihr ..." Edna sah zu mir auf und ihre dicken Brillengläser vergrößerten ihre aufgerissenen Augen. „Mitbewohner?"

„Ja. Nur mein Mitbewohner. Er zieht zusammen mit seinem Sohn ein."

Ich bemühte mich, eine ernste Miene zu bewahren, als ihre Augen sich noch ein wenig mehr weiteten. Zu Michael sagte sie: „Sie haben einen Sohn?"

Diesmal war es Michael, der darum kämpfte, seine Erheiterung zu verbergen. „Ja. Ich glaube, er holt sich zusammen mit seiner Mutter etwas zu essen. Ich hole ihn schnell."

Sie sah ihm nach und wandte sich dann mir zu. „Nun, er scheint nett zu sein. Ist er neu in der Stadt?"

„Nein, ich glaube nicht. Da müssen Sie ihn fragen."

„Und er ... lebt hier ...""

Ergibt. Keinen. Sinn.

„Sie wissen, wie das ist. Die schlechte Wirtschaftslage und all das."

„Oh, ja", sagte sie mit einem langsamen Nicken. „Ich weiß genau, wie das ist."

Einen Moment später kam Michael zurück, den Arm um Dylans Schultern gelegt. „Dylan, das ist Edna. Sie ist eine unserer Nachbarn."

„Hallo", sagte der Junge.

„Hi, Dylan." Edna lächelte. „Und wie alt bist du?"

Dylan sagte schüchtern: „Sieben."

„Sieben, hm?" Sie lächelte. „Nun, meine Enkel werden diesen Sommer aus Michigan zu Besuch kommen. Sie sind genau in deinem Alter, also kannst du vielleicht mit ihnen spielen. Würde dir das gefallen?"

Dylan nickte, sagte aber nichts. Ich glaube, er wusste nicht recht, was er von ihr halten sollte.

Ich kenne das Gefühl, Kleiner.

Der Rest der Nachbarn kam nach und nach, um Michael kennenzulernen, und alle schienen ihn in Ordnung zu finden. Sie fanden auch Dylan entzückend. Kristine fand Michael mehr als nur „in Ordnung". Bei Wes und mir hatte sie sich sichtlich unwohl gefühlt, konnte aber immer noch einen zusammenhängenden Satz formulieren. Bei Michael wurde sie knallrot und brauchte drei Versuche, um ihren eigenen Namen auszuspucken.

Und noch einmal, ich kenne das Gefühl ...

Schließlich näherte sich der Grillnachmittag im Garten seinem Ende, und als die Sonne unterging, waren nur noch wir drei übrig. Es war erstaunlich ruhig, sobald alle außer Michael, Dylan und mir gegangen waren. Sicher, jedes Geräusch, vom Knarren der Dielen bis zu einem gedämpften Husten, hallte durch das Haus, aber wenigstens waren wir jetzt allein. Die Ruhe nach der Party.

Michael ließ Dylan oben, um seine Sachen auszupacken, und ging hinunter in die Küche. Er holte ein Bier aus dem Kühlschrank.

„Ich weiß das übrigens alles sehr zu schätzen." Michael lehnte sich an den Küchentisch. „Dass wir einziehen durften."

„Hey, ich brauche diese Vereinbarung genauso dringend wie du."

„Also Win-win." Er stellte sein Bier ab und holte einen Teekessel aus einer der Kisten, die auf dem Boden standen. „Eine kleine Warnung, dieses Zeug riecht nicht gut."

„Tee? Der riecht doch normalerweise ziemlich gut, oder?"

„Normalerweise ja." Er nahm einen mit Blättern und Zweigen gefüllten Ziploc-Beutel heraus, den er in den Kessel leerte, und fuhr fort: „Aber glaub mir in dieser Sache einfach. Manche Leute sind nicht begeistert von dem Geruch dieser Kräuter."

„Will ich wissen, was das ist?", fragte ich, während er den Kessel mit Wasser füllte.

Er sagte etwas, das ich nicht in einer Million Jahren hätte wiederholen können.

„Ich ... Wie bitte?"

Er stellte den Kessel auf den Herd. „Das sind chinesische Kräuter. Und genieße es, noch nicht zu wissen, was sie sind oder wie sie schmecken, denn ich werde dich wahrscheinlich irgendwann dazu zwingen, das Zeug zu dir zu nehmen."

„Oh, gut. Ich kann es kaum erwarten." Ich nahm einen Schluck von meinem Bier.

Tee? Ich glaube, ich trinke lieber Würstchenwasser.

Während der Kessel erhitzt wurde, griff Michael nach seinem Bier.

„Du vermischt also Tee und Bier?" Ich rümpfte die Nase. „Wunderbar."

Er lachte. „Hey, ich habe Lust auf ein Bier. Und das", er nickte in Richtung des Kessels, „wird sowieso erst in einer Weile trinkfertig sein. Bis dahin werde ich also –" Er hielt plötzlich inne und seine Augen verloren an Fokus, als er den Hals streckte, als lauschte er auf etwas.

„Was ist los?"

„Verdammt." Er stellte sein Bier ab und stieß sich von der Anrichte ab. „Dylan hustet." Jetzt, da er es erwähnte, hörte ich es auch. Ein tiefer, abgehackter Husten, der sich anhörte, als würde er Schmerzen bereiten. Michael lief zur Treppe und warf mir über die Schulter zu: „Sein Asthma meldet sich wieder. Ich bin gleich wieder da."

Augenblicke später kam Dylan die Treppe herunter. Seine Augen waren rot und er blieb stehen, um in seinen Ellbogen zu husten.

„Hey, Champ", sagte ich. „Fühlst du dich nicht so gut?"

Er schüttelte den Kopf und hustete erneut. Als er wieder Luft holte, keuchte er leicht, also drängte ich ihn nicht zum Sprechen.

Sein Vater kam hinter ihm mit einem Karton unter dem Arm die Treppe herunter. Er stupste Dylan an. „Nimm dein Spiel und mach dich bereit, Kleiner. Du wirst dich eine Weile nicht bewegen."

Dylan zog sein T-Shirt aus und warf es über die

Rückenlehne der Couch. Nun, Michael hatte nichts davon gesagt, es zu falten oder in einen Wäschekorb zu legen. Mir war es egal.

Die PlayStation war noch nicht aufgebaut, aber Dylan hatte ein kleines Handheld-Gerät. Er legte sich auf dem Bauch auf den Wohnzimmerboden und daddelte zufrieden, sein Inhalator in Reichweite, während Michael sich neben ihn kniete und anfing, Dinge aus dem Karton zu holen: eine lange, schlanke Zange. Einige Wattebällchen. Reinigungsalkohol. Ein Feuerzeug. Vier runde Behälter, die wie Goldfischgläser aussahen und etwa so groß waren wie meine Faust.

Als alles vorbereitet war, ergriff Michael die Zange und nahm damit einen Wattebausch auf. Er tauchte ihn in den Alkohol und mein Blick fiel auf das Feuerzeug neben den Gläsern.

Ich räusperte mich. „Also, ähm, was genau ...“

„Schröpfen. Hilft bei Asthma, vor allem, wenn sein Inhalator nicht mehr wirkt.“ Michael entzündete das Feuerzeug und hielt die kleine Flamme an den Wattebausch. „Fertig, Kleiner?“

„Jep.“ Dylan lag vor ihm, kickte müßig mit den Beinen herum, wie es Kinder oft taten, und konzentrierte sich auf sein Spiel.

Michael hielt die Zange in der einen Hand und nahm eines der Gläser in die andere. Er hielt beide dicht an den Rücken seines Sohnes und drehte das Glas mit der offenen Seite nach unten. Dann steckte er den brennenden Wattebausch hinein, hielt ihn einen Moment lang fest und zog ihn dann sofort wieder heraus, bevor er das Glas auf Dylans Rücken setzte, direkt unterhalb seiner linken Schulter. Als das Glas Dylans Haut berührte, senkte sich seine Schulter leicht, als hätte Michael fest darauf gedrückt, aber der

Junge zuckte nicht zusammen und gab keinen Laut von sich. Als Michael es losließ, blieb das Glas auf Dylans Rücken.

Er wollte gerade ein zweites anbringen, aber Dylan fing wieder an zu husten. Michael wartete, bis es vorbei war, und fragte dann: „Alles in Ordnung?"

„Mir geht's gut."

Michael stellte insgesamt vier Gläser – Tassen? – auf den Rücken seines Sohnes und setzte sich dann im Schneidersitz neben ihn. Nach ein paar Minuten blickte er zu mir auf und musste meinen *Was zum Teufel?*-Gesichtsausdruck bemerkt haben, denn er sagte: „Einfach ausgedrückt? Die Saugwirkung fördert die Durchblutung, stimuliert die Lymphknoten und leitet Giftstoffe ab. So etwas in der Art."

„Was bei Asthma hilft?"

Er deutete auf Dylan, legte dann die Hand an sein Ohr und hob die Augenbrauen. In diesem Moment bemerkte ich, dass das leichte Keuchen des Jungen verstummt war.

„Das deute ich als ein Ja", sagte ich.

Michael lächelte und zerzauste das Haar seines Sohnes. „Es ging ihm in letzter Zeit ziemlich gut, aber ich schätze, der Umzug hat sein Asthma verschlimmert. Stress und so. Wahrscheinlich hat deshalb sein Inhalator diesmal nicht genug bewirkt." Zu Dylan gewandt fragte er: „Fühlst du dich besser?"

Der Junge sah nicht von seinem Spiel auf. „Ja." Er machte eine Pause, um sich zu räuspern. „Danke, Dad."

Michael ließ die Gläser noch ein paar Minuten auf Dylans Rücken, dann nahm er sie vorsichtig ab. Vier rötlich-violette Blutergüsse blieben auf Dylans Haut zurück, aber er schien sich nicht unwohl zu fühlen und Michael war nicht besorgt. Dylan schnappte sich seinen Inhalator vom Boden und sein T-Shirt von der Couch und trabte mit seinem Videospiel die Treppe hinauf. Er hustete nicht ein einziges Mal.

„Ich schätze, es funktioniert", sagte ich.

„Das kannst du glauben." Michael stand auf und während er die Schröpfgläser in die Küche trug, fügte er hinzu: „Es geht ihm ohnehin viel besser, seit wir nach Colorado gezogen sind."

Ich folgte ihm in die Küche. „Wirklich?"

„Oh ja." Michael stellte die Gläser auf die Anrichte und holte einen Teebecher aus einer Kiste. „Die Umweltverschmutzung und die Luft in Los Angeles waren furchtbar für seine Lunge."

Ich rümpfte die Nase und nickte in Richtung des Teekessels, der die ganze Zeit erwärmt worden war und einen vage bitteren Geruch verströmte. „Und dieser grässliche Gestank stört ihn nicht?"

„Er mag den Geschmack nicht, aber nein, der Geruch stört ihn nicht.

„Du lässt ihn diesen Scheiß trinken?"

„Gemischt mit genug Honig, damit es nicht gar so schlimm schmeckt", sagte er. „Ich mag den Geschmack eigentlich, aber ..."

Ich erschauderte.

„Wie dem auch sei", sagte er, „die Umweltverschmutzung tat Dylan nicht gut, also beschlossen meine Ex-Frau und ich, an einen Ort zu ziehen, an dem es sauberer ist. Und auch billiger."

Ich hob die Augenbrauen. „Billiger?"

„Verglichen mit L. A. auf alle Fälle. Aber mit einem Einkommen ist es etwas weniger gut zu managen als mit zwei."

„Ich kenne das Gefühl." Ich schaute auf meine Uhr.

„Verdammt, es ist schon fast sechs? Ich sollte mich besser auf den Weg machen."

Michael grinste. „Es macht dir nichts aus, uns hier unbeaufsichtigt zu lassen?"

Ich lachte leise. „Daran kann ich mich genauso gut gleich gewöhnen, oder?"

„Gutes Argument."

„Übrigens, der Club hat heute und morgen länger geöffnet", sagte ich. „Ich werde so gegen halb vier, vier Uhr morgens heimkommen. Wenn du also in der Nacht jemanden kommen hörst, dann bin das wahrscheinlich ich."

„Gut zu wissen." Er goss seinen Tee durch ein Sieb, stellte dann den Kessel beiseite und sah mich an. „Wie ich schon sagte, du wirst mich nicht wecken."

„Muss schön sein."

„Die Schulter?"

Ich nickte.

„Keine Sorge." Er zwinkerte. „Lass mich weiter daran arbeiten und wir werden den Punkt erreichen, an dem sie dich nachts nicht mehr wach hält."

„Darauf verlasse ich mich."

„Nichts anderes habe ich erwartet." Er machte eine Pause, um seine leere Bierflasche in den Recyclingeimer zu werfen. „Dafür werde ich schließlich bezahlt."

„Dann ist es ja gut, dass du eingezogen bist", sagte ich. „Das bedeutet, dass ich dich vielleicht weiterhin dafür bezahlen kann."

Er lächelte. „Nun, vielleicht wird es jetzt, mit diesem Arrangement, für uns beide einfacher."

Ich erwiderte das Lächeln. „Ja. Vielleicht wird es das."

KAPITEL 8

Michael wohnte *noch* nicht lange genug mit mir zusammen, um eine positive Auswirkung auf meine finanziellen Probleme festzustellen, und so waren die Bücher des Clubs fast zwei Wochen nach dem Beginn unseres Arrangements so deprimierend wie zuvor. Steigende Preise. Schwächelnde Einnahmen. Und natürlich wollte jeder, von den Türstehern bis zu den Barkeepern, eine Gehaltserhöhung, da die steigenden Lebenshaltungskosten in der Region auch sie betrafen.

Ich schloss die Augen, lehnte mich zurück und rieb mir mit beiden Händen den Nacken. Die ersten schmerzhaften Stiche krochen die linke Seite meiner Wirbelsäule hinauf, rankten sich über meine Schulter und hinterließen verknotete Muskeln.

Ich musste hier raus, sonst würde der Stress für mich in unerträglichen Schmerzen resultieren. Zum Glück war es Dienstagabend, sodass ich ohnehin der einzige Mensch im Haus war. Der Club war von Montag bis Mittwoch geschlossen, aber ich kam normalerweise an mindestens zwei dieser Tage her, um mich um das ganze verdammte administrative Zeug zu kümmern.

Scheiß drauf. Ich würde mich morgen darum kümmern.

Ich ließ den Ordner offen auf meinem Schreibtisch liegen und schob den Stuhl zurück. An Abenden wie diesem war es ein Kinderspiel, die Bar zu schließen: Kein Essen musste weggeräumt, keine Putzarbeiten mussten erledigt werden. Ich brauchte nur ein paar Lichter auszuschalten, kurz zu überprüfen, ob die Türen verschlossen und das Bargeld im Safe war, und schon konnte ich gehen.

Sobald ich draußen war, blieb ich stehen und atmete tief ein. Die Luft war etwas feucht vom nahen Fluss, aber sauber und frisch. Die Sonne war gerade hinter den Bergen versunken und färbte den Himmel vor der zerklüfteten Silhouette tiefrot und violett. Ein wunderschöner Abend. Definitiv keiner, den man mit Papierkram vergeuden sollte.

Besser, man vergeudet ihn vor dem Fernseher.

Auf halbem Weg nach Hause war ich so entspannt, dass ich wahrscheinlich zurückfahren und mich um den ganzen Mist hätte kümmern können, der noch auf meinem Schreibtisch schwärte. Aber nicht heute Abend. Ausnahmsweise hatte ich nicht vor, mich wegen Papierkram stressen zu lassen.

Lass mich diese eine Nacht, flehte ich das Universum an, *keine Schmerzen haben.*

Etwa zwei Blocks von meiner Sackgasse entfernt kam mir der Gedanke, dass zu Hause zu sein nicht viel entspannender sein könnte, als auf der Arbeit zu sein. Vielleicht nicht ganz so deprimierend, aber jetzt gab es Stress an beiden Enden meiner Pendelstrecke. Als ich vorgeschlagen hatte, dass Michael bei mir einziehen sollte, wusste ich, dass es eine Qual sein würde, ihn anschauen, aber nicht anfassen zu dürfen. Doch drei Dinge waren mir bei diesem Arrangement nicht in den Sinn gekommen.

Erstens, die skurrilen Sorten gesunder Lebensmittel, von denen die meisten eine nicht identifizierbare Form pflanzlichen Lebens waren, die sich in meinem Kühl- schrank zwischen meinem Bier und Wurst und Käse mate- rialisierten.

Zweitens, wie verdammt schwierig es war, mich beim Fluchen zurückzuhalten – vor allem, wenn ich ein Video- spiel spielte –, weil ein Siebenjähriger im Raum war.

Und drittens, dass Michael zwar außerhalb des Hauses in einem lässigen Business Look gekleidet war, aber zu Hause hauptsächlich lässig und wenig businesslike. Für Michael bedeutete das Jeans. Nichts anderes. Nur Jeans.

Oh Gott.

Wir hatten dieses Arrangement erst zwei Wochen und ich war schon dabei, den Verstand zu verlieren. Ich sagte mir immer wieder, dass ich mich früher oder später an ihn gewöhnen würde. Hoffentlich bevor er zu dem Schluss kam, dass ich von Natur aus tollpatschig war. Ich neigte dazu, über meine eigenen Füße zu stolpern, Dinge fallen zu lassen, ein Videospiel zu versauen, das ich bis zu dem Moment, als Michael mit seiner Sonnenbrille im Mund und einem Schweißfilm auf der Haut vom Rasenmähen durch die Schiebetür hereinkam, völlig *im Griff* hatte.

Tja. Ob ich nun den Verstand verlor oder nicht, ich hatte endlich die Hoffnung, meine Finanzen wieder in Ordnung zu bringen. Und wenn das bedeutete, mich mit dieser Augenweide von Mann zu quälen, die mein Herz jedes Mal zum Rasen brachte, wenn er sich bückte, um etwas aus einem Schrank zu holen, dann war das eben so. Ich würde letzten Endes vielleicht völlig verrückt werden, aber zumindest würde ich nicht bankrottgehen.

Als ich nach Hause kam, fand ich Michael im Wohnzimmer und er war das komplette Gegenteil von mir: ohne Shirt, die nackten Füßen auf einem Hocker, völlig entspannt bis auf seine Daumen, die sich auf dem Videospiel-Controller bewegten.

Er sah auf. „Du bist früh zu Hause."

„Habe beschlossen, es einen Abend lang ruhig angehen zu lassen."

Er nickte und wandte seine Aufmerksamkeit wieder dem Bildschirm zu. „Du könntest eine Nacht zum Ausruhen gebrauchen. Gut für die Schulter."

„Wenn mein Chef sauer wird, bekomme ich dann ein ärztliches Attest?"

Michael lachte. „Auf jeden Fall."

„Fantastisch. Bin gleich wieder da." Ich ging in die Küche, ließ meine Schlüssel auf die Anrichte fallen und holte mir ein Bier aus dem Kühlschrank. Nachdem ich die Flasche geöffnet hatte, kehrte ich ins Wohnzimmer zurück.

Ich warf einen kurzen Blick auf den Bildschirm und sah ein zweites Mal genauer hin. „Du bist ehrlich der *letzte* Mensch auf der Welt, von dem ich erwartet hätte, dass er *Grand Theft Auto* spielt.

Michael lachte erneut, schaute aber nicht von dem animierten Sportwagen auf, mit dem er der Polizei durch die Straßen von Los Angeles entkam. „Erzähl es nicht meinem Sohn, okay?"

„Dein Geheimnis ist bei mir sicher." Ich ließ mich neben ihm auf die Couch fallen. „Hätte nicht gedacht, dass du auf so etwas Gewalttätiges stehst."

„Nun, ich könnte auf den Teil verzichten, in dem es darum geht, Polizisten und Nutten zu erschießen, aber es macht Spaß, herumzufahren und Sachen zu stehlen." Er sah mich an. „Therapeutisch nach einer langen Woche."

„Dafür ist es wirklich gut, nicht wahr?"

„Ja. Solange Dylan nicht hier ist. Ich kann das oder *Assassin's Creed* nur rausholen, wenn er bei seiner Mutter ist."

„Du lässt ihn das nicht spielen?"

„Fuck, nein." Das gestohlene Auto auf dem Bildschirm krachte in das Heck eines Polizeiwagens und überrollte dann einen Fußgänger. „Er kann dieses Spiel spielen und sich gewalttätige Filme ansehen, wenn er alt genug ist, um sich davor zu fürchten."

„Sagt der Mann, der gerade jemanden mit einem gestohlenen Auto überfahren hat."

Er lenkte um eine Ecke, um der Polizei zu entkommen, und zuckte dann mit den Schultern. „Hey, ich muss sagen, dass ich zutiefst entsetzt bin." Michael schnalzte mit der Zunge. „Dafür hätte ich eine ganze Menge mehr Punkte bekommen müssen."

Ich lachte. „Sie wurden dir geraubt."

„Genau! Ernsthaft." Während er weiterspielte, ohne zu bemerken, wie sich seine Unterarme durch die schnellen Bewegungen seiner Daumen anspannten, und ohne zu bemerken, dass mir dieser Effekt *nicht* entging, sagte er: „Mein Sohn würde einen Anfall bekommen, wenn er wüsste, dass ich das spiele, während ich ihn nicht lasse."

„Erst wenn er alt genug ist, dich darin zu schlagen?"

„Ach, scheiß drauf. Egal. Er wird es nie spielen."

„Gute Entscheidung", sagte ich. „Weißt du, meine Cousine hat ihr Kind das spielen lassen, bis sie von den sexuellen Inhalten erfahren hat."

„Oh, großer Gott." Michael stieß ein genervtes Seufzen aus. „Wenn du schon dein Kind beschützen willst, dann sei wenigstens konsequent."

„Bin genau deiner Meinung. Ich konnte nicht glauben, dass ihr die Gewalt und die ganzen Verbrechen nichts ausmachen, aber sobald es etwas Anzügliches gibt ...“

„Das klingt wie etwas, das meine Ex-Schwiegermutter tun würde“, murmelte er.

„Ach ja?“

Er verdrehte die Augen und nickte. „Meine Eltern sind schon konservativ, aber die von Daina?“ Michael pfiff und schüttelte den Kopf. „Erzkonservativ. Sie flippen immer noch aus, weil ich angeblich meinen Sohn als Buddhist erziehe, der die moderne Medizin meidet.“

„Tust du das denn?“

„Ich hatte es eigentlich nicht vor, aber wenn es Dainas Mutter nervt, bin ich in Versuchung.“

Ich kicherte. „Manchmal lohnt es sich, solche Mühen auf sich zu nehmen, um die Schwiegereltern zu verärgern.“

„Schon mal gemacht?“ Er schaute mich wieder an.

„Nun ja, genau genommen nicht mit meinen Schwiegereltern, aber ich war mal mit einem Mann zusammen, dessen Mutter mich abgrundtief hasste. Also habe ich das ausgenutzt und sie ein bisschen geärgert.“

Seine Lippen zuckten. „Ich bin sicher, deinem Ex hat das unglaublich gefallen.“

„Er hörte auf, uns zu überreden zu versuchen, miteinander auszukommen“, sagte ich mit einem Achselzucken.

Michael lachte. „Verdammt, meine Ex-Frau drängt ihre Mutter und mich immer noch, gut miteinander auszukommen. Ich fürchte, das wird nicht passieren.“

„Aber du kannst es ihr nicht verübeln, dass sie es versucht, oder?“

„Nicht wirklich.“ Er pausierte das Spiel und griff nach einem Becher auf dem Beistelltisch.

„Moment mal.“ Ich hob eine Hand. „Du trinkst doch

nicht ernsthaft *Tee*, während du *Grand Theft Auto* spielst. Was zum Teufel stimmt nicht mit dir?"

Michael verschluckte sich am besagten Tee, schaffte es aber, nichts davon auszuspucken. „Sehr witzig." Er stellte den Becher beiseite. „Ich wusste nicht, dass dieses Spiel ein bestimmtes Getränk vorschreibt."

„Na ja, die beiden Dinge passen nicht wirklich zusammen, meinst du nicht?" Ich gestikulierte mit meiner Bierflasche. „*GTA* ist ein Bierspiel, kein", ich rümpfte die Nase, „Teespiel."

„Würde es einen Unterschied machen, wenn ich sage, dass Gras im Tee ist?"

Ich blinzelte. „Du ... Was?"

Er lachte. „Ein Scherz." Er bewegte sich auf seinem Platz und ich bemerkte, dass vier Nadeln aus seinem Knöchel und seinem Fuß ragten.

„Du nimmst deine Arbeit mit nach Hause?"

„Ich nehme eher einen beleidigten Knöchel mit nach Hause." Er runzelte die Stirn, während er mit den Nadeln hantierte.

„Ist das nicht ... seltsam? An sich selbst zu arbeiten?", fragte ich. „Ich nehme an, es ist nicht schlimmer als jemand, der sich selbst Injektionen gibt, aber irgendwie ..."

„Manchmal ist es sogar etwas einfacher, weil ich genau weiß, wo es wehtut. Und es ist ja nicht so, dass ich nicht schon an mir selbst geübt hätte. Zum Teufel, als ich noch in der Ausbildung war, habe ich an jedem geübt, den ich in die Finger bekam."

Die Glückspilze. Ich war mir nicht sicher, ob ich sie mehr um die kostenlose Akupunktur oder den *in die Finger bekommen*-Teil beneiden sollte. Wenn ich es mir recht überlegte, hätte ich vielleicht auf die Nadeln verzichtet, da er zu diesem Zeitpunkt noch am Üben war. „Weißt du, es brauchte eine Menge Überredungskunst, damit du mir diese Nadeln überhaupt setzen darfst. Ich glaube nicht, dass ich damit klarkommen würde, ein Übungsnadelkissen zu sein."

„Glaub mir, meiner Ex-Frau ging es genauso." Er justierte eine der Nadeln in seinem Fuß nach. „Sie änderte ihre Meinung, als sie herausfand, dass Akupunktur gegen morgendliche Übelkeit hilft."

„Das hilft wirklich?"

Er nickte und lehnte sich an die Couch zurück. Vorsichtig bewegte er ein paar Mal seinen Knöchel, dann ließ er ihn auf dem Hocker liegen. „Es hilft sehr und ihr war monatelang übel. Ich glaube, sie hat fast ihre gesamte Schwangerschaft mit ein paar Nadeln in ihrer Haut verbracht." Er nahm seinen Controller in die Hand. „Als sie mit ihrer Tochter schwanger war, machte sie immer wieder Witze darüber, dass ich bei ihr einziehen sollte, damit ich sie bei Bedarf behandeln konnte." Er schnitt eine Grimasse. „Lee fand das nicht so lustig."

„Was für eine Überraschung." Ich hob mein Bier an die Lippen. „Was hat dich eigentlich dazu bewogen, Akupunkteur zu werden? Ich bin mir ziemlich sicher, dass ich diesen Beruf im Büro meines Beratungslehrers nie auf der Liste gesehen habe."

Michael schaute mich an und einer seiner Mundwinkel hob sich zu einem schwachen Grinsen. „Und du hast auf der Liste Geschäftsführer eines Nachtclub für Schwule gesehen?"

Ich lachte. „Touché."

Er richtete die Aufmerksamkeit wieder auf sein Spiel und schmunzelte. „Okay, um deine Frage zu beantworten: Ich hatte mir den Knöchel verstaucht und eine Freundin packte mich quasi am Kragen – oder zumindest an der

Krücke – und schleppte mich in die Praxis ihrer Akupunk-
teurin. Und verdammt, die Frau half mir mit meinem
Knöchel *und* meiner Migräne und meinen Allergien." Er
schob ein Kissen unter seinen Fuß. „Als ich also während
meines fünften oder sechsten Termins in ihrer Praxis lag,
beschloss ich, dass dies meine Berufung war. Und hier bin
ich."

„Und spielst Videogames mit Nadeln im Fuß."

„Ziemlich genau."

„Was ist passiert? Ich meine, mit deinem Fuß?"

„Ich war auf dem College und spielte Basketball mit ein
paar Kumpels. Hab mir den Knöchel ganz böse verstaucht.
Tut manchmal immer noch weh, also ..." Er deutete mit
seinem Controller auf den besagten Fuß. Als er sein Spiel
fortsetzte, sagte er: „Und hey, das ist der Grund, warum ich
mit der Ausbildung zum Akupunkteur angefangen habe,
also kann ich mich nicht allzu sehr beschweren."

„Es gibt wohl schlimmere Wege, wie das Schicksal
deine Aufmerksamkeit hätte erlangen können."

„Was du nicht sagst. Meine Mutter ist überzeugt, dass
es göttliche Intervention war. Ich denke, dass alles, was zu
göttlicher Intervention fähig ist, einen weniger schmerzhaften Weg hätte finden können, um eine Botschaft zu
übermitteln, aber was weiß ich schon?"

„Besser als eine Kopfverletzung, oder?"

Er lachte. „Okay, gutes Argument."

„Du hast gesagt, dass du schon auf dem College warst,
als es passierte?"

Michael nickte.

„Was hast du studiert?"

„Abgesehen von Basketball und Bierkunde?"

„Alter, wir haben alle Bierkunde studiert."

„Stimmt. Ich habe auf dem College herumgegammelt,

um – oh, verdammte Scheiße." Er stöhnte, als *Game Over* auf dem Bildschirm aufleuchtete. Dann hielt er den Controller hoch. „Willst du's mal versuchen?"

„Ja, sicher", sagte ich und nahm ihm das Ding ab. „Zur Entspannung stehle ich immer gern ein paar Sachen und zerstöre Zeug."

„Bitte sehr." Er nahm seinen Tee und lehnte sich zurück, während ich ein neues Spiel begann. „Jedenfalls, wie ich schon sagte, gammelte ich auf dem College herum und versuchte herauszufinden, was ich überhaupt beruflich machen wollte. Ich dachte über Medizin nach, dachte über Krankenpflege nach. Ich habe mir sogar ein osteopathisches College angesehen. Dann ... der Vorfall mit dem Knöchel. Was ist mit dir?" Sein Becher erzeugte ein dumpfes, schweres Geräusch, als er ihn auf den Beistelltisch stellte. „Was hat dich dazu bewogen, einen Club zu eröffnen?"

„Größenwahn und die verrückte Idee, ich könnte mit dreißig reich sein."

„Ah, der amerikanische Traum. Eröffne ein Unternehmen und sitze auf einem immer größer werdenden Haufen Geld."

„Eher ein immer größer werdender Haufen Stress und Mist und ein immer tieferes Loch voller Schulden", brummte ich.

Michael hob seinen Becher. „Nun, dann wollen wir mal einen Weg finden, wie wir aus dieser Grube des Elends wieder herauskommen."

Ich unterbrach mein Spiel und stieß mit meiner Bierflasche gegen den Becher. Als ich einen Schluck nahm, beschloss ich, dass es definitiv schlimmere Dinge gab, als einen attraktiven Hetero-Mann im Haus zu haben, und bis zum Hals in Schulden zu stecken war eines davon.

Ja, dieses Arrangement würde *wirklich* gut hinhauen.

KAPITEL 9

Drei Wochen, nachdem Michael eingezogen war, wachte ich in höllischer Agonie auf.

Schon lange war es nicht mehr so schlimm gewesen, aber heute Nacht? Heilige Scheiße. Eine stressige Schicht im Club und jetzt war meine Schulter eine versengende Glut aus reiner, unerbittlicher Pein. Als ich es nicht mehr aushielt und aus dem Bett stieg, hatte sich der Schmerz bereits in meinen Nacken und die Mitte meines Rückens ausgebreitet.

Scheiß auf die Dusche, ich würde sofort Medikamente nehmen. So langsam wie möglich ging ich die Treppe hinunter, sowohl um leise zu sein als auch um den Zustand meines Rückens und meiner Schulter nicht noch schlimmer zu machen.

Ich warf das Wärmekissen in die Mikrowelle und während es erhitzt wurde, nahm ich mir zwei Scheiben Brot von dem halb verbrauchten Laib auf dem Kühlschrank.

Nachdem ich eine Schmerztablette eingeworfen hatte, stützte ich mich mit einer Hand auf die Anrichte und konzentrierte mich nur auf meine Atmung, während ich mit der anderen Hand die Wärmekompresse an meine Schulter gedrückt hielt. Die Pille würde früher oder später wirken.

Wenn ich mich verkrampfe, wird es nur noch schlimmer, rief ich mir ins Gedächtnis. Langsam und behutsam, das Wärmekissen auf meiner Schulter balancierend, verschränkte ich die Hände und streckte die Arme vor mir aus. Ich atmete tief durch und versuchte, mich zu entspannen.

Aber ich hatte kein Glück. Minute um Minute breiteten sich die Krämpfe wie ein wachsendes Spinnennetz aus. Ich konnte meinen linken Arm gar nicht mehr heben, und selbst wenn ich den rechten Arm anhob, trieb mir der stechende Schmerz Tränen in die Augen.

Mein Blick glitt zu der Pillendose. Das Einzige, was mich zögern ließ, zwei zu nehmen, war die drohende zunehmende Übelkeit. Sie würden mir nichts nützen, wenn ich sie nicht bei mir behalten konnte. Eine Tablette half nicht. Zwei könnten mich in Richtung „kotzübel" bringen.

Mein Blick wanderte von der Pillendose zur Ecke der Mauer und wieder zurück.

Ich entschied mich für die Wand.

Mit angehaltenem Atem lehnte ich mich gegen die Ecke und drückte die scharfe Kante der Wand *fest* in den Muskel. Tränen brannten in meinen Augen, Gips grub sich in meine nackte Haut und die Dunkelheit hinter meinen Lidern wurde rot.

Als ich es keine Sekunde mehr aushielt, stieß ich mich von der Ecke ab. Mit geschlossenen Augen hielt ich mich an der Anrichte fest, während der Schmerz nachließ. Erleichterung ließ meine Knie weich werden und erzeugte ein Gefühl der Benommenheit. Der Schwindel half nicht gegen die Übelkeit, und ich hielt den Atem an, presste die

Kiefer zusammen und befahl mir, dass mir nicht übel wurde; mir war nicht übel, mir war *nicht* übel.

Mein Kopf drehte sich allmählich langsamer und das Unwohlsein ließ nach. Ich ließ den Schädel an die Wand sinken, nahm langsame, tiefe Atemzüge und genoss den nachlassenden Schmerz. Die Erleichterung würde nicht lange anhalten, aber sie war alles, was ich hatte.

Viel zu schnell kam der Schmerz zurück, also presste ich mich erneut gegen die Wand. Nach dem dritten Mal war die Erleichterung überwältigend, aber die darauf folgende Welle der Übelkeit ließ mich fast zum Waschbecken sprinten. Ich lehnte mich an die Mauer, diesmal als Stütze, und atmete durch.

Schritte ließen mich den Kopf drehen, und als Michael um die Ecke kam, zuckte er zusammen, als hätte er mich nicht erwartet. „Oh." Er blinzelte. „Ich ... ich dachte, Dylan wäre auf."

Ich lachte verlegen. „Nein, nur ich. Tut mir leid, wenn ich dich geweckt habe."

„Kein Problem."

In diesem Moment bemerkte ich, dass er seine Aufmerksamkeit auf meine Schulter gerichtet hatte, die ich vorsichtig massierte. Sein Blick huschte zur Ecke. Zu der offenen Pillendose auf der Anrichte. Und wieder zu mir.

Ich ließ sowohl meinen Blick als auch meine Hand sinken und räusperte mich. „Ich, um ..." Ich erstickte ein weiteres Hüsteln.

„Wie schlimm ist es?"

„Ich komme schon klar."

„Das war nicht meine Frage." Er legte den Kopf schief. „Du weißt, dass ich dir helfen kann."

„So gerne ich auch darauf zurückgreifen würde, ich bin

immer noch pleite. Ich kann dich auf keinen Fall bezahlen, bis –"

„Jason, du hast offensichtlich Schmerzen. Ich werde nicht zulassen, dass du die ganze Nacht in diesem Zustand verbringst, nur weil dir das Geld fehlt." Er warf mir einen stechenden Blick zu. „Ich bitte dich nicht. Leg dich auf den Bauch auf die Couch. Ich bin gleich wieder da."

Er wandte sich um. Als die Treppe unter seinen Füßen knarrte, war ich versucht, ihm nachzurufen und ihm zu sagen, dass es mir gut gehe, aber zum Teufel damit. Ich fühlte mich beschissen, Michael war bereits wach und er konnte tatsächlich etwas Effektiveres tun, als Mauerecken in verknotete Muskeln zu rammen.

Also ging ich wie befohlen ins Wohnzimmer. Zum Glück hatte ich kein T-Shirt an, denn ich sah mich nicht in der Lage, ein solches auszuziehen. Ich legte mich auf den Bauch auf die Couch und stützte die Stirn auf meinen rechten Unterarm. Meinen linken Arm konnte ich nicht heben, also hielt ich ihn an meine Seite.

Michael kam ins Wohnzimmer und zog den Hocker neben die Couch. Er setzte sich darauf und am Rande meines Blickfeldes zerriss eine Verpackung. Wie zuvor ließ mich das Geräusch an eine andere Art von zerrissener Folie denken, aber ich verdrängte diesen Gedanken.

Träum weiter, Jason.

Verdammt, selbst wenn ich eine Chance bei Michael gehabt hätte, kam es heute Abend weder mit ihm noch mit irgendjemand anderem in Frage. Auf keinen Fall, wenn ich solche Schmerzen hatte.

Seine Hand erwärmte sich zwischen meinen Schulterblättern und fast wölbte ich mich ihm entgegen wie eine Katze, auf der Suche nach der Erleichterung, von der ich wusste, dass sie kommen würde. Seine Berührung war zum

Synonym sowohl für ungelinderte Erregung als auch für *sehr* gelinderten Schmerz geworden, und heute Abend interessierte mich nur eines von beiden.

Das Plastikröhrchen berührte meine Haut und ich schloss die Augen.

Michael tippte die Nadel an. Es pikste kurz, aber der Schmerz war weg, bevor ich ihn richtig bemerkt hatte. Das Gleiche galt für die zweite und dritte Nadel. Der vierte Einstich, nicht weit vom Ansatz meines Nackens entfernt, verlief ohne Zwischenfälle, aber von diesem punktgenauen Stich ging langsam ein warmer, dumpfer Schmerz aus. Ich neigte den Kopf, um meinen Nacken zu strecken, was den beleidigten Muskel dehnte.

„Tut das weh?", fragte er.

„Ein bisschen."

„Warte kurz. Sag mir, wenn es schlimmer wird."

Es wurde nicht schlimmer. Es ging nicht ganz weg, aber es war nicht so übel. Nur ein bisschen lästig, wenn überhaupt. Und nach der Nacht, die ich hinter mir hatte, war ein bisschen lästig wohl kaum das Ende der Welt.

Er sammelte die Verpackungen ein und warf sie in den Papierkorb neben der Couch, bevor er zum Hocker zurückkehrte. „Darf ich dich was fragen? Nur ... aus Neugier?"

Ich legte das Kinn auf meinen Arm. „Mach nur."

„Warum führst du den Club allein? Du hast gesagt, du hättest einen Geschäftspartner gehabt, aber das sei nicht mehr der Fall. Was ist da passiert?"

Ich atmete tief durch und schloss die Augen, als sich erneut Spannung in Nacken und Schultern bemerkbar machte. „Rico kümmerte sich im Wesentlichen um die Finanzen, während ich das Marketing, die Leitung des Clubs und solche Dinge erledigte. Wir hatten ein paar Probleme mit dem Cashflow, aber wir arbeiteten daran,

Wege zu finden, wieder schwarze Zahlen zu schreiben. Ich dachte, dass wir eigentlich ganz gut dastanden. Das Geld kam rein, die Fixkosten waren unter Kontrolle."

„Was ist passiert?"

„Eines Abends tauchte er nicht im Club auf." Ich schluckte den Kloß hinunter, der in meiner Kehle aufsteigen wollte. „Ich fand ihn in seiner Garage. Weißt du, ich dachte immer, das wäre eine Erfindung von Hollywood, aber nein, da war er. Über das Lenkrad seines Autos gebeugt, während der Motor noch lief."

„Mein Gott", hauchte Michael. „Das tut mir leid."

Ich seufzte. „Rico liebte dieses Auto über alles. Er machte immer Witze darüber, darin begraben zu werden. Ich schätze, als ihm klar wurde, dass er den Wagen und alles andere verlieren würde, beschloss er, dass es ein passender Ort war, um ..."

„Oh Gott."

Ich holte tief Luft. „Ich fand nach seinem Tod heraus, dass er alle möglichen Kredite aufgenommen hatte. Er benutzte sein Haus als Sicherheit, sein Auto, alles, was er in die Finger bekam, und steckte das Geld in den Club. So wie es sich anhörte, wurde ihm klar, dass er sich ein zu tiefes Loch gegraben hatte, um sich da selbst wieder herauszuholen."

Michael war einen Moment lang still. „Ich schätze, das beantwortet dann wohl meine andere Frage."

„Welche andere Frage?"

Er zögerte. „Bei dem, was der Club dir abverlangt, bei dem Stress, den er auslöst, und dem Geld, das er dir abknöpft ..."

„Warum habe ich ihn nicht geschlossen?"

„Ja. Ich schätze, ich weiß jetzt, warum."

„Ja und nein." Ich seufzte. „Zum Teil ist es Stolz. Wir

haben beide eine Menge Arbeit in die Gründung vom Lights Out gesteckt. Ich bin zu stur, um aufzugeben, bis es absolut keine Hoffnung mehr gibt." Ich machte eine Pause. „Und ja, Rico ist auch ein Teil davon."

Michaels warme Fingerspitzen trafen auf meine Haut, wahrscheinlich um eine der Nadeln zu justieren. Ein schwacher Schmerz strahlte von der Stelle aus, an der er sie berührte, also musste es das gewesen sein. Als er seine Hand wegzog, sprach er wieder.

„Es steht mir wahrscheinlich nicht zu, etwas in die eine oder andere Richtung vorzuschlagen", sagte er in einem sanften Tonfall, „aber ich denke, er würde verstehen, wenn du das machen würdest. Ich meine, wenn du den Club schließen würdest. Ich kann mir nicht vorstellen, dass er möchte, dass du dich so abmühst, ihn am Laufen zu halten, dass deine Lebensqualität auf der Strecke bleibt."

„Nein, ich nehme auch an, das würde er nicht wollen." Ich seufzte. „Wenn es schlimmer wird, werde ich es vielleicht in Betracht ziehen." Ich drehte den Kopf so weit, dass ich ihn ansehen konnte. „Aber hey, vielleicht kommt eines Tages mehr Geld rein."

Er lächelte. „Glaub mir, mein Unternehmen und ich setzen auch darauf." Langsam stand er auf. „Ich werde die hier eine Weile drin lassen. Versuch, dich zu entspannen, ja?"

„Wird gemacht."

Er verließ den Raum und ich schloss die Augen. Ich war mir sicher, dass ich mich nicht entspannen konnte, nicht wenn ich so starke Schmerzen hatte – *hey, jetzt tut es nicht mehr so weh* – und an Ricos Tod dachte. Aber je länger ich dort lag, desto mehr löste sich die Anspannung aus meinem ganzen Körper, und der Schmerz verblasste von einem glühenden Rot zu einem stumpfen Grau. Er war immer noch da, immer noch unangenehm, aber nicht mehr so stark, dass es eine vernünftige Lösung schien, wenn ich mich an eine scharfe Mauerkante lehnte.

Einige Zeit verging. Ein paar Minuten? Zehn? Zwanzig? Ich hatte keine verdammte Ahnung.

Eine Bewegung neben der Couch riss mich aus dem Halbschlaf, in den ich verfallen war.

„Wie geht es dir?" Michaels Stimme war leise und beruhigend.

„Besser", murmelte ich.

„Gut." Er legte seine Hand auf meine Schulter und die Wärme seiner Haut auf meiner entlockte mir ein zufriedenes Seufzen. „Dann können sie wahrscheinlich herauskommen." Er entfernte eine Nadel und tupfte dann die Stelle vorsichtig mit einem Tuch ab.

„Blute ich?"

„Ein wenig." Er tupfte noch einmal darauf, bevor er das Tuch beiseitelegte. „Das kommt gelegentlich vor."

Offenbar war das nur bei der einen Nadel der Fall. Er entfernte den Rest ohne Zwischenfall und hielt dann sanft meinen Arm, um mich zu stützen – und aus dem Gleichgewicht zu bringen, aber das brauchte er nicht zu wissen –, als ich mich aufsetzte. Das Zimmer geriet in Schräglage und als ich mich zur Gänze aufgerichtet hatte, stützte ich meine Ellbogen auf die Knie und rieb mir die Schläfen, während ich ein paar langsame Atemzüge nahm.

Vorsichtig neigte ich den Kopf zur Seite und rollte mit den Schultern. „Oh Mann. Das fühlt sich *so* viel besser an."

„Hoffentlich lässt dich das schlafen."

„Dessen bin ich mir sicher."

„Wenn du morgen Schmerzen hast, sag mir Bescheid."

„Wird gemacht." Ich lächelte, als ich seinen Blick erwiderte. „Und danke."

„Jederzeit."

Wir standen beide auf. Er ging in Richtung Treppe, zögerte aber und drehte sich wieder zu mir um. „Du, ähm, hast doch nichts dagegen, dass ich gefragt habe ... nach ... du weißt schon?"

„Rico?"

Er nickte.

„Nein, ist schon okay", sagte ich. „Wahrscheinlich schadet es nicht, ab und zu darüber zu reden."

„Nein, ich denke nicht." Er verlagerte das Gewicht. „Aber ich wollte nicht in etwas zu Privatem herumschnüffeln, verstehst du?"

„Mach dir deshalb keinen Kopf."

„In Ordnung", sagte er. „Nun, wenn ich jemals einen Nerv treffe, sag es."

„Das mache ich", sagte ich.

Wir tauschten ein müdes Lächeln aus und dann ging er die Treppe hinauf.

Einen Moment lang stand ich im Wohnzimmer und genoss einfach das Gefühl, dass ich jetzt nicht mehr so große Schmerzen hatte. Das Einzige, was wirklich störte, war die brennende Stelle, an der sich die Ecke der Wand in meinen Rücken gebohrt hatte. Morgen würde das einen blauen Fleck geben, vielleicht auch etwas aufgeschürfte Haut, was ich vergessen würde, bis ich unter der Dusche stand, aber die quälenden Muskelkrämpfe hatten nachgelassen.

Ich ging wieder nach oben und schlief wie ein Toter.

KAPITEL 10

Am nächsten Tag schlief ich bis in den Nachmittag hinein, wie ich es nach dem Wochenendchaos im Club oft tat. Dann erledigte ich einige Besorgungen, trank ein paar Bier mit Seth in einer der Bars in der Nähe seines Tattoo-Ladens und kam erst weit nach Einbruch der Dunkelheit nach Hause.

Ich holte mir eine Flasche Wasser aus dem Kühlschrank und wollte nach oben gehen, um mich ein wenig auszuruhen, aber als ich an der Glasschiebetür vorbeikam, stockte ich und schaute genauer hin.

Michael war draußen auf der Terrasse, barfuß und ohne Shirt – und verdammt *heiß* – wie immer. Er sah mich nicht, hatte die Unterarme auf das Geländer gelegt und den Kopf nach oben geneigt, als ob er die Sterne beobachten würde.

Ich dachte daran, ihn seinen Gedanken zu überlassen, aber ... ich konnte nicht anders. Etwas trieb mich an und schubste mich in Richtung Glastür.

Dieses Etwas wäre Lust, Jason. Und wirklich ernsthaftes Wunschdenken.

Wahrscheinlich. Egal.

Ich ging zur Terrassentür und als ich sie öffnete, warf er einen Blick über seine Schulter.

„Hast du was dagegen, wenn ich mich zu dir geselle?", fragte ich.

Das Licht reichte gerade aus, um sein Lächeln zu zeigen. „Ganz und gar nicht."

Ich schloss die Tür hinter mir und schlenderte über die Terrasse. Ich verschränkte die Arme auf dem Geländer, lehnte mich darüber und hielt meine Wasserflasche zwischen den Händen.

„Du hast hier draußen eine fantastische Aussicht", sagte er mit leiser Stimme, als ob er glaubte, er würde alle Sterne verscheuchen, wenn er zu laut sprach.

„Du solltest es im Winter sehen." Auch ich redete leise. „Komm nach reichlich Schneefall bei Vollmond hierher, dann ist es spektakulär."

„Abgesehen von dem Teil, dass es Winter in Colorado ist, richtig?", sagte er.

Ich lachte und irgendwie, Gott weiß wie, widerstand ich dem Drang, ihn anzustarren, und richtete den Blick auf den Gürtel des Orion statt auf Michaels. „Ich habe nicht gesagt, dass du ohne Oberteil hier rauskommen sollst."

„Welchen Spaß soll das denn machen? Shirts sind über-bewertet."

Bei dir auf jeden Fall.

„Ja, gut", sagte ich. „Warten wir einfach ab, welche Meinung du haben wirst, wenn es eiskalt ist und schneit."

Er zuckte mit den Schultern. „Dann werde ich wohl im Haus bleiben müssen."

Was bedeutet, dass ich nach draußen gehen muss, um mich abzukühlen.

Er drehte den Kopf. „Wie geht es deiner Schulter?"

„Ausnahmsweise mal nicht so schlecht." Ich lächelte.

„Dafür habe ich wohl dir zu danken."

„Jederzeit. Und hey, wenn es so schlimm wird wie in der letzten Nacht, zögere nicht, mich zu wecken."

Ich nahm einen Schluck von meinem Wasser und stellte die Flasche auf das Geländer. „Ich weiß das Angebot zu schätzen, aber ich bezweifle, dass ich dich mitten in der Nacht stören würde, es sei denn, das Haus brennt."

„Nun, das Angebot steht. Besser so, als die Nacht damit zu verbringen, dir mit einer scharfen Ecke blaue Flecken zu verpassen."

Hitze strömte in meine Wangen. „Das stimmt wohl."

„Falls es dich tröstet, du bist nicht der Einzige, der das tut."

„Nicht?"

Er schüttelte den Kopf. „Viele meiner Patienten mit chronischen Schmerzen machen so was. Jemand hat es mir einmal so beschrieben, dass man mit dem Kopf gegen eine Ziegelwand schlägt, weil es sich so gut anfühlt, wenn man aufhört."

„So gesehen", murmelte ich, „klingt es noch lächerlicher."

„Nicht wirklich, wenn du genauer darüber nachdenkst. Wenn man so große Schmerzen hat, nimmt man alles, was man kriegen kann, auch wenn es einem nur die momentane Illusion von Erleichterung verschafft."

„Das kommt ungefähr hin. Wenigstens bin ich nicht verrückt."

„Das habe ich nicht gesagt."

Wir lachten beide.

„Aber mal im Ernst", sagte ich. „Manchmal scheint es wirklich das kleinere Übel zu sein."

„Besser als Schmerztabletten?"

Ich nickte. „Du glaubst gar nicht, wie viele Nächte ich in meiner Küche gestanden habe und mit einer Dose Pillen Bockstarren gespielt habe. Ich will sie wirklich, wirklich nicht nehmen und habe höllische Angst davor, süchtig zu werden, aber manchmal ...“

„Das verstehe ich.“

„Ach ja?“ Ich beäugte ihn in der Dunkelheit. „Ich dachte, du wärst vehement gegen jede Art von Drogen.“

„Bin ich auch.“ Er warf mir einen Blick zu, bevor er seine Aufmerksamkeit wieder den Bergen zuwandte. „Ja, meine Ausbildung sagt mir, dass Schmerzmittel mehr schaden als nützen, aber bei den Schmerzen, die du in den letzten fünf Jahren hattest, kann ich es dir nicht verübeln, wenn du jede Erleichterung nimmst, die du finden kannst.“

„Gut“, sagte ich mit einem Grinsen, „denn sonst müsste ich dir wahrscheinlich sagen, dass du mich am Arsch lecken kannst.“

Er lachte. „Verstehe. Aber hoffentlich brauchst du den ganzen Scheiß nicht mehr.“

„Das hoffe ich auch.“

Wir schwiegen beide einige Minuten lang, ehe Michael fragte: „Wie lange wohnst du schon hier?“

„In diesem Haus? Oder in Tucker Springs?“

„Beides, jetzt, da du die Sprache darauf gebracht hast.“

„Ich habe mein ganzes Leben in Tucker Springs verbracht“, sagte ich. „Nun, ich wurde zwar in Montana geboren, aber meine Eltern sind hierhergezogen, als ich drei Jahre alt war, also bin ich schon so lange hier, wie ich denken kann. Was das Haus angeht, das habe ich jetzt seit ein paar Jahren. Mein Ex und ich kauften es, kurz nachdem die Wirtschaft den Bach runterging. Wir machten ein gutes Geschäft damit.“ Ich seufzte. „Ich hätte nur nicht gedacht, dass ich es allein abbezahlen würde.“

„So ist das mit Plänen", sagte Michael.

„Genau." Geistesabwesend griff ich nach oben und rieb meine Schulter, die zwar noch nicht wehtat, aber die Nacht war noch jung. „Auch ohne Wes könnte ich wahrscheinlich ganz gut alleine zurechtkommen, wenn es den Club nicht gäbe. Wenn das Geschäft rote Zahlen schreibt, muss das Geld irgendwo herkommen. Wenn ich keinen Kredit bekomme, wird das Geld von meinem Gewinn abgezogen. Und wenn ich keinen Gewinn mache, dann kommt es eben aus meiner eigenen Tasche.

„Ich kenne das Gefühl", murmelte Michael. „Jedes Mal, wenn ich denke, dass ich Fortschritte mache, kommt etwas Neues dazwischen. Wenn ich meinen Studentenkredit abbezahlen könnte, würde es mir finanziell besser gehen, aber mit den Mindestzahlungen, die ich dafür gerade leiste? Wird in nächster Zeit nichts daraus."

„Was du nicht sagst. Ich habe meinen erst vor etwa zwei Jahren abbezahlt. Wenn ich diesen Kredit auch noch am Hals hätte, wäre ich jetzt total am Arsch."

„Dafür sind sie gut. Warum hast du das Haus nicht verkauft? Scheint besser für deinen Stresslevel zu sein, wenn du es nicht mehr an der Backe hättest."

„Ich denke mir oft, dass es einfacher wäre, es zu verkaufen, aber der Wert ist im Keller, also wäre es ein Leerverkauf, was in der Abwicklung verdammt lange dauert, falls es überhaupt durchgeht. Außerdem müsste ich den Verkauf ohne die Unterschrift meines Ex erzwingen, was bedeutet, dass ich selbst genug Geld aufbringen muss, um die ganzen Kosten zu decken, die beim Verkauf eines Hauses nun mal anfallen."

„Kann ich mir vorstellen." Er schaute mich an. „Wie funktioniert das eigentlich? Sich von jemandem zu trennen, wenn man nicht verheiratet ist, aber ein gemeinsames Haus besitzt?"

„Wie das funktioniert?" Ich lachte trocken. „Es ist eine entsetzlich nervige Angelegenheit, glaub mir."

„Hast du ihn ausbezahlt, oder was?"

Ich schüttelte den Kopf. „Er würde das Haus lieber in die Zwangsvollstreckung geben. Er hat bereits sein Auto von der Bank pfänden lassen und seine Kreditwürdigkeit ist ruiniert, also hat er keinen Grund, sich um die Hypothek zu kümmern."

„Gibt es eine Möglichkeit, seinen Namen zu tilgen?"

„Außer einen Verkauf zu erzwingen? Falls ich seine Zustimmung erhalte, kann ich die Hypothek refinanzieren, aber ich bezweifle sehr, dass die Bank mir so etwas bewilligt. Nicht ohne die Bürgschaft von jemandem, dessen Kreditwürdigkeit viel besser ist als meine."

„Glaubst du, er würde so was unterzeichnen?"

„Wenn ich ihn erreichen könnte, vielleicht." Ich seufzte und schüttelte den Kopf. „Aber er reagiert nicht auf meine Anrufe, E-Mails und so weiter. Er ist fertig mit mir."

Michael war einen langen Moment lang still. „Wenn ich fragen darf", sagte er leise, „was ist zwischen euch passiert?"

Ich antwortete nicht sofort. Meine Gedanken wanderten zurück zu der Nacht, in der Wes unsere Beziehung beendete. Es erstaunte mich, dass so etwas auch Monate später noch wehtun konnte. Wenn er jetzt durch meine Haustür käme, würde ich ihn sofort wieder hinauswerfen, aber die Art und Weise, wie die Sache geendet hatte, versetzte mir noch immer einen Stich.

Ich holte tief Luft. „Wes dachte, ich sei ein Workaholic. Vor allem, nachdem Rico ... nachdem der Club allein meine Verantwortung wurde. Und, ich meine, er hatte wahrscheinlich recht. Ich vernachlässigte unsere Beziehung sträflich, weil ich versuchte, mein Unternehmen vor dem Untergang zu bewahren. Und versuchte, nicht wegen der ständigen Schmerzen zusammenzubrechen." Bitterkeit schwang in meiner Stimme mit, als ich sagte: „Also fand er jemanden, der keine chronischen Schmerzen hat, *aber* so viel Geld, dass keiner von ihnen arbeiten muss, geschweige denn Überstunden machen."

„Autsch."

„Jep."

Er schaute mich an und verzog voller Mitgefühl das Gesicht. „Das mit dem Workaholic kann ich nachvollziehen. Das dachte meine Ex-Frau auch über mich."

„Dachte sie das nur?", fragte ich. „Oder bist du einer?"

„Vielleicht ein bisschen von beidem. Ich habe mich tatsächlich in meine Arbeit gestürzt und jeden Tag viel zu lange in der Praxis verbracht – wirklich *jeden* Tag –, anstatt Zeit mit ihr zu verbringen." Er seufzte. „Sie dachte, ich sei von meiner Arbeit besessen und unsere Ehe sei mir egal. Um ehrlich zu sein, habe ich mich in meine Arbeit gestürzt, um mich *nicht* mit unserer Ehe zu beschäftigen."

„Wirklich?"

Er nickte langsam und sah hinaus auf die dunklen Berge. „Im Nachhinein betrachtet habe ich mich ihr gegenüber wie ein Arsch benommen und das weiß ich. Damals hatte ich einfach Angst, mich ihr zu stellen und all den Gründen, warum wir uns nicht verstanden." Er lachte humorlos und schüttelte den Kopf. „Ich schätze, es war einfacher, unseren Problemen aus dem Weg zu gehen, auch wenn das alles noch viel schlimmer gemacht hat."

„Gott, ich weiß, wie das läuft. Sich die Arbeitszeit selbst einzuteilen, ist praktisch, um Beziehungsproblemen aus dem Weg zu gehen, nicht wahr?"

„Sehr." Er schaute wieder in den Himmel. „Und wie lange ist es her? Seit du dich von deinem Ex getrennt hast, meine ich?"

„Ein halbes Jahr. Kommt mir aber manchmal länger vor."

„Vermisst du ihn?"

„Nicht wirklich." Ich machte eine Pause. „Okay, das klang ein bisschen gehässiger, als es hätte sein sollen. Manchmal ja, aber die meiste Zeit?" Ich hob meine Wasser-flasche. „Es ist gut, dass er weg ist."

Michael stieß ein amüsiertes Schnauben aus. „Ich weiß, wie das ist."

„Mit deiner Ex-Frau hat es nicht so gut geendet?"

„Oh, so schlimm war es nicht. Wir kommen ganz gut miteinander aus, alles in allem. Aber ... wir hatten so lange keine Verbindung mehr zueinander und keiner von uns war sich je wirklich sicher, warum. Wir sind es immer noch nicht. Ich würde also sagen, die Scheidung war längst überfällig."

„Das scheint bei den meisten Trennungen so zu sein."

Wir lachten beide trocken und schwiegen dann wieder. Die Sterne und die Berge gaben mir abwechselnd etwas, worauf ich mich konzentrieren konnte, aber mein Fokus lag ausschließlich auf Michael. Ich könnte schwören, dass meine linke Seite, die Seite, die ihm am nächsten war, krib-belte, während die rechte durch die leere Luft neben mir kühl war. Drei Wochen lebten wir schon zusammen und ich konnte meinen Blutdruck immer noch nicht unter Kontrolle halten, wenn ich in seiner Nähe war.

„Meine Eltern haben heute Morgen angerufen", sagte er aus heiterem Himmel. „Sie wollten sich nur mal melden und mit Dylan reden." Er trommelte mit den Fingern auf das Geländer, und da merkte ich, dass sich seine lässige

Haltung in die eines Mannes verwandelt hatte, der angespannt war, nahezu aufgewühlt.

„Oh?", sagte ich. „Wie, ähm ... wie ist es gelaufen?"

„Es war interessant", sagte er, mehr zu sich selbst als zu
mir. „Sie waren sich nicht sicher, was sie davon halten
sollen, dass ich ihren Enkel bei ,irgendeinem Kerl'
einziehen lassen."

Ich schluckte. „Weil sie mich nicht kennen? Oder weil
ich ...?"

„Ich habe ihnen nicht gesagt, dass du schwul bist."
Seine Finger trommelten noch schneller. „Sie, ähm, haben
angenommen, dass du es seist. Weil ich mit dir zusam-
menwohne."

Mein Herz blieb stehen. „Wie bitte?"

Er hielt den Blick auf die Berge gerichtet. „Meine
Eltern sind überzeugt, dass ich schwul bin."

Gut, dass ich in diesem Moment keinen Schluck nahm,
sonst wäre ich daran erstickt. „Ernsthaft?"

Michael nickte.

„Wie kommen sie darauf?"

„Ich schätze, sie ..." Er machte eine Pause und trat
unbehaglich von einem Bein aufs andere. Nervosität und
Michael waren eine so bizarre Kombination, zwei unverein-
bare Dinge, die nicht auf derselben Ebene existieren sollten, und doch hatte ich sie vor Augen.

Er holte tief Luft und drückte seine Hände auf das
Geländer, als bräuchte er die Stütze, um aufrecht stehen zu
bleiben. „Seths Eltern und meine standen sich sehr nahe,
als wir Kinder waren, und *seine* Eltern waren, aus welchen
Gründen auch immer, davon überzeugt, dass ich schwul sei.
An einem Tag war es die Art, wie ich mich kleidete, am
nächsten die Musik, die ich hörte, oder die Tatsache, dass
ich mit drei anderen Jungs aus der Schule zelten gegangen

war. Wenn ich mit einem Mädchen ausging, war das nur Tarnung. Daina war nur eine verdammte Tarnung, soweit es sie betraf." Er verdrehte die Augen. „Sie waren besessen von dieser Idee."

„Was kümmerte sie das überhaupt? Du bist nicht ihr Sohn."

„Nein, aber ich habe ihren Sohn ‚beeinflusst'. Ich glaube, sie haben seine Sexualität zutiefst verleugnet, aber sie sahen die Vorzeichen, also projizierten sie es auf mich, damit ich der Schwule sein konnte, nicht er. Entweder das oder sie dachten, es sei ansteckend, und nahmen an, ich hätte es, also waren sie besorgt, wenn ich in seiner Nähe war."

„Obwohl du ihnen keinen Grund gegeben hast zu glauben, dass du tatsächlich schwul bist."

„Das zeigt nur, wie groß die Angst seiner Eltern war, dass etwas oder jemand ihn schwul machen könnte." Michael fluchte leise. „Weißt du, viele Leute fanden, es sei ausgleichende Gerechtigkeit, dass Eltern wie seine ein homosexuelles Kind hatten. Ich finde es einfach nur beschissen, dass Seth solche Trottel als Eltern hat."

„Was du nicht sagst." Ich hatte die Arschlöcher nie kennengelernt, aber Seths Eltern waren zwei der ganz, ganz wenigen Menschen auf meiner *Bitte stirb in einem gottverdammten Feuer*-Liste.

„Also waren seine Eltern misstrauisch gegenüber jedem Kerl, mit dem Seth abhing, der kein Footballer war und genug Testosteron abgab, um mit bloßem Auge sichtbar zu sein." Er ließ einen Atemzug entweichen. „Und da er mit mir mehr als mit jedem anderen abhing und ich nicht so gut in diesem ganzen Macho-Zeug war ..."

„Es war also wegen Seth und seinen Eltern?", fragte ich. „Deine waren nicht ... Du hast nicht ..."

Er sah mich an. „Habe ich ihnen einen Grund gegeben, mich für schwul zu halten?"

„Im Grunde genommen, ja."

Michael lachte leise. „Sagen wir einfach, nachdem mein Vater mich mit siebzehn in meinem Zimmer mit der Cheerleaderin erwischt hat, hat er es meistens auf sich beruhen lassen." Sein Lachen verebbte. „Na ja, okay, er hat es für ein oder zwei Wochen auf sich beruhen lassen."

„Sie fragen also immer noch?"

Er nickte. „Manchmal. Sie haben *so lange* gehört, wie Seths Eltern alles in Frage stellten, was ich tat oder sagte, dass es nicht einmal ausreichte, mich mit einem Mädchen zu erwischen, um sie zu überzeugen. Ich schwöre, als ich ihnen sagte, dass Daina und ich uns scheiden lassen, war meine Mutter *sicher*, dass es daran lag, weil ich schwul bin."

Ich schluckte. „Darf ich dich etwas Persönliches fragen?"

„Sicher."

Ich zögerte, fragte aber schließlich: „Du stehst nur auf Frauen, oder?"

„Absolut", sagte er schnell, beinahe scharf, lachte dann aber wieder. „Ist die Cheerleaderin nicht überzeugend genug?"

„Manche Männer fischen an beiden Ufern."

Michael versteifte sich leicht. „Glaubst du, dass ich das tue?"

„Ich weiß es nicht. Ich bin nur neugierig." Ich räusperte mich. „Natürlich geht es mich nichts an. Wie ich schon sagte, reine Neugier."

Michael starrte auf den dunklen Hof hinaus und etwas Unlesbares verkrampfte seine Miene. „Ich habe nie wirklich eine Antwort von ihnen bekommen. Ob es etwas

Bestimmtes an mir gäbe, meine ich. Wenigstens haben sie mich nie in eines dieser Umerziehungslager geschickt."

Wir erschauderten beide.

„Wurde das jemals vorgeschlagen?"

„Ein paar Mal", sagte er mit zusammengebissenen Zähnen. „Gott sei Dank fanden meine Eltern diese Orte noch furchtbarer als die Vorstellung, dass ich schwul bin. Aber sie haben nie aufgehört, mich anzuzweifeln. Sogar jetzt noch, wann immer ich sie frage, warum sie glaubten, ich sei schwul, machen sie eine seltsame Pause, sagen dann voller Unbehagen ‚Ich hab mich das einfach nur gefragt' und wechseln das Thema." Er wandte sich mir zu. „Wann hast du herausgefunden, dass du es bist?"

Ich spielte mit dem Verschluss meiner Wasserflasche. „Als ich zwölf war."

„So jung?"

Ich nickte. „Ja. Nun, ich habe nicht ganz verstanden, was es *bedeutet*, schwul zu sein. Ich wusste nur, dass, als einer meiner Freunde seinem Vater einen *Playboy* klaute und ihn uns zeigte, das bei mir nicht annähernd so viel auslöste wie die Boyband-Poster, mit denen meine Schwester ihr Zimmer tapezierte." Die Erinnerung daran brachte mich zum Lachen. Michael lachte auch, aber es war ein gezwungener, unangenehmer Laut.

Ich fuhr fort: „Wie auch immer, ich war sechzehn, als ich feststellte, dass ich schwul bin und was das bedeutet. Hab mich mit siebzehn geoutet und nie einen Blick zurück geworfen."

Michael sagte nichts.

Eine Frage schoss mir durch den Kopf und erst eine Sekunde zu spät merkte ich, dass ich die Worte laut ausgesprochen hatte: „Stört dich das?"

Er sah mich in der Dunkelheit an. „Stört mich was?"

„Dass ich schwul bin?"

„Nein, natürlich nicht." Er lächelte, aber es wirkte genauso gezwungen wie sein Lachen vorhin. „Habe ich dir jemals einen Grund gegeben, das zu glauben?"

„Nein, hast du nicht", sagte ich. „Ich weiß nicht; ich schätze, ich habe mich das nur gefragt. Seit du zugestimmt hast, hier einzuziehen."

„Wäre ich eingezogen, wenn es so wäre?"

Ich trat unbehaglich von einem Bein aufs andere. „Na ja, ich meine, wir sind beide zurzeit in einer Art Zwangslage. In der Not frisst der Teufel Fliegen und so. Also war ich mir nicht sicher, ob es dich stört. Vor allem, weil auch dein Sohn bei mir lebt."

„Warum sollte es?"

„Nun, es ..." Ich ertappte mich dabei, dass ich an der Innenseite meiner Lippe nagte, während ich überlegte, wie ich die Antwort beenden sollte.

„Hm?"

Obwohl es in der Dunkelheit kaum zu sehen war, schaute ich meinem Daumen zu, der den Rand des Etiketts auf meiner Wasserflasche nachzeichnete, während ich mich weiter bemühte, meine Gedanken in Worte zu fassen.

„Hör zu", fuhr Michael fort, „wenn ich ein Problem damit hätte, dass Leute schwul sind, wären Seth und ich nicht so lange befreundet. Er hätte sich nicht damit abgefunden."

„Oh nein, natürlich nicht", sagte ich. „Ich wollte nicht andeuten, dass Heterokerle von vornherein homophob sind. Das bist du offensichtlich nicht. Aber ich habe in der Vergangenheit einige Männer gekannt, die damit keinerlei Probleme hatten, bis das Schlafarrangement ins Spiel kam."

Michael lachte. „Nun, es ist ja nicht so, dass wir uns ein Zimmer teilen."

„Nein, das stimmt." *Leider.* „Ich, verdammt ... ich weiß es nicht. Das war eine dumme Frage. Ich bin es einfach irgendwie gewohnt, dass Heteros sich bei dem Gedanken ... unwohl fühlen."

„Nein, das ist keine dumme Frage. Wenn du an seltsame Reaktionen gewöhnt bist, kann ich verstehen, dass du auf der Hut bist, ob jemand so reagiert."

Wieder herrschte Schweigen. Nachdem ich unserem nun eingeschlafenen Gespräch eine unangenehme Wendung verpasst hatte, war ich nicht sicher, was ich sagen sollte, um wieder ein angenehmeres Thema anzuschneiden. Vielleicht war es besser, es dabei zu belassen. Reingehen, ins Bett gehen und abwarten, ob uns die Unbehaglichkeit auch am nächsten Tag verfolgte.

Ich holte tief Luft und wollte mich schon verabschieden, aber er redete, bevor ich es konnte.

„Stellst du das jemals in Frage?"

Ich legte meine Stirn in Falten. „Was?"

„Die Tatsache, dass du schwul bist?"

„Nicht mehr."

„Aber du hast es früher getan?"

„Natürlich." Ich lachte. „Wer würde das nicht? Ich glaube nicht, dass sich jemand freiwillig für den Mist meldet, den wir uns gefallen lassen müssen, also hatte ich etliche *Bist du dir wirklich sicher?*-Gespräche mit dem Spiegel."

„Aber du bist immer zu demselben Schluss gekommen."

Ich nickte.

„Warst du jemals ...?" Er machte eine Pause und sah wieder auf den Hinterhof hinaus, anstatt mich anzuschauen. „Bist du jemals mit Frauen ausgegangen?"

„Nein. Viele Jungs tun das – Scheiße, war Seth nicht

mit der Ballkönigin zusammen, als ihr auf der Highschool wart?"

„Ja, war er. Was für ein Glückspilz."

„Ich glaube, ich hätte den Ballkönig vorgezogen, aber hey, gut für ihn."

„Ja, wirklich", sagte Michael leise. „Weißt du, ich habe mich immer gefragt, ob er experimentierte oder ob er es wusste und versuchte, es vor seinen Eltern zu verbergen."

„Da hatte er sich schon vor dir geoutet, nicht wahr?"

Michael nickte. „Vor mir und sonst niemandem, von dem ich weiß. Aber er hat sich immer wieder mit Mädchen getroffen, also habe ich ..." Er schwieg für einen langen Moment. „Gott, er hatte solche Angst, dass seine Eltern es herausfinden könnten. Es war schwer zu sagen, ob er etwas zur Befriedigung seiner Neugier oder zur Tarnung tat."

„Vielleicht war es ein bisschen von beidem."

„Vielleicht." Michael legte den Kopf in den Nacken und starrte zu den Sternen hinauf. „Du hast also nie mit Frauen experimentiert?"

„Nein." Ich folgte seinem Blick nach oben. „Als ich mich für Dates erwärmte, wusste ich schon, dass ich keinerlei Interesse an Frauen hatte."

„Das muss ... ich weiß auch nicht, eine Erleichterung gewesen sein."

„Wie meinst du das?"

„Es mit Sicherheit zu wissen."

Ich ließ mir die Bemerkung durch den Kopf gehen. „Ich schätze, das war es auch. Ich meine, ich habe es immer noch in Frage gestellt, nur weil ich nicht scharf auf die Vorstellung war, mich zu outen, aber ich konnte mich nie selbst davon überzeugen, dass ich mich zu Frauen hingezogen fühle."

„Was passierte, als du dich geoutet hast?", fragte er. „Hat dich deine Familie unterstützt?"

Noch heute schnürte es mir ein wenig die Kehle zu, wenn ich daran dachte, wie ängstlich ich vorher war und wie erleichtert, nachdem ich meinen Eltern diese drei unwiderruflichen Worte gesagt hatte. *Ich bin schwul*, hallte meine jüngere, etwas höhere Stimme immer noch in meinem Hinterkopf wider. *Ich bin schwul.*

Meine Eltern waren fassungslos gewesen. Völlig verblüfft. Sie hatten keine Ahnung gehabt. Es hatte sie definitiv für ein paar schreckliche Minuten aus den Socken gehauen. Aber nach diesen Minuten, als die Wahrheit eingesickert war, sagten mir meine Eltern, dass sie mich lieben und dass sich das nicht geändert habe und nicht ändern werde.

„Sie waren Heilige", flüsterte ich.

„Du hast Glück", sagte er, seine Stimme nicht lauter als meine.

„Glaub mir, das weiß ich." Ich drehte mich zu ihm um. „Daran erinnere ich mich jeden einzelnen Tag."

Michael sagte nichts.

KAPITEL 11

Als ich eines Abends nach ein paar Besorgungen nach Hause kam, stand Seths Truck in der Auffahrt. Ich fand ihn und Michael im Wohnzimmer, wo sie sich bei einem Videospiel miteinander unterhielten, mit Bierflaschen – eine vor Michael, drei vor Seth – auf dem Couchtisch.

Sie sahen auf, als ich hereinkam, und Seth gestikulierte mit seinem Controller. „Hey, Mann. Willst du auch spielen?"

Ich schüttelte den Kopf. „Nein, ich denke, ich werde ausgehen und ..." Mein Blick wanderte zu Michael und Hitze stieg mir in die Wangen. Ich räusperte mich. „Ich habe einigen Papierkram aufgeschoben, der im Club auf mich wartet. Ich sollte das erledigen, bevor es mich eine weitere Nacht wach hält."

Michael sah mich mit hochgezogenen Augenbrauen an, konzentrierte sich aber schnell wieder auf das Spiel.

Ich wandte mich zum Gehen und fügte über meine Schulter hinzu: „Wir sehen uns später."

„Du arbeitest zu viel", rief mir Seth hinterher, als ich

zur Treppe ging. „Du wirst schon vor deiner Zeit ein alter Mann sein."

„Deshalb habe ich reife Freunde wie dich", rief ich zurück. „Das hält mich jung und dumm."

„Ich lebe, um zu dienen!"

Lachend lief ich die Treppe hinauf und in mein Schlafzimmer, wo ich mir etwas Ansehnlicheres anzog als verblichene Jeans und ein altes T-Shirt. Immer noch Jeans, aber mit einem Hemd und einer silbernen Kette, die auf meinen Schlüsselbeinen ruhte. Meine Glückskette, wie Wes sie immer genannt hatte. Ich hatte da so meine Zweifel – schließlich hatte ich sie getragen, als ich ihn kennenlernte.

Ich ging die Treppe hinunter und machte einen schnellen Abgang, aber als ich die ruhige Sackgasse verließ, fuhr ich nicht mal in die Nähe vom Lights Out. Ja, die Bücher brauchten Aufmerksamkeit, aber ich war ausnahmsweise mal nicht im Rückstand mit der Buchhaltung und Konzentration war heute Abend nicht möglich. Ich brauchte einen Abend für mich, um den Kopf frei zu bekommen.

Anstatt also zum Lights Out zu fahren, machte ich mich auf den Weg ans andere Ende von Hacktown, zum Jack's. Dieses Lokal war zwar einer meiner größten Konkurrenten, aber hier konnte ich weniger verdeckt auf Beutezug gehen als vor den Leuten auf meiner Gehaltsliste, wo ich nur jemanden aufreißen konnte, solange ich sehr, sehr diskret war.

Ich parkte auf der Straße und spazierte den halben Block zum Club. Am Eingang kassierte ein Türsteher fünf Dollar Eintritt und winkte mir hineinzugehen.

Obwohl ich nicht allzu oft in diesem Club war, kam er mir so vertraut vor, wie alle Clubs einem irgendwann vertraut wurden. Die gleichen Leuchtreklamen für die glei-

chen Biermarken, von Budweiser bis zu den lokalen Klein-
brauereien. Das Knallen der Billardkugeln unterbrach
gelegentlich das beständige Gemurmel und die
wummernden Bässe der Musik, die neben der Tanzfläche
gespielt wurde. Einsame Typen an der Bar, Paare in den
Ecken, alle anderen irgendwo dazwischen.

Die leeren Nischen und Barhocker überwogen die
besetzten. Typisch für einen Mittwoch. Freitags oder samstags gäbe es weitaus mehr Möglichkeiten, aber an diesen
Abenden konnte ich meinen eigenen Club nicht verlassen,
also mussten die Besucher unter der Woche reichen. Und
egal ob wenig oder nicht, die Besucher boten reichlich
Auswahl: der Möchtegern-Cowboy in engen Jeans und
einem schief aufgesetzten Stetson, der eingeschüchterte
College-Junge mit großen Augen, der wahrscheinlich zum
ersten Mal eine Schwulenbar betreten hatte, der Mittvier-
ziger mit Fünfhundert-Dollar-Strähnchen im Haar. Selbst
nachdem ich die zu jungen, die zu aggressiven und die zu
verheirateten aussortiert hatte – hey, auch ich hatte Ansprü-
che –, gab es keinen Mangel an willigen und gutausse-
henden Männern.

Ich war nicht in Eile. Ich hatte, was ich wollte – eine
Flucht von zu Hause – und ich würde jemanden finden,
bevor die Barkeeper die letzte Runde ausriefen. Für einen
geduldigen Mann war dieser Ort der Ausgangspunkt für
einen One-Night-Stand, der nur darauf wartete, zu
passieren.

Ich setzte mich an die Bar und musterte weiter die
Menge. Einige der Typen kamen mir bekannt vor.
Verdammt, die meisten schwulen Männer in Tucker
Springs waren wahrscheinlich schon einmal durch die Tür
des Lights Out gegangen, also würde ich natürlich einige
Gesichter wiedererkennen. Vielleicht würden sie mich

erkennen, vielleicht auch nicht. Das war schon vorgekommen. Fast immer fand ich im Nachhinein heraus, dass sie sich mehr zu meinem Portemonnaie hingezogen fühlten als zu mir, aber normalerweise hatten wir beide eine gute Nacht hinter uns, bevor ich herausfand, dass er ein Goldgräber war, und er merkte, dass es mir ernsthaft an Gold mangelte.

Ich erkannte den Barkeeper und anscheinend beruhte das auf Gegenseitigkeit, denn seine Miene wurde nach nur einer Sekunde Blickkontakt sauer. Ach ja. Ich erinnerte mich an ihn. Er hatte sich vor ein paar Monaten für eine Stelle als Barkeeper im Lights Out beworben. Ich hatte ernsthaft in Erwägung gezogen, den Jungen zu engagieren, bis er den Mund aufmachte und seine Einstellung zu erkennen gab.

„Eine Rum Cola", sagte ich.

„Rum Cola", wiederholte er. „Das macht dann vier fünfzig."

Selbst als ich meine Brieftasche zückte und einen Fünfer und einen Ein-Dollar-Schein herausholte, beobachtete ich ihn beim Mixen des Drinks. Wahrscheinlich dachte er, ich würde selbstgefällig seine Technik prüfen und mich daran erinnern, warum ich ihn nicht eingestellt hatte. In Wirklichkeit wollte ich sichergehen, dass er nicht aus Boshaftigkeit hineinspuckte oder einen Fussel aus seiner Hosentasche darin versenkte. So wie sein Vorstellungsgespräch gelaufen war, hätte ich ihm das durchaus zugetraut.

Er machte meinen Drink fertig und schob ihn auf einer quadratischen grünen Serviette über den Tresen. Ich bezahlte, gab ihm ein anständiges Trinkgeld und drehte mich mit meinem Glas in der Hand um, um meine Umgebung in Augenschein zu nehmen.

Ich brauchte keinen Alkohol, um den Mut aufzubringen, jemanden anzusprechen. So sehr Michael mir auch manchmal die Fähigkeit raubte, in verständlichen Sätzen zu reden, so konnte ich mich doch behaupten, wenn es um die Spielchen ging, die Männer zwischen Flirten und Ficken abzogen.

Der Erste, der mir ins Auge fiel, war ein Typ mit lockigem blondem Haar, drüben bei den Dartscheiben, aber eine helle Linie auf der gebräunten Haut seines Ringfingers schloss ihn aus. Der Typ, der sich über den mir nächstgelegenen Billardtisch beugte? Süßer Hintern, aber viel zu jung. Ich hätte vielleicht denjenigen angesprochen, der an der Wand lehnte, mit dem blauen Irokesenschnitt und einem *Ich bin zu cool, um hier zu sein*-Grinsen, wenn ich ihn nicht erkannt hätte. Der Irokesenschnitt war gelb und etwa drei Zentimeter kürzer gewesen, als ich ihn letztes Jahr auf Lebenszeit aus dem Lights Out verbannt hatte, weil er einen meiner Barkeeper mit einer zerbrochenen Flasche bedroht hatte. Eine Nacht mit ihm? Sicher nicht.

Ich nahm noch einen Schluck und sah mich weiter um.

Oh, *der* war süß. Jeans, die so eng – und wahrscheinlich so dünn – waren wie ein Kondom. Sorgfältig zerzaustes, hellblondes Haar. Lippen, die zum Küssen geschaffen waren, von Blowjobs gar nicht zu reden. Allerdings war er eher Seths Typ als meiner: nicht *ganz* Femme, aber nahe dran. Er war die Art von Mann, die mein Interesse wecken könnte, aber Seth weiche Knie bescherte. Ich wünschte mir fast, Seth wäre auch hier; er war ein großartiger Wingman und es amüsierte mich immer, wenn ich beobachten konnte, wie er von sarkastischen Sprüchen zu sprachlos und stotternd wechselte, wenn ihm ein süßer Twink ins Auge stach.

Aber Seth war bei mir zu Hause. Mit Michael.

Michael. Der hetero war. Und ständig ohne Shirt. Und

der mir nicht aus dem Kopf ging, ganz egal wie oft ich andere Männer ansah.

Ich schüttelte den Kopf. Während ich einen weiteren langen Schluck nahm, rief ich mir ins Gedächtnis, dass es keinen Sinn hatte, meinem Mitbewohner nachzujammern. Deshalb war ich ja hier, verdammt noch mal – um jemanden zu finden, der tatsächlich für dasselbe Team spielte.

Mein Blick blieb an einem Mann hängen, der bei einem Billardspiel zusah, und ich hätte das Glas fast in meinen Schoß fallen lassen. Herr im Himmel. Er kam mir irrsinnig bekannt vor, aber ich konnte sein Gesicht nicht zuordnen. Wahrscheinlich jemand, den ich schon mal gesehen hatte, aber wen kümmerte das, denn heilige Scheiße. Es kam nicht oft vor, dass ich in Erwägung zog, aus der Hintertür eines Clubs zu schleichen und einem Fremden in einer Gasse einen zu blasen, bevor ich überhaupt seinen Namen kannte, aber bei einem so heißen Typ? Zeigt mir den Hinterausgang.

Also schlenderte ich mit meinem Drink in der Hand quer durch den Club und gesellte mich zu ihm an die Billardtische. Er schaute mich an und sein teuflisches Lächeln sagte mir, dass ich eine Chance haben könnte.

„Du kommst mir bekannt vor." Ich ließ meinen Blick von oben bis unten über ihn streifen. „Kennen wir uns?"

Er lachte und entblößte eine Reihe strahlender, makelloser Zähne. „Benutzt du den Spruch bei jedem Kerl?"

Mit einem Schmunzeln schüttelte ich den Kopf. „Ich schätze, es klang wie eine Anmache, nicht wahr?"

„War es nicht so gedacht?"

„Nein, das war mein Ernst. Ich könnte schwören, dass ich dich schon mal irgendwo gesehen habe."

Er musterte mich von Kopf bis Fuß und grinste. „Also,

ich kann mich nicht erinnern, dich schon mal irgendwo gesehen zu haben." Unsere Blicke trafen sich und er zwinkerte mir zu. „Wie schade."

Ich lächelte. „Das ist wirklich schade." Ich streckte meine Hand aus. „Ich bin Jason."

„Ray." Er schüttelte meine Hand. „Auch auf die Gefahr hin, dass ich selbst einen billigen Anmachspruch benutze: Kommst du oft hierher?"

„An diesen Ort? Nein. Ich bin ... nicht so der Club-Typ."

„Ich auch nicht." Er ließ seinen Blick umherschweifen. „Aber entweder ein Club oder das Internet und damit hatte ich bisher nicht viel Glück." Er seufzte und zuckte mit einer Schulter. „Bleibt also entweder dieser Laden oder das Lights Out und", er verzog das Gesicht, „tja, da nehme ich lieber diesen Club."

An jedem anderen Abend hätte ich ihn gebeten, mir mehr über das Lights Out zu erzählen, und dann die Bombe platzen lassen, dass es mir gehörte, nur um zu sehen, wie schnell er einen Rückzieher machen würde. Aber heute Abend? Er hätte meine Mutter beleidigen und mir sagen können, dass die Broncos scheiße waren, und ich hätte es einfach hingenommen.

Heiß. Verfügbar. Schwul. Übereinstimmende Meinungen nicht erforderlich.

Ich lenkte das Thema weg von der Auswahl an Schwulenclubs in Tucker Springs. Wichtig war, dass er im Laufe des Gesprächs näher an mich heranrückte. Als ich vorschlug, einen Platz zum Sitzen zu suchen, schlug er eine der abgelegenen Nischen am anderen Ende des Raums vor. In der Sitznische spielten wir alle Spielchen: längerer Blickkontakt, sich nah genug heranlehnen, um den anderen zu einem Kuss herauszufordern, eine Hand auf dem Oberschenkel.

Und schließlich warf er den Fehdehandschuh.

„Willst du woanders hingehen?"

Ich grinste. „Das habe ich auch gerade gedacht."

Er erwiderte das Grinsen, schob sein leeres Glas beiseite und erhob sich. Ich folgte ihm, erhaschte einen Blick auf sein Gesicht im Profil und konnte mir *gerade* noch verkneifen, ein deutlich hörbares *Bastard* von mir zu geben.

War er mir bekannt? Ja, das war er. Herrgott, wieso hatte ich das nicht gleich gemerkt, als ich ihn das erste Mal gesehen hatte? Jetzt war es so verdammt offensichtlich.

Er sah aus wie der gottverdammte Mitbewohner, dem ich aus dem Weg gehen wollte und wegen dem ich überhaupt hierhergekommen war.

Okay, die Ähnlichkeit war nur flüchtig, aber sie war da. Und ehrlich gesagt, jetzt, da ich die Verbindung hergestellt hatte, verlor Ray ein wenig von seinem Glanz, weil ich nicht aufhören konnte, ihn mit Michael zu vergleichen. Nicht *ganz* so fit. Nicht *ganz* so verführerisch. Nicht *ganz* so entwaffnende braune Augen.

Aber er war heiß, er war willig und er war hier.

„Also", sagte er, „zu dir oder zu mir?"

Ich leckte mir über die Lippen. „Wie wär's mit deiner Wohnung?"

„Lass uns gehen."

Am nächsten Morgen kam ich gegen zehn Uhr nach Hause. Meine Schulter tat weh, aber was tat nach einer solchen Nacht *nicht* weh? Dieser Mann war unersättlich gewesen und hatte definitiv gewusst, was er tat.

Eigentlich hätte mein Verlangen schon längst gestillt sein müssen. Ich hatte die Art von Libido, die sich nach Sex sehnte, wann immer ich ihn bekommen konnte, wenn ich in einer Beziehung war, aber ich konnte deutlich länger ohne aushalten, wenn ich Single war. Theoretisch hätte ich nach der letzten Nacht für eine Weile befriedigt sein müssen.

Aber ich war es nicht.

Ich wäre schon früher nach Hause gekommen – ich versuchte, nicht zu lange bei einem One-Night-Stand zu verweilen –, aber ich war noch eine Weile durch die Gegend gefahren, nachdem ich Rays Wohnung verlassen hatte. Ich beschloss, dass ich einen Kaffee aus einem bestimmten Laden auf der anderen Seite von Tucker Springs brauchte. Ich überlegte, ob ich frühstücken sollte, aber nachdem ich in der Nähe der Universität zu einem bestimmten Restaurant gefahren war, wurde mir klar, dass ich dort gar nicht essen wollte.

Als die Uhr auf dem Armaturenbrett anzeigte, dass die Luft rein war und der Mann, an den ich die ganze Nacht in Rays Bett gedacht hatte, bestimmt schon zur Arbeit gegangen war, machte ich mich auf den Heimweg.

Und da, in meiner Einfahrt, stand Michaels Auto. Mist. Ernsthaft jetzt?

Nun, ich konnte nicht ewig herumfahren und ich hatte noch ein paar Dinge zu erledigen, bevor ich heute Abend zur Arbeit musste, also biss ich in den sauren Apfel, stellte meinen Wagen ab und ging ins Haus.

Michael stand an der Spüle und wusch eine Teetasse. Er blickte auf, als ich meine Schlüssel auf die Anrichte fallen ließ, wandte sich aber schnell wieder der Spüle zu.

„Morgen", sagte er.

„Morgen." Ich machte mir eine Tasse Kaffee. „Solltest du nicht bei der Arbeit sein?"

„Es ist Donnerstag." Sein Ton war ausdruckslos, fast schon schroff. „Keine Termine an Donnerstagen oder Samstagen, schon vergessen?"

„Oh, richtig." Und ich wusste das, nicht wahr? Wir lebten lange genug zusammen, ich hätte das Muster erkennen müssen, aber ich war in den letzten Tagen so aufgedreht gewesen, dass es mir nicht in den Sinn gekommen war, dass er heute Morgen *hier* sein würde. So viel zum Thema Spannungsabbau.

Ich lehnte mich an die Anrichte und hielt meinen Kaffeebecher mit beiden Händen, während ich mich bemühte, die Steifheit in meiner Schulter nicht zu zeigen. Dass Michael mich zu Hause behandelte, war schön und gut, aber ich war mir ziemlich sicher, dass Ray ein paar Spuren hinterlassen hatte. Michael würde es vielleicht egal sein, aber ich würde es wissen und das wäre ... peinlich. Also bewegte ich mich langsam und vorsichtig und zwang mich, mich zu entspannen und meinen linken Arm nicht an die Seite zu legen, wie ich es immer machte, wenn es wehtat.

Michael konzentrierte sich weiter auf seine Aufgabe. Irgendetwas war hier definitiv nicht in Ordnung. Niemand lungerte so lässig herum wie Michael, wenn er zu Hause war, selbst wenn er mit irgendeiner Arbeit beschäftigt war oder kurz davor war, ein Spiel zu verlieren, aber im Moment stand er kerzengerade. Sein Kiefer war starr, die Schultern verkrampft. Seine Lippen waren zu einem dünnen Strich zusammengepresst und die Furchen zwischen seinen Augenbrauen zeugten von intensiver Konzentration.

Schließlich drehte Michael den Wasserhahn zu und räusperte sich. „Nun, ich sollte besser, ähm, in die Praxis fahren. Heute habe ich keine Termine, aber ich muss noch Papierkram erledigen. Du weißt ja, wie das ist."

Bevor ich etwas sagen konnte, war er weg und ließ mich über meiner Kaffeetasse in die leere Küche starren.

Ich ließ den Blick zur Treppe schweifen. Die Dielen über mir knarrten, als er daraufrat, und mein Herz schlug schneller, als sich etwas unter meinen Rippen verdrehte. Immer wieder sah ich vor meinem geistigen Auge, wie er aufstand und hinausging. Hatte er es eilig, irgendwohin zu kommen? Oder hatte er es eilig, von mir wegzukommen?

Ich trank einen Schluck Kaffee, schmeckte ihn aber nicht.

Was zum Teufel ist gerade passiert?

KAPITEL 12

Um halb vier morgens war im Lights Out das Licht aus. Alles, was von der Musik übrig blieb, war das unvermeidliche Klingeln in meinen Ohren. Die Barkeeper hatten aufgeräumt und Feierabend gemacht, die Kellner und Türsteher waren längst weg, und alles, was noch blieb, war, die Türen zu schließen und nach Hause zu fahren.

Eine weitere Nacht, ein paar Scheine mehr in der Kasse. Eigentlich war es kein schlechter Abend gewesen. Gute Besucherzahlen und der Alkohol floss in einer anständigen Menge. Wenn man sich den Kassenabschluss ansah, hatte das Lights Out vielleicht sogar mal Gewinn gemacht.

Nachdem ich bei der Bank vorbeigeschaut und das Geld in den Nachttresor geworfen hatte, fuhr ich nach Hause und fühlte mich ausnahmsweise verdammt gut. Meine Schulter tat heute nicht besonders weh und ich freute mich auf eine Runde erholsamen Schlaf. In den drei Tagen, seit Michael mich das letzte Mal behandelt hatte, hatte ich keine Schmerzen mehr gehabt. Gott sei Dank, denn ich war zu erschöpft, um auch nur ein Wärmekissen darauf zu legen.

Als ich nach Hause kam, stand Michaels Wagen da, aber auf der Straße war noch ein anderes Auto geparkt. Nahe genug an meiner Einfahrt, dass es eindeutig zu einem Gast in meinem Haus gehörte, nicht zu meinem Nachbarn.

Das Haus war dunkel, auch Michaels Schlafzimmerfenster.

Ich wand mich innerlich und fluchte leise vor mich hin. Das gehörte zu der wachsenden Liste von Dingen, die ich nicht ernsthaft in Betracht gezogen hatte, als er eingezogen war.

Mistkerl. Schlimm genug, dass jedes Mal, wenn wir uns unterhielten, während er kein Shirt anhatte, meine Schwärmerei für ihn fast an Wahnsinn grenzte. Verdammt, sie hatte diese Grenze schon überschritten.

Und jetzt? Ich bedachte das Auto neben der Einfahrt mit einem bösen Blick. Jetzt *das*.

Aber Michael lebte hier. Er war hetero, er war ungebunden, und wenn er eine Frau mit nach Hause bringen wollte, war das sein Vorrecht, egal wie sehr es meinen Verstand zwischen jetzt und dem Morgen auf die Probe stellen würde. Gut, dass ein paar der Ohrstöpsel, die ich im Club aufbewahrt hatte, mit der Zeit mit nach Hause gewandert waren, sodass ich alle enthusiastischen Geräusche, die es bis zu meinem Ende des Flurs schafften, ausblenden konnte.

Als ich im Haus war, schob ich den Riegel vor und aktivierte die Alarmanlage wieder. Es war völlig still. Kein Stöhnen, kein Knarren der Bettfedern. Meine Ohren klingelten weiterhin, wie immer nach der Arbeit, aber außer meinen eigenen Schritten auf dem Weg die Treppe hinauf gab es kein einziges Geräusch.

Vorsichtshalber holte ich ein Paar Ohrstöpsel aus einer Schublade und legte sie auf den Nachttisch.

Ich schloss die Augen und kein einziges Geräusch und kein Muskelkrampf störten mich für den Rest der Nacht.

Ich erwachte durch die Geräusche von Bewegung. Nichts Großartiges, aber das kleinste Lebenszeichen reichte aus, um mich aus dem Schlaf zu reißen.

Sie waren diskret, das musste ich ihnen lassen, aber in diesem Haus waren alle Geräusche gut zu hören. Was das Bettgestell nicht verriet, tat das gelegentliche gedämpfte Stöhnen. Obwohl er nicht besonders laut war, war Michael definitiv zu vernehmen. Mehr als seine Partnerin – sie hörte ich gar nicht. Ab und zu erreichte ein schwaches Vibrieren meine Ohren, ein köstlich tiefes Timbre, das ich mehr fühlte als hörte. Er hatte eine sexy Stimme und offenbar wurde sie noch tiefer, wenn er erregt war.

Mich selbst zu quälen, brachte mich nicht weiter, also stand ich auf und nahm eine Dusche. Obwohl ich die beiden – ihn – nicht mehr hören konnte, war ich mir überdeutlich bewusst, was den Flur hinunter vor sich ging. Mein Verstand zeigte mir alle möglichen Bilder. Wie Michael sie in allen erdenklichen Stellungen vögelte. Seine Augen schlossen sich, während sich ihr Kopf über seinem Schwanz auf und ab bewegte. Heteropornos hatten mir noch nie etwas gegeben, aber in diesem Fall konnte ich ausschließlich *Michael* sehen. Erregt, verschwitzt, wie er es mit jemandem trieb. Ich hatte seinen nackten Oberkörper oft genug gesehen, also brauchte es nicht viel, um Schweiß und Hände, die über seinen Rücken glitten, zu dem geistigen Bild hinzuzufügen.

Sobald ich unter der Dusche stand, hatte es keinen Sinn mehr, so zu tun, als ob ich nicht erregt wäre. Nicht, wenn ich wusste, dass Michael gerade mit jemandem am anderen Ende des Flurs Sex hatte. Fuck, ich konnte mich nicht daran erinnern, wann ich das letzte Mal alleine so schnell gekommen war.

Als ich fertig war, war es wieder still im Haus, also bewegte ich mich so leise wie möglich, um sie nicht zu stören. Bei einem Holzboden und einer miserablen Akustik war das immer eine Herausforderung, aber ich tat mein Bestes, öffnete die Badezimmertür langsam, damit die Scharniere nicht quietschten, und wich den Dielen aus, die am lautesten knarrten.

Michaels Schlafzimmertür war geschlossen. Wahrscheinlich war sie noch nicht weg, es sei denn, sie wären in der Zeit, die ich brauchte, um in die Dusche zu steigen, mir einen runterzuholen und wieder aus der Dusche zu steigen, fertig geworden und sie hätte sich angezogen und aus dem Staub gemacht.

Um kurz nach zehn – was für mich verdammt früh war – war ich in der Küche und hatte meine zweite Tasse Kaffee schon halb ausgetrunken, als zwei Paar Füße die Stufen herunterschlichen.

Sie kamen nicht in die Küche. Am Fuß der Treppe gingen ihre Schritte nach rechts und weiter zum Eingangsbereich. Ich atmete erleichtert auf; es gab nichts Peinlicheres, als am Morgen danach auf den One-Night-Stand eines Mitbewohners zu stoßen – oder den ersten Fick oder die Freundin, die er bis jetzt nicht erwähnt hatte, oder wen auch immer.

Vor der Tür sagte Michael etwas und bei der Antwort verschluckte ich mich an meinem Kaffee.

Das war nicht Michaels Stimme, aber es war mit Sicherheit eine *männliche* Stimme.

Ich verrenkte mir den Hals und lauschte. Die Haustür

schloss sich, bevor einer der beiden noch etwas sagte, aber ich hatte genug gehört.

Scheiße. *Ernsthaft?*

Großer Gott im Himmel. Das war also der Grund, warum ich in der Nacht kein Stöhnen einer Frau gehört hatte.

Oh, du glücklicher Mistkerl. Ich erschauerte, als ich mir alles noch einmal vorstellte, nur mit einem Mann anstelle einer Frau. Oh Gott. Der Gedanke an die Beine einer Frau, die um seine Taille geschlungen waren, war nichts im Vergleich zu den kräftigen Beinen eines Mannes, die sich um Michael schlossen. Die Hände eines Mannes, die Michaels Arme packten, Michaels Kopf, der sich über dem Schwanz eines anderen Mannes auf und ab bewegte ...

Der nächste Schauer und ich hätte fast meinen Kaffee fallen lassen. Ich stellte ihn sicherheitshalber ab und dachte absichtlich an die Bücher des Clubs, um mich davon abzuhalten, an Michael zu denken, wie er seinen Schwanz in einen anderen Mann stieß, oder wie dieser Mann seinen Schwanz in Michael stieß, wie sie beide stöhnten und zitterten und ...

Die Bücher, Jason. Denk an die Bücher.

Und dann kam Michael wieder herein, und die Bücher in meinem Kopf gingen in Flammen auf und ich hatte nur noch die Fantasien von dem, was er vorher getan haben könnte, und die Realität seines prachtvollen Körpers direkt vor mir.

Unsere Blicke trafen sich. Aus den schweren Schatten unter Michaels Augen schloss ich, dass er und sein Begleiter gestern Nacht nicht früh eingeschlafen waren.

Er räusperte sich und wandte sich schnell ab, aber nicht bevor seine Wangen rosa wurden. „Ich dachte, du schläfst noch."

„Es ist nach zehn."

„Warst du nicht bis drei oder vier unterwegs?"

„Ja, aber das ist immer noch fast eine ganze Nacht Schlaf."

Er legte den Kopf schief. „Ja, das ist wohl so, nicht wahr?" Er hüstelte und wandte sich wieder ab, diesmal um eine Flasche Wasser aus dem Kühlschrank zu holen.

Ich trank einen Schluck Kaffee. Wie es sich für einen Masochisten gehört, ließ ich den Blick über seine Schultern und seinen Rücken gleiten. Mein Herz setzte einen Schlag aus, als ich feststellte, dass der Schatten auf seiner Taille gar kein Schatten war. Gott, sie mussten einfach hart genug gevögelt haben, um Spuren zu hinterlassen, richtig? Denn mein Gehirn lief bereits auf Hochtouren und hätte visuelle Hilfsmittel wie den blauen Fleck über seinem Hosenbund oder die Andeutung einer Markierung an seinem Hals nicht gebraucht. Wenigstens hatte er keine Bissspuren, sonst hätte ich mich vielleicht in eine Wolke purer Eifersucht aufgelöst.

Eine seltsame, unangenehme Stille senkte sich zwischen uns. Er stellte die Flasche ab und das leise Geräusch hallte durch die große Küche.

Ich schlang die Finger um meinen Kaffeebecher. Michael verschränkte die Arme und trommelte schnell mit den Fingern auf seinen Oberarm. Ich schaute ihn erst an, als ich sicher war, dass er mich nicht ansah, aber ich verschätzte mich und fing seinen Blick ein, als er in meine Richtung sah.

„Also, ähm ..." Ich schaffte es, zwei Worte zu bilden, aber ich wusste nicht, welche weiteren folgen sollten. *Wie war dein Abend? Wie war er? Was auch immer er getan hat, ich würde meinen rechten Arm für die Gelegenheit geben, es besser zu machen.* Vielleicht sogar: *Warum zum Teufel hast du mir gesagt, dass du hetero bist?*

Michael spielte mit dem Flaschenverschluss auf der Anrichte. „Ich, äh ..." Er machte eine Pause und hielt den Blick auf den Boden gerichtet. „Ich nehme an, du hast kein Problem mit ..." Er deutete in Richtung der Treppe und hob die Augenbrauen, als würde er mich anflehen, zwei und zwei zusammenzuzählen. Schließlich fügte er ein geflüstertes „Gästen?" hinzu.

„Mach dir keinen Kopf." Ich winkte mit einer Hand und griff dann nach meinem Kaffee. „Du wohnst hier, Michael. Du kannst gerne Leute mitbringen."

„Nun, okay, ich weiß, aber ..." Er ließ einen Atemzug entweichen. „Ich schätze, ich muss mich erst noch an das Arrangement gewöhnen."

Was du nicht sagst.

„Das gehört dazu, wenn man einen Mitbewohner hat, oder?" Ich lachte und hoffte, dass es nicht so gezwungen klang, wie es war.

Er schenkte mir ein dünnes, wenig enthusiastisches Lächeln, das schnell wieder verschwand. „Hör mal, ähm ..." Er hielt inne und räusperte sich. „Ich bin sicher, dass ich nicht fragen muss, aber du wirst ...", sein Blick huschte zur Treppe und dann wieder zu mir, „diskret sein?"

„Was sollte ich sonst tun?", fragte ich. „Ich werde dein Gesicht nicht an das Schwarze Brett im Club hängen oder was in der Art."

Michael lachte halbherzig. „Nun, nein, das dachte ich auch nicht. Aber, ich meine, mein Sohn weiß es nicht. Und Seth auch nicht."

Ich frage mich, wie lange du es schon weißt ...

„Dein Geheimnis ist bei mir sicher."

„Danke."

Wieder herrschte peinliche Stille. Gott, es gab so viele Dinge, die ich ihn fragen wollte, und die meisten davon liefen auf die Frage hinaus: *Was muss ich tun, um in dein Bett zu kommen?* Zum Glück konnte ich mich zurückhalten, aber als Michael nach oben ging, um zu duschen, wusste ich nicht, ob ich erleichtert war oder mich darüber ärgerte, dass ich nicht den Mut aufbrachte, etwas zu sagen.

Normalerweise war es mir egal, ob ein Mitbewohner Sex hatte. Da ich im Laufe der Jahre mehrere hatte, *ermutigte* ich jeden einzelnen von ihnen offen dazu, so oft wie möglich zu vögeln, denn mit sexuell zufriedenen Mitbewohnern ließ es sich gut leben.

Wenn dieser Mitbewohner jede meiner sexuellen Fantasien verkörperte? Dann war ich nicht mehr ganz so begeistert, dass er den Putz von den Wänden klopfte.

„*Ich bin sicher, dass ich nicht fragen muss, aber du wirst … diskret sein?*"

Ich würde den Mund halten, aber er hatte definitiv meine Neugier geweckt. Unter anderem.

Mein Mitbewohner war heiß. Mein Mitbewohner trug selten ein Shirt. Und mein Mitbewohner schlief mit Männern.

Ich will einer davon sein.

KAPITEL 13

Ich trank nie bei der Arbeit. Selbst wenn es legal wäre, was nicht der Fall war, wäre es unhöflich und unprofessionell. Heute Abend? Oh mein Gott, es war verlockend. Schenkt mir einen Jägermeister ein und lass mich mich betrinken.

Der Junge war bei seiner Mutter. Es war Samstagabend. Als ich zur Arbeit gefahren war, war Michael schon auf dem Weg nach oben gewesen, um zu duschen. Ich hatte keine Ahnung, wo er sein würde oder was er vorhatte. Was mich betraf, war die einzige Frage, die ich mir stellte, mit *wem* er es trieb, und ich beneidete den Mistkerl, der heute Nacht bei ihm bleiben durfte.

Wenigstens war ich hier und nicht zu Hause bei meinem Mitbewohner. Seit der Nacht, in der Michael in meinem Haus mit einem anderen Mann geschlafen hatte, war ich auf bestem Weg zu echtem, irreversiblem Wahnsinn. Ich konnte ihn nicht einmal mehr ansehen, ohne die tiefen, hallenden Geräusche zu hören – und zu *spüren* –, die an jenem frühen Morgen aus seinem Zimmer gekommen waren, und jedes Knarren einer Diele ließ mich an quietschende Möbel denken. Der schwache Bluterguss über seiner Hüfte war verblasst, aber das hielt meinen Verstand nicht davon ab, mir zu sagen, dass jeder Schatten, der auf seine Haut fiel – er lief immer ohne sein Shirt herum, *immer ohne sein verficktes Shirt!* –, ein Zeichen war, das ein Mann hinterlassen hatte, der ihm nähergekommen war, als ich es jemals tun würde.

Frustration. Eifersucht. Schlichte alte Geilheit. Was auch immer das Wort dafür war, es trieb mich in den Wahnsinn.

Gott sei Dank würde ich bis zum Morgengrauen auf der Arbeit sein und hoffentlich würde mich das Lights Out beschäftigen und ablenken, sodass ich nicht darüber nachdachte, was bei mir zu Hause vor sich ging.

Ich bezweifelte es. Im Club war es heute Abend nicht sonderlich stressig. Ganz im Gegenteil: Es sah ein bisschen zu ruhig aus. An einem Samstagabend hätten die Leute draußen Schlange stehen und die Trinkgeldgläser der Barkeeper schon vor halb neun überquellen müssen.

Ich stützte die Hände auf die Bar und ließ den Blick umherschweifen. Gerüchten zufolge fand heute Abend in einem der anderen Clubs der Stadt irgendeine Veranstaltung statt, was wahrscheinlich einen Teil meiner Kundschaft abzog. Außerdem begannen die Abschlussprüfungen an beiden Universitäten. Bei der Tucker U würde es nächste Woche zu Ende gehen und die East Centennial folgte eine Woche danach. Das bedeutete, dass die Studenten in Scharen in die Sommerferien aufbrechen würden. Sie würden verreisen, dorthin zurückkehren, wo immer sie zu Hause waren, und nicht durch die Türen des Lights Out kommen.

In einer Universitätsstadt war der Sommer nicht gut fürs Geschäft.

Er war auch nicht gut, was die Auswahl betraf, aber ich

konnte nicht behaupten, dass ich heute Abend besonders wählerisch war. Der eine Mann, den ich wollte, war unerreichbar, also würde jeder andere sowieso nur zweite Wahl sein. Besser, als sich mit sinnlosen Fantasien von Michael einen runterzuholen. Gut, dass ich an einem Ort arbeitete, an dem viele Männer auf der Suche nach jemandem waren, mit dem sie es die ganze Nacht treiben konnten, bevor sie sich im Morgengrauen trennten, denn wenn ich Michael nicht haben konnte, dann war das genau das, was ich heute Abend brauchte.

Aber im Moment musste ich den Club leiten. Ich würde erst nach der Sperrstunde heimfahren, was bedeutete, dass es keinen Sinn hatte, jetzt nach jemandem zu suchen. Wenn er geil genug für einen One-Night-Stand war, würde er nicht bis drei Uhr morgens warten, damit ich ihn vögeln konnte. Andererseits würde wer auch immer am Ende der Nacht übrig war, genauso verzweifelt sein wie ich. Du kratzt meinen Rücken, ich kratze deinen; du hilfst mir, ich helfe dir; bei dir oder bei mir?

In der Zwischenzeit konzentrierte ich mich aufs Geschäft.

Ich machte die Runde, sah nach meinen Barkeepern und Kellnern, vergewisserte mich, dass der DJ alles hatte, was er für die Nacht brauchte, und hielt Ausschau nach jedem, der meine liberale Pausenpolitik ausnutzen könnte. Ich fragte die Türsteher, ob sie irgendwelche potenziellen Störenfriede entdeckt hätten. So weit, so gut.

Auf dem Weg in den ersten Stock nahm ich die Ohrstöpsel heraus, die ich im Erdgeschoss immer trug. Hier oben war es laut, aber es war ein Unterschied, ob ich mir eine Flugshow anschaute oder meinen Kopf in den Einlass eines Space Shuttles steckte. Sollte es in Tucker Springs jemals zu einer Epidemie von Schwerhörigkeit unter der jungen schwulen Bevölkerung kommen, wäre ich wahrscheinlich mitverantwortlich.

Meine Augen brauchten nur einen Moment, um sich von den flackernden Lichtern unten auf die schwächere, statische Beleuchtung hier oben einzustellen. Die etwas älteren, ruhigeren Gäste unterhielten sich und tranken etwas, spielten Billard und flirteten, tauschten Blicke und Telefonnummern aus. Bierflaschen klirrten. Dies oder das auf Eis. Martinis. Die Barkeeper boten zweifelsohne die teuren Marken an Alkohol an. Leiser als im Erdgeschoss, aber nicht schlecht.

Ein Gesicht in der Menge erregte meine Aufmerksamkeit und ich blieb abrupt stehen.

Oh Gott.

Offenbar gab es etwas Schlimmeres, als zu wissen, dass Michael andere Männer in meinem Haus vögelte: wenn er in *meinen Club* kam, um diese Männer zu finden.

Was auch immer er für eine Gabe hatte, Antworten zu erkennen, bevor sie ausgesprochen wurden, er musste sie genutzt haben, um den Teil meines Gehirns anzuzapfen, in dem ich Dinge aufzählte, die mir das Wasser im Mund zusammenlaufen ließen. Jeans, die perfekt saßen. Drei-Tage-Bart. Makellos frisierte Haare, aber nicht mit Gel oder anderen Stylingprodukten fixiert, die es mir unmöglich machen würden, mit den Fingern hindurchzufahren. Und natürlich der grenzwertige Fetisch, den Wes immer für lächerlich gehalten hatte – ein altes T-Shirt unter einem Sakko. Genau die richtige Mischung aus stilvoll und lässig, gemischt mit einer Prise gutem altem „Scheiß drauf".

Zum ersten Mal in meinem Leben war ich davon überzeugt, dass jemand nur zu dem Zweck auf die Welt gekommen war, um mich in den *Wahnsinn* zu treiben.

Und als ob mein Blutdruck nicht schon bedenkliche

Schwankungen zeigte, entdeckte mich Michael. Und er kam auf mich zu. Und ich konnte nicht so tun, als ob ich ihn nicht gesehen hätte, denn ich starrte ihn an wie ein Idiot.

„Hey", sagte ich, als wir kaum noch eine Armlänge voneinander entfernt waren. „Hab nicht erwartet, dich heute Abend hier zu sehen."

Er lächelte und hob seinen Drink an die Lippen. „Ich hoffe, es macht dir nichts aus, dass ich in deinem Club auftauche."

„Nein, ganz und gar nicht." Ich zwang mich zu einem Grinsen. „Je mehr, desto lustiger wird es."

„Nun, ich habe viel Gutes über diesen Ort gehört." Seinem Lächeln fehlte plötzlich das übliche schamlose Selbstvertrauen. „Ich dachte, ich schaue ihn mir mal an."

„Ich hoffe, du bist davon nicht enttäuscht."

Über den Rand seines Glases hinweg verengten sich seine Augen leicht und er fixierte mich. „So weit, so gut." Doch als er einen Schluck nahm, verblasste diese momentane Zuversicht, dieses Aufflackern von Kühnheit, und er senkte den Blick. Dann sah er mir wieder in die Augen. „Hättest du, ähm, ein paar Minuten Zeit? Um irgendwo ungestört zu reden?"

Ich lächelte, trotz des Knotens, der sich unter meinen Rippen bildete. „Ich bin der Boss. Ich kann mir ein paar Minuten Zeit nehmen, wenn ich will."

Sein Lächeln blieb unsicher.

Ich nickte in Richtung der Treppe. „Dort entlang."

Mit klopfendem Herzen führte ich ihn ins Treppenhaus und auf die nur den Mitarbeitern vorbehaltene Dachterrasse.

„Es gibt ein weiteres Stockwerk?", fragte er.

„Nun, nicht wirklich", sagte ich. „Eher eine Art besseren Pausenraum für meine Angestellten. Ätzend im

Winter. Dann müssen alle ihre Pausen im Lagerraum machen, und die Raucher? Nun, die sind ziemlich am Arsch." *Und du schweifst ab, du Dampfplauderer.*

Michael lachte. „Scheint ein guter Weg zu sein, sie zum Aufhören zu motivieren."

„Das habe ich ihnen auch gesagt, aber sie gehen einfach ins Freie und leiden."

Er kicherte, sagte aber nichts.

Wir blieben neben dem brusthohen Betongeländer stehen, und als Michael in den Nachthimmel schaute, tat ich es ihm gleich.

Tucker Springs hatte nicht die gleiche Lichtverschmutzung wie Städte wie Denver und bei diesem klaren Nachthimmel waren die Sterne besser zu sehen, als sie es über einer Stadt hätten sein dürfen. Nicht so, wie wenn wir uns mitten im unbewohnten Nirgendwo befunden hätten, aber dennoch beeindruckend. Es gab uns etwas zum Anschauen außer uns selbst. Aber Sternegucken bedeutete, nicht zu reden, was den Zweck unseres Besuchs hier oben zunichtemachte.

„Also." Ich widerstand dem Drang, mich zu winden. „Du wolltest über etwas reden?"

Seine Finger begannen auf der Brüstung zu trommeln und zeichneten einen schnellen, nervösen Rhythmus auf den verwitterten Beton. „Wegen neulich Nacht."

„Okay ..." Ich schluckte. *Welche Nacht?*, wollte ich fragen. *Als du jemanden mit nach Hause gebracht hast? Oder als ich mit der Aufschrift „Ich habe einen anderen Mann gevögelt" nach Hause gekommen bin und du nahezu aus dem Zimmer gesprintet bist?* „Welcher Teil?"

Dann hörten seine Finger so abrupt auf zu trommeln, wie sie angefangen hatten. „Ich ... weiß es nicht einmal."

Gib mir etwas, Michael. Ein Zeichen. Einen Hinweis. Irgendwas.

Er ließ den Atem entweichen und fuhr sich mit der Hand durch die Haare, richtete seine Aufmerksamkeit aber nicht auf mich, sondern auf die Berge.

„Ich dachte, du wärst hetero." *Oh. Na toll. Perfekter Anfang, um das Gespräch nicht noch peinlicher werden zu lassen.*

Aber er flüsterte: „Das dachte ich auch." Er holte tief Luft und ließ den Blick auf den Parkplatz neben dem Club fallen. „Das sage ich mir jedenfalls schon seit langer, langer Zeit."

Wenn er in diesem Moment einen Finger auf meinem Puls gehabt hätte, hätte er die Schläge nicht zählen können. Als er sich umdrehte und überall hinsah, nur nicht in mein Gesicht, fragte ich mich, ob sein Herzschlag vielleicht mit meinem hätte konkurrieren können.

Er schloss die Augen und stieß einen Atemzug aus. Vielleicht fluchte er sogar leise, aber ich war mir nicht sicher. Schließlich wandte er sich mir zu. „Um ganz direkt zu sein, ich fühle mich zu dir hingezogen." Er brach den Blickkontakt wieder ab und fügte ein gemurmeltes „*Sehr*" hinzu.

Oh lieber Gott. Bitte lass mich nicht träumen.

Mein Mund war trocken geworden, aber irgendwie flüsterte ich: „Gleichfalls."

Das löste nichts von der Spannung in seiner Körperhaltung. Oder in meiner. Himmel, wo sollte das hinführen?

Komm schon, Michael, gib mir irgendetwas …

„Also, wenn wir beide wissen, dass wir uns zueinander hingezogen fühlen …" Ich räusperte mich. „Warum machen wir dann nicht …"

„So einfach ist das nicht."

„Nicht?"

Michael befeuchtete seine Lippen. „Ich muss an meinen Sohn denken. Und dann ist da noch meine Berufs- ethik. Ja, wir sind Mitbewohner. Wir sind ... wir sind offen- sichtlich ..." Er atmete scharf aus. „Aber du bist auch weiterhin mein Patient."

„Du könntest mich auch zu Hause behandeln. Ich würde dich weiterhin bezahlen."

Er hielt den Blick gesenkt. „Das würde nicht viel ändern."

„Du hast selbst gesagt, dass du deine Ex-Frau behandelt hast." Ich legte den Kopf schief. „Und ich kann mir nicht vorstellen, dass sie danach zum Status einer Patientin degra- diert wurde."

Er schürzte die Lippen und starrte auf den Beton zwischen uns. „Nein, wurde sie nicht. Aber das ist ... es ist kompliziert. Du bist wirklich mein Patient. Und wir leben zusammen, also wenn die Sache schiefgeht ..."

„Ich will keine Zeremonie für ein Treueversprechen und keine gemeinsame Hypothek, wenn es das ist, worüber du dir Sorgen machst", sagte ich. „Das habe ich schon hinter mir."

Endlich nahm er Blickkontakt auf. „Was willst du dann?" Es war keine Forderung, nicht wenn seine Augen schrien *Hilf mir, denn ich habe* keine *Ahnung, was hier passiert.*

„Ich bin mir nicht einmal sicher. Ich will einfach nur ... dich."

Er drehte den Körper so, dass er mir ganz zugewandt war, und stützte sich mit dem Unterarm auf die Brüstung neben ihm. Obwohl er sich gegen die Wand lehnte, blieb sein Körper angespannt. Zappelig. Es war seltsam, ihn so zu sehen. Ich war es nicht gewohnt, dass Michael

Whitman nervös war. Sicherlich nicht um Worte verlegen.

„Es ist nicht so, dass ich nicht will, Jason", sagte er schließlich. „Glaub mir, das tue ich."

„Bist du deshalb hergekommen?", fragte ich. „Um mir zu sagen, dass wir nichts in dieser Angelegenheit tun können?" *Wenn du für die Jagd nach einem Aufriss angezogen bist, wenn du es hier tust und nicht zu Hause, wenn du dir nicht vorstellen kannst, wie sehr mich das umbringt ...*

„Ich ..."

Ich trat etwas näher und wir spannten uns beide an, als der Abstand zwischen uns schrumpfte. „Michael?"

Er atmete langsam aus. „Ich musste mit dir reden", sagte er und sprach nun schnell, „und ich gebe unumwunden zu, dass ich in solchen Dingen schlecht bin. Als ich merkte, dass ich es tun muss, dachte ich mir, dass ich hierherkommen und es hinter mich bringen sollte, aber ich hatte nicht wirklich weiter gedacht als bis zu dem Punkt, mit dir irgendwo ungestört zu reden, also –" Abrupt brach er ab und schüttelte den Kopf. „Scheiße, ich weiß es nicht. Ganz ehrlich?" Er sah mir wieder in die Augen. „Ich weiß nicht, warum ich hier bin."

„Bist du dir da sicher?"

Er schluckte. „Nein. Ich bin mir im Moment wirklich über nichts sicher."

„Außer, dass du hier bist."

„Außer, dass *du* hier bist."

Diesmal wandte keiner von uns den Blick ab. Mein Herz klopfte wie wild. Jeder Muskel verwandelte sich in eine gespannte Feder, die darauf wartete, dass einer von uns meinen Fluchtinstinkt auslöste. Oder seinen.

Aber wann würde ich je wieder eine solche Gelegenheit bekommen?

Ich werde nie wissen, woher ich den Mut dazu nahm, aber ich griff nach seiner Hand auf der Brüstung. Nur wenige Zentimeter trennten meine Handfläche von seiner Haut und ich verharrte, wo sich seine Körperwärme mit meiner zu vermischen begann. Meine Finger zuckten unentschlossen in der Luft.

Michaels Blick huschte zu der Leere zwischen unseren Händen. Dann sah er mir in die Augen und noch nie war er so unmöglich zu lesen gewesen. Innerhalb eines Herzschlags sagten mir seine Augen, ich solle zurückweichen. Im nächsten Moment forderten sie mich auf, weiterzumachen. Im darauffolgenden flehten sie mich an, mich zurückzuziehen. Sie flehten mich an, mich *nicht* zurückzuziehen. Und die ganze Zeit über schwebte meine Hand unbeweglich über seiner und wartete.

Schließlich, den Blick immer noch auf sein Gesicht gerichtet, ließ ich meine Hand sinken, aber im selben Moment zog er seine darunter hervor, und meine Handfläche landete auf rauem, leicht warmem Beton.

Meine Enttäuschung hatte keine Chance, sich bemerkbar zu machen, denn einen Sekundenbruchteil später landete seine vom Beton gekühlte Handfläche auf meinem Nacken und seine Lippen auf meinen.

Keiner von uns beiden bewegte sich. Ich konnte es nicht, nicht bevor ich das Gleichgewicht wiedergefunden hatte, das mich in dem Moment verließ, als sich unsere Lippen berührten. War das … Hatte er wirklich … War das verdammt noch mal wirklich *passiert*?

Gott, ja, das war es. Und es war noch nicht vorbei.

Michaels anderer Arm legte sich um meine Taille. Langsam durch die Nase einatmend, schlang ich die Arme um ihn, während sich unsere Lippen bedächtig, vorsichtig zu bewegen begannen.

Seit Anbeginn der Zeit hatte jeder erste Kuss viel zu schnell geendet, aber nicht dieser. Trotz meines verzweifelten Verlangens nach ihm konnte ich mir nicht vorstellen, dass wir es auf irgendeine andere Weise tun würden als langsam, sinnlich, ein langer Atemzug nach dem anderen, während der tiefer werdende Kuss unsere Körper näher zusammenbrachte. Michaels Hand ruhte auf meinem unteren Rücken, seine andere in meinem Haar, seine Fingerspitzen unruhig auf mir, während er nervös, selbstbewusst, schüchtern, kühn meinen Mund erforschte.

Nach einer Ewigkeit zog er sich zurück und unterbrach den Kuss, aber wir ließen einander nicht los und verdammt, ich hatte mich geirrt – er war *doch* zu früh zu Ende.

Wir sahen uns in die Augen, atmeten beide schwer und das Herz pochte in meiner Brust. Wie es weitergehen würde, war nicht so sicher, wie ich gehofft hatte; dieser Kuss könnte ihm jede Reserve an Selbstvertrauen genommen haben, die er heute Abend hatte, und ein einziger Schritt des Rückzugs könnte alles beenden. Als sich das Nachspiel fast so lange hinzog wie der Kuss, der ihm vorausgegangen war, war ich mir mit jeder Sekunde sicherer, dass er diesen Rückzug antreten würde. Ich war kurz davor, ihm zuvorzukommen, als sich seine Handfläche an meinen Rücken drückte, und bevor ich mir einen Reim darauf machen konnte, waren seine Lippen wieder auf meinen.

Er war jetzt nicht mehr so zögerlich. Nicht so nervös. Ganz im Gegenteil und ich liebte die Art, wie sein Mund leise sagte *Ich werde dich auf diese Weise küssen und es wird dir gefallen*, denn es gefiel mir. In diesem Moment dachte ich, dass es nicht viel gab, was ich nicht getan hätte, wenn er es verlangt hätte. Nicht, dass ich überhaupt viel denken konnte, denn seine Zunge kitzelte meine, seine Finger packten mein Haar ... Oh Gott, ich wollte ihn.

Keuchend und zitternd wich ich zurück und schaute ihm in die Augen. „Wir sollten woanders hingehen. Einer von meinen ...", ich nickte in Richtung der Tür, „meinen Angestellten kommt manchmal hier hoch."

Michael leckte sich über die Lippen. „Zeig mir, wohin."

Ohne ein weiteres Wort führte ich ihn zurück zum Treppenhaus und hinunter in den Flur hinter der Bar im ersten Stock. Ich schloss mein Büro auf und warf einen Blick den Gang hinauf und hinunter, um mich zu vergewissern, dass keiner meiner Angestellten hier hinten war. Wir waren allein, also stieß ich die Tür auf und wir traten ein.

Kaum war die Tür geschlossen, packte Michael mich vorne am Hemd und zog mich an sich heran. Ich drückte ihn an die Tür, sowohl um mein Gleichgewicht zu halten als auch um ihn genau da zu haben, wo ich ihn haben wollte, und küsste ihn hungrig, während er seine Erektion an meiner rieb.

Bartstoppeln kratzten über Bartstoppeln, Jeansstoff flüsterte über Jeansstoff, und wir atmeten beide heftig, schnell und stöhnten in den Mund des anderen. Gott, das war noch heißer als alles, was ich mir vorgestellt hatte – ich konnte kaum glauben, dass das echt war, dass ich mich wirklich an ihn presste und ihn einatmete.

Ich keuchte gegen seine Lippen und hielt mich mit einer zitternden Hand an seinem T-Shirt fest, während ich mich mit dem anderen Arm gegen die Tür hinter ihm stemmte.

Michael fuhr sich mit der Zungenspitze über die Unterlippe. Seine Pupillen waren geweitet, Erregung stand ihm in die großen Augen geschrieben, aber etwas anderes schlich sich ein, zog seine Augenbrauen zusammen und lockerte seinen Griff an meinem Hemd.

Sanft legte ich eine Hand an die Seite seines Gesichts. „Was ist los?"

„Hör zu, ich ..." Er nahm einen tiefen Atemzug. „Ich habe das noch nicht getan. Nicht oft, meine ich."

„Welchen Teil davon?"

„Alles davon." Seine Wangen wurden rot und sein Griff um mein Hemd lockerte sich ein wenig. „Neulich Nacht. Als ich jemanden mit nach Hause gebracht habe, war das ..." Er schloss die Augen und schluckte schwer. Als er weiterredete, kamen die Worte schnell und leise. „Das war das erste Mal, dass ich mit einem Mann zusammen war."

Mein Herz tat einen Sprung. „Ist das dein Ernst?"

Michael nickte und mehr Farbe strömte in sein Gesicht. Mit einem trockenen, gezwungenen Lachen sagte er: „Besser spät als nie, oder?"

„Wer hat etwas von spät gesagt?" Ich strich mit den Fingern durch sein Haar und beugte mich vor, suchte seine Lippen mit meinen. Zuerst zögerte er und wich ein wenig vor mir zurück, aber bevor ich mich ebenfalls zurückziehen konnte, legte er eine Hand in meinen Nacken und erwiderte meinen Kuss.

Und abrupt wich er zurück, drückte sich gegen die Tür und fluchte leise vor sich hin.

„Alles okay?", fragte ich.

„Ich bin nervös." Er fuhr sich mit der Zunge über die Lippen und wich meinem Blick aus. „Das ..." Er lachte leise. „Es ist lächerlich, aber das ... das macht mir eine Heidenangst."

„Willst du das wirklich tun?" *Bitte lass seine Antwort ein Ja sein und bitte lass ihn das auch so meinen.* Mein Herz schlug schneller, als seine Lippen meine berührten und er flüsterte: „Mehr als du dir vorstellen kannst.“

Sein Kuss unterstrich seine Worte und ich glaubte ihm.

Ich ließ meine Hand an seiner Seite hinuntergleiten, hielt an seinem Gürtel inne, und als er erschauerte und sein Kuss intensiver wurde, ließ ich die Hand zwischen uns wandern.

Michael löste sich mit einem gestöhnten „Oh Gott“ von meinen Lippen.

Meine Finger fanden seinen Reißverschluss. „Ist das okay?“

Er nickte und wand sich an mir, als ich seinen Reißverschluss öffnete. Er schloss die Augen, atmete schwer aus und griff zwischen uns. Ich dachte, er würde mich vielleicht wegschieben, aber stattdessen versuchte er verzweifelt und zitternd, seinen Gürtel zu öffnen. Da er damit große Mühe hatte, übernahm ich. Ich beendete, was er begonnen hatte, und als meine Finger in seine Jeans und Boxershorts glitten, erschauerte Michael erneut. Ich schloss meine Hand um seinen dicken Schwanz und ein einzelner Gedanke hätte mich fast von den Füßen gerissen.

Bitte, Gott, lass ihn ein Top sein.

Ich wollte, dass dieser Mann mich fickte. *Bald.* Aber zuerst …

Ich ließ mich auf die Knie fallen und nahm seinen Schwanz in den Mund. Eine Gänsehaut lief mir über den Rücken, als Michael ein tiefes, kehliges Stöhnen von sich gab.

„Oh mein Gott“, raunte er. „Himmel, Jason …“ Er vergrub eine Hand in meinem Haar und zog so stark daran, dass meine Kopfhaut brannte. Ich wippte schneller mit dem Kopf, sowohl um ihm mehr zu geben und als auch um ihn noch stärker an meinen Haaren ziehen zu lassen. Mir war schwindelig vor Erregung und jedes Ächzen und Fluchen ermutigte mich. Als sein Atem stockte, war ich überrascht, dass ich nicht selbst kam.

Der Boden vibrierte unter meinen Knien und vor meinem geistigen Auge sah ich alle unten auf der Tanzfläche, unzählige Körper, die sich im Takt des Basses bewegten, mit jedem wummernden Beat, der durch mich hindurchhallte. Ohne es zu merken, war ich in denselben Rhythmus gefallen wie die Musik und ich bewegte mich mit dem pulsierenden Beat, so wie es die Clubbesucher taten, und ich stellte mir vor, wie sie einander näher kamen, sich berührten und zurückwichen, beim anderen nach der Hitze suchten, die in der Enge meines Büros über ihren Köpfen knisterte. Hände glitten über Kleidung, so wie meine stützende Hand an Michaels Bein hinaufglitt. Lippen teilten sich, um heiße, abgehackte Atemzüge auszustoßen, wie die, die Michael von sich gab, als sich seine Finger in meinem Haar vergruben.

Der Takt beschleunigte sich. Wurde intensiver. Oder vielleicht war das das Blut in meinen Ohren. Was auch immer es war, es trieb mich an, und ich pumpte Michael schneller und stimulierte ihn mit meinen Lippen und meiner Zunge, und sein Knie zitterte unter meiner anderen Hand. Einer von uns ächzte, aber ich wusste nicht, wer, denn ich war zu verdammt erregt, um mich darum zu scheren.

Michael gab kaum einen Laut von sich, nur ein tiefes, fast unhörbares Stöhnen, aber jeder Mensch im Gebäude musste seinen Höhepunkt gespürt haben. Im selben Moment, als sein Sperma meinen Mund flutete, mussten wir eine Schockwelle durch den Club geschickt haben, die Lautsprecher und Glühbirnen auslöschte, Flaschen und Gläser zerschmetterte.

Ich setzte mich auf meine Fersen zurück und fuhr mir mit der Zunge über die Lippen, während ich zu ihm hinaufblickte. Seine Augen waren geschlossen, sein Kopf lehnte an der Tür und er schaute nicht nach unten, als er redete.

„Großer Gott. Ich möchte den Gefallen erwidern."

Er fragte nicht. Er schlug es nicht vor. Nervös und unerfahren hin oder her, der Unterton seiner Stimme war kühn und fordernd, als ob es eine ausgemachte Sache wäre, dass wir diesen Club verlassen *würden* und er sich revanchieren *würde* und dass wir Sex haben *würden*, bevor diese Nacht zu Ende war. Diese Art von Anmaßung törnte mich normalerweise ab, aber bei ihm war es das Erregendste, was ich je gehört hatte.

Also machten wir uns schleunigst auf den Weg.

KAPITEL 14

Wir verließen den Club, aber nicht zusammen. Michael ging zuerst und sobald er weg war, huschte ich hinter die Bar im Erdgeschoss und fand Brenda im Hinterzimmer.

„Würdest du heute Abend den Schlussdienst machen und abschließen?", fragte ich.

Sie zog gerade eine Schachtel mit Margarita-Salz aus dem Regal und schaute auf. „Ich dachte, deiner Schulter geht es heute besser."

„Das war auch so." Ich schnitt eine Grimasse. „Aber … du weißt ja, wie das ist."

Sie machte ein finsteres Gesicht. „Du brauchst wirklich jemanden, der sich das Ding ansieht, Davis. Wenn das so weitergeht, wirst du dich irgendwann gar nicht mehr bewegen können."

„Ja, da hast du wohl recht." Mit ein bisschen Glück *würde* ich mich morgen früh nicht mehr bewegen können. Das war jedenfalls der Plan, was bedeutete, dass es an der Zeit war, von hier zu verschwinden. Mit Brenda am Steuer vom Lights Out machte ich mich schnell aus dem Staub und wäre auf dem Weg die Hintertreppe hinunter zweimal fast auf dem Hintern gelandet.

Auf dem ganzen Weg vom Club nach Hause war ich mir sicher, dass Michael seine Meinung ändern würde. Gott wusste, wie viel Mut es ihn gekostet hatte, heute Abend ins Lights Out zu kommen, und meiner Erfahrung nach kamen Bedauern und Zögern normalerweise kurz nach dem Abklingen des ersten Orgasmus. Sobald die Erektion weg war, war der Verstand plötzlich klar genug für Zweifel, und wenn diese Zweifel bei Michael auftauchten, dann würde ich mir heute Abend unter der Dusche einen runterholen. Wieder mal.

Aber als ich zur Haustür hereinkam, wartete Michael am Fuß der Treppe auf mich, und wenn seine Augen nicht logen, hatte er seine Meinung nicht geändert. Ganz und gar nicht.

Mir lief das Wasser im Mund zusammen und mein Schwanz wurde bereits hart, als ich zu ihm ging, aber kurz bevor ich ihn erreichte, hielt mich Michael mit einer Hand auf meiner Brust auf. Mein Herz hatte nicht einmal Zeit zu reagieren, bevor er auf die Treppe deutete.

„Rauf da." Seine Stimme war tief und leise. „Wenn wir erst einmal angefangen haben, werde ich für nichts auf der Welt aufhören."

Oh, na gut, dann …

Ohne ein weiteres Wort eilten wir die Treppe hinauf.

Sobald wir das Ende des Flurs erreicht hatten, in Reichweite seiner Schlafzimmertür, drehte sich Michael um und ergriff mich vorne am Hemd. Wir küssten uns mit all dem wilden Hunger, den ich vorhin auf dem Dach erwartet hatte: atemlos, gierig, ohne eine Ahnung, was wir mit unseren Händen tun sollten, außer uns gegenseitig packen, festhalten, *nicht loslassen, bitte, Gott, lass nicht los.*

Wie schon in meinem Büro drückte ich ihn gegen die Tür und zwang seine Lippen mit meiner Zunge auseinander. Wir hielten uns an Haaren und Klamotten fest und pressten unsere Hüften aneinander, während wir uns stöhnend küssten. Ich konnte immer noch nicht glauben, dass er hier war, dass wir das taten. Jede Fantasie, die ich je von ihn gehabt hatte, verschwand aus meinem Kopf, denn keine von ihnen konnte der Realität das Wasser reichen – einfach so an ihn gedrückt zu sein, ihn zu küssen, während seine Hände über meinen ganzen Körper glitten, war heißer als alle Möglichkeiten, die ich mir vorgestellt hatte. Denn das hier war real.

Michaels Hand löste sich von meinem Arm und mein Herz schlug schneller, als ich hörte, wie sie über die Tür hinter ihm fuhr, während er nach der Klinke suchte.

Ich unterbrach den Kuss und legte meine Stirn an seine. „Bist du dir sicher?", fragte ich und keuchte an seinen Lippen. „Wegen –"

„Ja", flüsterte er. „Gott, Jason, bitte ..."

Er öffnete die Tür und wir wären fast zu Boden gegangen. Es hätte mich nicht gekümmert; er konnte mich ficken, wo immer er wollte, solange er mich fickte.

Aber wir hielten uns auf den Beinen und der Holzboden knarrte unter unseren stolpernden Schritten. Wir näherten uns Michaels Bett und irgendwo auf dem Weg dorthin landete mein Hemd neben uns. Sein T-Shirt landete darauf. Schuhe polterten und schliffen dann über den Boden, als wir sie aus dem Weg traten. Gürtel klirrten. Reißverschlüsse öffneten sich.

Michael knipste das Licht neben dem Bett an und knurrte: „Ich will ... will dich *sehen*", bevor er mich in einen weiteren Kuss zog.

Ich hakte meine Daumen in den Bund seiner Jeans und

hätte sie ihm über die Hüften geschoben, aber Michael zerrte mich auf das Bett und auf ihn. Gott, war er hart. Wir beide waren es und ich war auf dem besten Weg, den Verstand zu verlieren. Ich drückte mein Becken gegen seines und ächzte laut, als seine Erektion durch unsere Klamotten hindurch auf meine traf und seine heiße Haut auf meine Brust und Bauchmuskeln. Wir ließen die Hüften kreisen, atmeten gemeinsam, strichen mit den Fingern durch Haare und machten uns gegenseitig atemlos, und ich konnte ihm *nicht* nahe genug kommen.

Ich neigte den Kopf, um seinen Hals zu küssen, und Michael stöhnte auf.

„Ich nehme an, jetzt wäre …", er holte stockend Luft, als ich ihm ins Schlüsselbein biss, „ein guter Zeitpunkt, um zu fragen, ob du Top oder Bottom bist."

„Sowohl als auch." Ich küsste ihn dort, wo sein Hals auf seine Schulter traf, fuhr mit meiner Zunge über die Stelle, die ich unbedingt schmecken wollte, und arbeitete mich zu seinem Kiefer vor. „Du?"

„Ich bin … Oh Gott …" Er grub die Finger in meine Arme. „Ich war nur Top. Bislang."

Wer auch immer da oben gerade zuhörte? Danke. Heilige Scheiße. Ich danke dir so sehr.

Ich hob den Kopf und küsste ihn. „Heißt das, ich muss dich nicht lange überreden, mich zu ficken?"

„Du kannst, wenn du willst, aber ich glaube nicht, dass es nötig sein wird", knurrte er. „Ich will dich so sehr, Jason."

Ich unterdrückte ein Wimmern. „Ach ja?"

„Gott, ja." Er küsste mich erneut. Unsere Lippen lösten sich so weit voneinander, dass er hinzufügen konnte: „Ich will dich ficken", und ich erschauerte.

„Bitte tu das", murmelte ich an seinen Lippen, bevor ich in einem weiteren tiefen, gierigen Kuss versank.

Er ließ seine Hand meinen Arm hinaufgleiten, und als ich den Kopf wieder hob, legte Unsicherheit seine Stirn in Falten. „Deine Schulter", raunte er, während seine Hand darüber glitt. „Ich will nicht ..."

„Alles gut. Und im Moment ist mir das völlig egal." Morgen früh würde ich es bereuen, aber zum Teufel damit. „Fuck, lass uns diese Klamotten loswerden, bevor ich noch den Verstand verliere."

„Großartige Idee."

Ein weiterer Kuss war verlockend, aber dann würden wir uns nie lange genug voneinander lösen, um uns auszuziehen, also stemmte ich mich hoch. Wir entledigten uns des Rests unserer Klamotten und ließen sie wahllos auf den Boden fallen.

Als seine Jeans neben meinen landete, hielten wir inne und starrten uns an. Nur eine Armlänge trennte uns, als wir neben seinem Bett standen und uns gegenseitig von oben bis unten betrachteten. Ich hatte seinen nackten Oberkörper schon hundertmal gesehen, ich hatte seinen Schwanz gesehen und geschmeckt, aber das Gesamtbild? Oh Gott, nichts machte einen Top attraktiver als durchtrainierte, kräftige Beine – sie bedeuteten, dass er wie ein Weltmeister vögeln konnte, und mit einem so dicken Schwanz? Lass uns verdammt noch mal endlich loslegen.

Unsere Blicke trafen sich. Seine hochgezogenen Augenbrauen deuteten auf die Unerfahrenheit hin, die ihn zuvor hatte zögern lassen, aber seine dunklen Augen und der Anflug eines Grinsens sagten nichts anderes als *Warum sind wir noch nicht im Bett?*

Eilig änderten wir diese Situation. Diesmal war er oben, drückte mich auf die Matratze und küsste mich hart, genau so, wie ich es liebte. *Fuck.* Unerfahren hin oder her, dieser Mann war aggressiv.

Seine Lippen lösten sich von meinen und wanderten zu meinem Hals, wo sie sich langsam einen heißen Weg zum Ansatz meiner Kehle bahnten. Ein Schauer lief durch mich, als sein Kinn sanft über meine Haut kratzte, und ich umklammerte seine Schultern, als er sich auf der anderen Seite meines Halses wieder nach oben arbeitete.

Und dann wieder hinunter.

Und weiter nach unten.

Noch weiter, bis meine Hände von seinen Schultern rutschten und neben mir aufs Bett fielen.

Sein Blick huschte zu mir hoch und traf meinen im selben Moment, als er mich oberhalb meines Hüftknochens küsste, und meine Finger krallten sich in die Laken.

„Ich habe dir gesagt", murmelte er und machte eine Pause, um einen weiteren Kuss gefährlich nahe an meinem steinharten Schwanz zu platzieren, „dass ich mich revanchieren will."

Danach war sein Mund auf mir und mein Rücken hob sich vom Bett, während ich die Laken noch fester umklammerte. Zuerst war er zurückhaltend, stützte meinen Schwanz mit seiner Hand und fuhr mit der Zunge an der Unterseite entlang, um die Spitze herum und wieder nach unten. Als er seine Lippen um die Eichel legte, stöhnte ich leise und er nahm mich tiefer in seinen Mund. Kein Deep-Throating – ich konnte mir nicht vorstellen, dass er dazu schon bereit war –, aber heilige Scheiße, das war perfekt.

Er lutschte meinen Schwanz mit unstillbarem Enthusiasmus, und ich schloss die Augen und verlor mich in allem, was er tat. Bei der Art, wie er küsste, hätte es mich nicht überraschen dürfen, dass er seinen Mund so gut einsetzen konnte. Er hätte nicht genau wissen sollen, wie man das machte, wie man die Eichel meines Schwanzes mit der Zunge umkreiste oder mit Lippen und einer Hand genau den richtigen Druck ausübte, aber er wusste es, oh Gott, er wusste es.

Ich strich mit den Fingern durch die Wellen seines Haars, grub die Zähne in meine Lippe und bemühte mich, still zu bleiben, um meinen Schwanz nicht in seinen Mund zu zwingen, was ich unbedingt tun wollte. Ich wollte nichts mehr, als seinen Mund zu ficken, aber er hatte keine Erfahrung – *Gott, das würde niemand glauben, so wie er einen Schwanz lutscht* –, also hielt ich mich zurück. Zumindest versuchte ich es. Mein Becken bewegte sich ohne bewusste Anstrengung meinerseits, hob sich leicht vom Bett und hielt perfekten Takt mit Michael.

Mit einem Mal hielt er inne, und ehe ich protestieren konnte, stützte er sich auf die Arme und kroch zu mir hoch, um mich zu küssen.

„Ich kann es nicht erwarten", keuchte er zwischen den Küssen. „Ich *muss* dich ficken."

Selbst wenn mein Mund nicht besetzt gewesen wäre, hätte ich keine zusammenhängenden Worte formulieren können, also vertiefte ich den Kuss und stöhnte bejahend. Ein leises Knurren drang aus Michaels Kehle und er drückte seinen harten Schwanz gegen meinen. Es war mir egal, wie unerfahren er war, er wusste genau, wie er mich in den Wahnsinn treiben konnte, und ich wollte mehr, mehr, mehr.

Er unterbrach den Kuss lange genug, damit ich flüstern konnte: „Michael, bitte ..."

Grinsend senkte er den Kopf und küsste mich noch einmal, diesmal kurz, bevor er sich von mir löste.

„Wir brauchen ein Kondom." Ich wollte aufstehen, aber er hielt mich mit einer Hand auf meinem Arm auf.

„Ich hole es." Er ließ meinen Arm los und beugte sich zu seinem Nachttisch. Als er mit einem Kondom und einer kaum benutzten Tube Gleitgel zurückkam, war etwas von seiner früheren Unsicherheit auf seinem Gesicht zu sehen.

Ich setzte mich auf. „Auf Händen und Knien?"

Er schluckte. „Hält deine Schulter das aus?"

Ich umfasste sein Gesicht und küsste ihn leicht. „Wenn nicht, können wir immer noch die Stellung wechseln. Aber ich mag es so."

Ein Lächeln huschte über seine Lippen und eine Sekunde später erblühte es ganz. „Sag mir, wenn du die Stellung ändern willst."

„Mache ich, keine Sorge." Ich küsste ihn erneut und setzte mich dann zurück, während er das Kondom überzog und Gleitgel auftrug. Als alles erledigt war, begab ich mich auf meine Hände und Knie.

Er positionierte sich hinter mir und stützte eine Hand auf meine Hüfte. Einen Moment lang dachte ich, er würde zögern, aber dann bewegte sich die Matratze leicht unter uns und eine Sekunde später drückte er sich gegen meinen Hintern.

Ich schloss die Augen, atmete aus und zwang mich zu entspannen, denn ich brauchte ihn so schnell wie möglich.

Oooh ...

Er schob sich langsam, vorsichtig in mich.

Oh Gott ...

Ich war in meinem Leben schon oft gevögelt worden, aber ich konnte mich nicht daran erinnern, wann mir das letzte Mal ein Mann mit dem ersten langen Stoß, mit dem er in mich eindrang, den Atem geraubt hatte. Meine Ellbogen zitterten unter mir. Meine Wirbelsäule drohte in winzige, elektrisierte Teile zu zerfallen. Tränen füllten meine Augen, als Michael tiefer in mich glitt, und ich wimmerte, als er über meine Prostata strich.

„Ist das okay?", fragte er.

„Gott, ja." Ich kam ihm entgegen und er bewegte sich schneller. Er fuhr mit seinen Händen an meinen Seiten hinauf und hinunter, während sein Becken schneller wurde. Ich hatte recht gehabt mit seinen Beinen. Großer Gott, konnte der Mann zustoßen. Hart und tief, genau wie Sex sein sollte, und trotzdem stöhnte ich: „Schneller ... fuck ... oh, fuck, schneller ...."

Er packte meine Hüften und fickte mich schneller. Ein leichtes Stechen in meiner Schulter drohte alles zu ruinieren, aber ich verlagerte mein Gewicht auf den anderen Arm und griff mit der nun freien Hand nach unten und umfasste meinen Schwanz. Ich hielt den Atem an und kämpfte darum, keinen Orgasmus zu bekommen, pumpte mich aber trotzdem, denn das Bedürfnis zu kommen war nahezu unerträglich. Ich schwankte auf dem schmalen Grat zwischen Zurückhaltung und Nachgeben. Der Mann, der ohne Shirt durch mein Haus gelaufen war und mich mit purer, roher Lust in den Wahnsinn getrieben hatte, war in mir, hielt mich fest, fickte mich, flüsterte und fluchte, und ich wollte das Ganze keine Sekunde früher zu Ende bringen, als ich musste.

„Oh mein Gott", stöhnte er. „Oh Gott, ich komme gleich ..." Seine Finger gruben sich in meine Haut, aber nicht genug, um mich davon abzuhalten, mich noch fester gegen ihn zu stemmen, und ich pumpte meinen Schwanz schneller und fluchte und zitterte und stieß schließlich ein hilfloses Stöhnen aus, als ich zum Höhepunkt kam, und Sekunden später zwang sich Michael so tief in mich hinein, wie er konnte, erzitterte und kam.

Und alles hörte auf. Mein Herz pochte, meine Arme zitterten, aber ansonsten bewegten wir uns nicht. Im Zimmer war es still, bis auf unsere hektischen Atemzüge, als wir versuchten, wieder genug Luft zu bekommen, und nach einem Moment das Flüstern von Michaels Händen, die über meinen Rücken glitten und träge, sanfte Linien zu beiden Seiten meiner Wirbelsäule zogen.

„Du hast doch gesagt ..." Ich machte eine Pause und leckte mir über die Lippen. „Du hast doch gesagt, du hast nicht viel Erfahrung."

„Ich habe nicht gesagt, dass ich in Sachen Sex unerfahren bin." Er beugte sich über mich und seine schweißnasse Brust wärmte meinen Rücken. Als er meine Schulter küsste, drehte ich den Kopf und er fand meine Lippen mit seinen. „Ich habe gesagt, dass ich nicht viel Erfahrung mit *Männern* habe."

„Das sagst du zwar", murmelte ich. „Aber deine Fähigkeiten im Schwanzlutschen sagen etwas anderes."

Er lachte und küsste erneut meine Schulter.

Nachdem er sich aus mir zurückgezogen hatte, standen wir beide mit wackeligen Beinen auf und sanken, nachdem wir uns sauber gemacht hatten, gemeinsam zurück aufs Bett.

Er schloss die Augen und strich sich ein paar Schweißtropfen von der Schläfe.

„Also, neulich Nacht", sagte ich. „Das war wirklich dein erstes Mal mit einem Mann? Jemals?"

Michael nickte langsam und seine Wangen wurden dunkler.

„Darf ich fragen, warum?"

„Warum ich so lange gebraucht habe, um mit einem Mann zu schlafen?" Er wandte sich mir zu. „Oder was mich dazu gebracht hat, es jetzt zu tun?"

„Beides, schätze ich."

Michael kaute auf seiner Lippe. Nach einem langen Moment sagte er: „Das klingt unglaublich albern, aber ... hör mir einfach zu."

Ich nickte.

„Ich wusste schon lange, dass ich mich zu Männern hingezogen fühle, aber ich wollte es nicht, vor allem, nachdem ich so viel Zeit und Energie darauf verwendet hatte, andere Leute davon zu überzeugen, dass dies nicht der Fall war. Erst in den letzten paar Jahren habe ich angefangen, es zu akzeptieren. Und erst ...“ Er nahm einen tiefen Atemzug. „Erst vor Kurzem habe ich genug Mut aufgebracht, mit einem zu schlafen.“

„Warum gerade jetzt?“

Seine Stimme war leise, fast unhörbar. „Ich wollte sicher sein, ob es mir gefällt, mit einem Mann zusammen zu sein. Ich wollte nicht ...“ Er machte eine Pause und seine Augen verloren für eine Sekunde den Fokus. „Ich musste es vorher mit jemand anderem ausprobieren.“

„Vorher?“ Ich schluckte. „Vor ... was?“

Er schluckte, als er den Blick hob und mir in die Augen sah. „Vor dem hier.“

Mein Herz machte einen Sprung.

Michael befeuchtete die Lippen. Er rollte sich auf den Rücken und starrte an die Decke. „Ich habe mich von Anfang an zu dir hingezogen gefühlt und ich habe mir immer wieder gesagt, dass es all diese Gründe gibt, warum wir das nicht tun können. Aber nachdem du an jenem Morgen nach Hause gekommen bist und ich das Gefühl hatte, du hättest die Nacht mit jemand anderem ...“ Ein Schauer lief durch ihn. „Ich weiß auch nicht, meine Fantasie hat einfach das Kommando übernommen und ich konnte dich nicht aus dem Kopf bekommen. Dann ist mir in den Sinn gekommen, dass ich noch nie mit einem Mann zusammen war. Ich habe zwar schon eine lange Zeit gewusst, dass ich mich für Männer interessiere, aber woher sollte ich wissen, ob ich mich wirklich wohlfühle, wenn ich mit einem schlafe?" Sein Adamsapfel hüpfte. „Ich wollte nicht mit dir schlafen, um dann herauszufinden, dass es mir *nicht* gefällt, und dass die Situation zwischen uns dann unangenehm wird. Wo wir doch, du weißt schon, zusammenleben müssen."

„Du hast es also zuerst mit jemand anderem ausprobiert?"

Ohne mich anzuschauen, nickte er.

„Das ist ..." Ich drehte mich auf die Seite und stützte mich auf meinem Arm ab. „Ich denke, ich verstehe das."

„Wirklich?" Endlich wandte er sich mir zu. „Für mich klang das irgendwie lächerlich. Zumindest im Nachhinein."

„Nein, das ergibt absolut Sinn. Wenn du dir nicht sicher warst, zum Teufel, warum nicht?" Ich legte eine Hand auf seine Brust und fuhr mir mit den Fingerspitzen durch das feine, dunkle Haar. „Ich nehme an, es hat dir gefallen? Mit ihm?"

Er lachte leise. „Ja. Aber ich habe ihm nicht gesagt, dass ich die ganze Zeit an dich gedacht habe."

Meine Finger verharrten. „Ach ja?"

„Du warst der Grund, warum ich ihn überhaupt aufgerissen habe." Seine Hand legte sich auf meine. „Natürlich habe ich dabei an dich gedacht."

Ich schluckte schwer. „Dann hoffe ich, dass der echte Sex mit mir keine Enttäuschung war."

Michael lächelte. Er umfasste mein Gesicht, hob den Kopf vom Kissen und küsste mich. Kurz bevor sich unsere Lippen trafen, flüsterte er: „Nichts daran war enttäuschend."

KAPITEL 15

Als ich aufwachte, war ein Arm über mich gelegt und weiche Lippen lagen zwischen meinen Schulterblättern. Normalerweise war Michael lange vor mir wach und aus dem Bett, aber als das Morgenlicht mich ins Bewusstsein holte, war er da.

„Ich habe doch gestern Nacht nicht deine Schulter beleidigt, oder?", murmelte er in meinen Nacken.

„Ganz und gar nicht." Ich lächelte. „Sie fühlt sich gut an."

„Bist du dir da sicher?" Er ließ seine Hand über meine Schulter gleiten und instinktiv wich ich zurück.

„Es ist alles okay. Sie tut ein bisschen weh, aber das wird schon wieder." Ich begann mich umzudrehen und er hob seinen Arm, bis ich mich auf den Rücken gelegt hatte. Ich fuhr mit den Fingern durch sein zerzaustes Haar und sagte: „Fürs Protokoll, ich glaube nicht, dass es meiner Schulter schlechter geht. Der Rest meines Körpers tut allerdings ein bisschen weh."

Er grinste. „Geht mir genauso."

„Mission erfüllt?"

Michael beugte sich hinunter, um mich zu küssen. „M-hm."

Leise lachend hob ich den Kopf und schaute auf die Uhr. „Es ist fast neun. Seit wann schläfst du so lange?"

„Versuchst du mich aus dem Bett zu werfen?"

„Ganz und gar nicht." Ich strich mit meiner Hand über seinen Arm. „Aber normalerweise bist du um diese Zeit schon auf und unterwegs."

Er zuckte mit den Schultern. „Und das sollte ich wahrscheinlich auch sein. Ich habe heute noch so viel zu tun." Seine Hand wanderte über meine Brust und unter die Decke. „Aber im Moment denke ich, dass das meiste davon zum Teufel gehen kann."

„Ach ja?"

„Ja." Er streichelte meinen härter werdenden Schwanz mit den Fingerspitzen. „Endlich habe ich dich ins Bett bekommen. Ich habe es absolut nicht eilig, dich da wieder rauszukriegen."

„Mir gefällt die Art, wie du denkst." Ich zog ihn herunter, damit er mich küsste.

Es dauerte eine gute halbe Stunde, bis wir uns endlich aus dem Bett quälten und nach unten schlurften, um Kaffee zu machen.

Ich ignorierte das anhaltende Ziehen in meinen Muskeln. Auf keinen Fall würde ich mich über diese Art von Unbehagen beschweren. Eine ganze Nacht unter Qualen zu verbringen, war eine Sache. Mir von Michael das Hirn herausvögeln zu lassen und am nächsten Tag ein wenig wund zu sein? Das war es durchaus wert. Es war sogar den Schmerz in meiner Schulter wert, vor allem, weil die Ursache auch die Heilung war. Es war verdammt gut, dass Michael einige seiner Handwerkszeuge zu Hause hatte.

Aber wenn ich in den letzten Jahren eines auf die harte Tour gelernt hatte, dann, dass etwas so Gutes fast immer – nein, *immer* – zu schön war, um wahr zu sein. Ich hätte wissen müssen, dass es nicht von Dauer sein würde. Und vielleicht tat ich das auch, aber ich dachte, ich würde wenigstens eine Tasse Kaffee überstehen.

Nein. Keine Chance. Das musste eine Art Rekord sein.

Wir standen uns in der Küche gegenüber, mit nacktem Oberkörper, und hielten uns an unseren Kaffeetassen fest. Michael sah mich nicht an. Keiner von uns beiden sagte ein Wort.

Nach ein paar unangenehmen Minuten schaute er mich an, wandte aber schnell den Blick ab.

Verdammt noch mal. Wir hatten gerade zwei Schluck Kaffee getrunken und er bereute es bereits, nicht wahr? Ich seufzte. Mein Magen verdrehte sich zu einem Knoten, als mein eigenes Bedauern sich seinen Weg hineinbahnte, zusammen mit einer kräftigen Portion Unbehagen.

„Du kannst es genauso gut einfach aussprechen", sagte ich über meine Kaffeetasse hinweg. „Mach jetzt reinen Tisch, bevor die Situation peinlich wird."

Sein Blick huschte zu mir.

Okay, so viel dazu, *bevor* die Situation peinlich wurde.

Michael atmete schwer aus, stützte die Hüfte gegen die Anrichte und rieb sich mit Daumen und Zeigefinger die Augen. „Na schön. Nun, als nur du und ich im Haus waren, war es keine große Sache, aber ..." Er deutete auf die Treppe. „Es sind nicht nur wir. Und ich schätze, ich weiß nicht, ob ich das kann."

„Warum nicht?", fragte ich. „Glaubst du ... Du glaubst doch nicht, dass ich ihm das ins Gesicht sage, oder?"

„Nein, nein, das ist es nicht. Aber ..." Er ließ einen Atemzug entweichen. „Scheiße, ich weiß nicht einmal, warum es mir so zusetzt. Ich dachte, ich wollte das. Und das tue ich auch. Ich will es wirklich. Aber wir wohnen zusammen. Mit meinem Sohn. Und du bist mein Patient. Und ich bin ..." Er schloss die Augen und fuhr sich mit einer Hand durch die Haare. „Ich weiß es nicht. Letzte Nacht war toll, aber jetzt, da ich klar denken kann, fühle ich mich einfach nicht wohl dabei."

Ich kaute auf der Innenseite meiner Wange. Ich wollte argumentieren, dass wir mit jedem dieser Punkte umgehen könnten, aber ... konnten wir das wirklich?

Ich holte tief Luft und fragte leise: „Wir werden also wieder nur Mitbewohner sein?"

„Ich weiß nicht, welche Wahl wir haben."

Ich verkniff mir die naheliegende Option.

„Mit jemandem auszugehen, ist eine Sache", sagte er. „Mit jemandem zusammenleben, mit meinem Kind im gleichen Haus ..."

„Wir müssen nichts tun, wenn er hier ist."

„Er ist nicht dumm", sagte Michael mit flacher Stimme. „Wir müssen nicht erst vor seinen Augen übereinander herfallen, damit er merkt, dass etwas zwischen uns läuft."

„Ich behaupte nicht, dass er dumm ist, aber das heißt nicht, dass –"

„Jason, wir sollten das *wirklich* nicht tun." Seufzend ließ er sich gegen die Anrichte sinken. „Es tut mir leid. Es ist nicht so, dass ich damit nicht weitermachen will, aber ..." Er rieb sich die Augen. „Ich muss an meinen Sohn denken. Und da wir zusammenleben, könnte es wirklich kompliziert werden."

Mir rutschte das Herz in den Magen. „Das Zusammenleben wird auch komplizierter, wenn wir uns entscheiden, einen Rückzieher zu machen."

„Also sind wir verpflichtet, damit weiterzumachen?", fragte er. „Weil wir zusammenleben?"

„Ganz und gar nicht. Ich will damit nur sagen, dass es so oder so kompliziert sein wird." Ich hakte meine Daumen in die Taschen meiner Jeans, um nicht die Arme zu verschränken. „Wir können nicht einfach einen Schritt zurück machen und alles, was gestern Abend passiert ist, auslöschen.

„Nein, das können wir wohl nicht." Er rieb sich die Stirn. „Die Sache ist die, mein Sohn weiß nicht einmal, dass ich schwul bin. Bis vor Kurzem habe ich es mir selbst kaum eingestanden. Wie zum Teufel soll ich das einem Siebenjährigen erklären?"

„Schämst du dich dafür?"

„Was?" Er schüttelte den Kopf. „Nein, natürlich nicht. Ich ..." Er senkte den Blick und ließ einen Atemzug entweichen. „Ich meine, ich bin mir nicht sicher. Ich weiß wirklich nicht, was ich davon halte. Von ... all dem."

Ich antwortete nicht. Ich wusste nicht, wie.

Mit so leiser Stimme, dass ich ihn kaum hören konnte, fuhr Michael fort. „Es geht darüber hinaus, ihm zu sagen, dass ich schwul bin. Selbst Verabredungen sind heutzutage verdammt kompliziert. Ich mache mir stets weniger Gedanken über die Beziehung an sich, sondern mehr darüber, wie sie sich auf meinen Sohn auswirken wird, was die Sache ziemlich sabotiert und ..." Er brach ab.

„Und ich kann es Dylan wahrscheinlich mehr nachfühlen, als du denkst", sagte ich. „Meine Eltern sind geschieden und haben beide wieder geheiratet, als ich noch ein Kind war."

Er verlagerte leicht das Gewicht und zog die Augenbrauen hoch. „Und es war schwierig für dich?"

Ich zuckte mit den Schultern. „Natürlich war es das. Aber es war nicht das Ende der Welt."

„Und wie wäre es gewesen, wenn einer deiner Elternteile queer gewesen wäre?"

„Ich weiß es nicht. Vielleicht hätte es einen Unterschied gemacht, vielleicht auch nicht. Aber ich wollte, dass meine Eltern glücklich sind."

Michael seufzte. „Das will Dylan definitiv. Ich glaube, es war für ihn schwieriger als für mich, wenn ich mit jemandem Schluss gemacht habe." Er machte eine Pause. „Das letzte Mal, als ich mich von jemandem getrennt habe, war es völlig einvernehmlich, und ehrlich gesagt glaube ich, dass es für Dylan noch schwieriger war, als wenn er uns streiten gehört hätte."

Ich legte den Kopf schief. „Wie das?"

„Es hat ihn völlig verwirrt. Wir hatten alle unsere Streits vor ihm geheim gehalten. Und wie ich schon sagte, war es einvernehmlich. Wir sagten Dylan, dass wir nicht mehr miteinander auskommen würden und getrennte Wege gehen müssten, aber für einen Fünfjährigen ergab das keinen Sinn. Er hatte noch nie erlebt, dass wir nicht miteinander auskamen, und soweit er sehen konnte, war alles in Ordnung." Michael seufzte. „Seine Mutter und ich haben uns auch immer gut verstanden und seit er sich erinnern kann, waren wir getrennt. Er weiß also nicht, wie er mit Beziehungen umgehen soll. Seine Mutter und sein Vater waren nie zusammen. Die einzigen Freundinnen seines Vaters sind, soweit es Dylan betrifft, ohne Vorwarnung gegangen. Deshalb konnte er auch nie eine Beziehung zu seinem Stiefvater aufbauen. Er hat furchtbare Angst, dass er eines Tages nach Hause kommt und Lee nicht mehr da ist."

Er schloss die Augen, fuhr sich mit der Hand über das Gesicht und fluchte leise vor sich hin.

„Die Tatsache, dass wir beide zusammenleben, macht es nur noch komplizierter. Für Dylan und für mich."

„Und mich."

„Und dich", sagte er mit einem leichten Nicken. „Hör zu, ich weiß, dass ich wahrscheinlich mehr daraus mache, als ich sollte, aber ... es tut mir leid." Er wich meinem Blick aus, lehnte sich gegen die Anrichte und vergrößerte den Abstand zwischen uns um eine kurze, aber entscheidende Distanz. „Ich bin nicht bereit für das hier. Nicht im Moment."

Ich schluckte, sagte aber nichts. Was sollte ich auch sagen? Es spielte keine Rolle, wie sehr es mich enttäuschte und frustrierte. Ich hätte wissen müssen, dass es nicht so einfach sein würde, ins Bett zu fallen und dass von da an alles perfekt lief.

„Ich sollte ..." Er räusperte sich. „Ich sollte in die Praxis fahren. Ein bisschen Papierkram erledigen. Und ich habe Dylan versprochen, dass ich ihn heute Abend zum Essen ausführe, also werde ich etwas später als sonst nach Hause kommen."

Ich nickte nur.

Er ging die Treppe hinauf. Keine zehn Minuten später war er zur Tür hinaus und das Haus war leer.

Wieder allein atmete ich langsam aus und ließ mich gegen die Anrichte sinken. Ich bekam einfach keine Verschnaufpause. Vor allem, da ich nicht aufhören konnte, mich in Situationen zu bringen, in denen ...

Nein. Ich werde den Tag nicht damit verbringen, mich in Selbstmitleid zu suhlen. Vielleicht ein bisschen darin herumplanschen, aber nicht darin suhlen.

Ich ging nach oben, um zu duschen. Mein Körper

schmerzte noch von der Art von Sex, die wir gerade vereinbart hatten, nicht mehr zu haben. Ich schloss die Augen und ließ das heiße Wasser über mich strömen, während ich unser Gespräch noch einmal Revue passieren ließ.

Wie konnte ich mit einem Mann streiten, der sein Kind schützen wollte? Ich erinnerte mich daran, wie es war, als meine Eltern anfingen, mit anderen Leuten auszugehen, und ich verlor zurzeit genug Schlaf, ohne der Grund dafür zu sein, dass ein kleiner Junge verstört war.

Aber was zum Teufel sollte ich jetzt tun? Das änderte nichts daran, was ich für Michael empfand. Es änderte nichts an der Tatsache, dass ich mich mehr zu ihm hingezogen fühlte, als ich mich je zu einem Mann hingezogen gefühlt hatte, besonders jetzt, da wir die Art von Sex gehabt hatten, nach der ich mich immer gesehnt hatte.

Aber unsere beruflichen und wohnlichen Verhältnisse verkomplizierten den Sex. Und der Sex verkomplizierte unsere Beziehung als Mitbewohner und als Arzt und Patient. Ich brauchte die Akupunktur. Wir brauchtes beide das Haus. Zwei Bedürfnisse übertrumpften ein Bedürfnis, also war das Einzige, was wir weglassen konnten, der Sex.

Ganz gleich, wie gut die letzte Nacht gewesen war oder wie sehr ich es noch einmal tun wollte.

Abwesend rieb ich meine Schulter unter dem heißen Wasser, um zu verhindern, dass sich Schmerz einschlich, und flüsterte eine ganze Reihe von Schimpfwörtern.

Konnte nicht ein einziges Mal in meinem Leben *irgendetwas* einfach sein?

Und zum ersten Mal bereute ich, dass ich Michael hatte einziehen lassen.

KAPITEL 16

Allem Anschein nach wurden Michael und ich über-
gangslos wieder zu platonischen Mitbewohnern. Wir
gingen auf dem Flur aneinander vorbei. Wir spielten
zusammen Videospiele – gewaltfreie, wenn Dylan dabei
war, und höllisch gewalttätige die restliche Zeit, besonders
wenn Seth hier war. Wir wechselten uns mit den verschiedenen Aufgaben im Haus und im Garten ab. Wir unterhielten uns in der Küche, im Wohnzimmer, auf der
Terrasse, als ob oben nie etwas passiert wäre.

Doch die Wände rückten immer näher. Zentimeter für
Zentimeter, Tag für Tag, schrumpfte das Haus. Die Flure
wurden schmaler. Der Abstand zwischen seiner Schlafzimmertür und meiner verkürzte sich, und trotz des kleiner
werdenden Raums wurde das Echo jedes Knarrens, jedes
Schrittes, jeder Bewegung verstärkt. Egal wo Michael sich
im Haus aufhielt, ich war mir seiner übermäßig bewusst.

Ich musste diese Spannung abbauen, aber ich hatte
Angst, dass Michael mich dabei belauschen würde. Zwei
alleinstehende Männer, die zusammenlebten, würden sich
zwangsläufig ab und zu einen runterholen, aber er wusste

jetzt, dass ich mich zu ihm hingezogen fühlte, also würde er zwei und zwei zusammenzählen und sich denken können, dass ich von ihm fantasierte. Wie auch immer, ich konnte mich nicht einmal mit ein wenig dringend benötigter Masturbation entspannen.

Und dann war da noch das Problem mit meiner Schulter. Natürlich hatte ich den Punkt erreicht, an dem ich mir meine Termine einigermaßen bequem leisten konnte. Ich konnte Michael bezahlen, ohne mein Essensbudget anzutasten oder Els Pfandhaus aufzusuchen. Zum ersten Mal, seit ich mir die Schulter ruiniert hatte, war eine wirksame Behandlung möglich und zugänglich, aber nichts verschlimmerte den Zustand meiner Muskeln so sehr wie Stress, und selbst die Akupunktur half nicht mehr. Oder besser gesagt, die *Akupunktur* half, aber die Anwesenheit des Akupunkteurs machte alles zunichte, was seine Behandlungen boten. Allein in einem dunklen Zimmer? Ich mit nacktem Oberkörper und Michaels Hände auf mir? Was davon war nicht dazu geeignet, mich anzuregen, mich zu stressen und meine Schulter in ein grellrotes Leuchtfeuer aus *Heilige Scheiße, tut das weh* zu verwandeln?

Also rief ich an und sagte die nächsten beiden Termine ab.

„Wollen Sie den Termin verschieben?", fragte Nathan. „Ich kann bis Ende Juli planen, wenn das hilft."

„Nicht im Moment", sagte ich. „Aber danke." Vielleicht würde ich einen der anderen Akupunkteure in der Stadt aufsuchen. Irgendwann. Nachdem ich herausgefunden hatte, wie ich das meinem Mitbewohner erklären sollte.

Drei Tage nach meinem zweiten abgesagten Termin kam Michael in die Küche, während ich mir um viertel vor zwölf meinen Morgenkaffee einschenkte.

Er verschränkte die Arme locker vor seiner nackten Brust und blieb in der Tür stehen. „Hey."

„Hey." Ich zwang mich, mich auf das Einschenken meines Kaffees zu konzentrieren. Darauf, etwas anderes zu tun, als ihn anzusehen. Vor allem, wenn er halbnackt und verdammt attraktiv vor mir stand.

„Wie geht es deiner Schulter?"

Ich widerstand dem Drang, mit ihr zu rollen, um zu beweisen, dass ich sie problemlos bewegen konnte. Vor allem, weil ich sie *nicht* problemlos bewegen konnte. Ohne mich umzudrehen, sagte ich: „Alles in Ordnung."

„Du weißt, dass ich es von hier aus sehen kann, oder?", sagte er. „Der Muskel ist angespannt. Du hast eine starke Schonhaltung eingenommen. Du hältst deinen Arm wie –"

„Was willst du denn von mir hören?", fauchte ich und drehte mich zu ihm um.

Er zuckte zusammen und seine Augenbrauen kletterten die Stirn hoch. „Jason, ich will dir helfen. Du hast offensichtlich –"

„Ja, ich habe Schmerzen." Ich lehnte mich gegen die Anrichte und umfasste die Kante. „Es tut verdammt weh, okay?"

Michael atmete aus. „Warum lässt du mich dir dann nicht dabei helfen? Wenn es eine Geldfrage ist, können wir –"

„Es geht nicht um das Geld", sagte ich. „Ich kann nicht ... ich kann das nicht."

Er legte den Kopf schief. „Aber *du hast Schmerzen.*"

„Danke, das ist mir noch gar nicht aufgefallen", knurrte ich.

Seine Augen verengten sich leicht. „Wenn es etwas gibt, was ich tun kann, dann sag es, und ich werde es tun."

Ich starrte auf den Boden und überlegte im Stillen, ob

ich mich von ihm behandeln lassen oder ihm sagen sollte, warum ich mich nicht von ihm anfassen lassen konnte.

„Jason?"

Ich schluckte. „Ehrlich gesagt?" Ich holte tief Luft und nahm all meine Willenskraft zusammen, um ihm in die Augen zu sehen. „Dass du mich behandelst, macht es nur noch schlimmer."

Seine Augen weiteten sich. „Du hast doch gesagt, es würde helfen."

„Das tut es auch. Zumindest hat es das. Die Akupunktur hilft, aber ..." *Du treibst mich in den Wahnsinn. Wenn du mich berührst, will ich dich auch berühren. Allein hier zu stehen und so mit dir zu reden, macht die Muskelkrämpfe noch schlimmer, weil ich den Verstand verliere.*

Er stieß sich vom Türrahmen ab und machte einen Schritt auf mich zu, blieb aber stehen, als ich zurückwich. Er schob die Hände in seine Taschen. „Geht es um das, was zwischen uns passiert ist?"

„Natürlich geht es darum", flüsterte ich. „Wenn du mich behandelst, hilft es, aber dann werde ich so verdammt aufgedreht, weil du deine Hände auf mir hast ..." Ich machte eine scharfe, frustrierte Geste und wich seinem Blick aus. „Das macht so ziemlich alles zunichte, was die Nadeln bewirkt haben."

„Mir war nicht klar, dass dich das so sehr stört."

„Tut es aber." Ich hob den Blick und sah ihm für eine flüchtige Sekunde in die Augen. „Also ja, meine Schulter tut weh. Aber in die Praxis zu fahren oder mich hier von dir behandeln zu lassen, hilft nicht. Es ist schon schlimm genug, dich so zu wollen, wie ich es nun mal tue, wenn du mich nicht willst –"

„Ich habe nie gesagt, dass ich dich nicht will." Michael

kam näher und ließ den Abstand zwischen uns auf weniger als eine Armlänge schrumpfen, und als ich zurückwich, stießen meine Schulterblätter an die Wand. „Falls es dich interessiert, es bringt mich auch um." Seine Stimme war unsicher. „Wenn du glaubst, dass es für mich einfach war, dann irrst du dich."

Ich schloss die Augen und ließ einen frustrierten Atemzug entweichen.

„Jason, ich will dich so sehr, aber das ist ..."

„Wenn es uns beide so verrückt macht, es nicht zu tun, ist es vielleicht gar nicht so falsch, wie du denkst."

„Ich behaupte nicht, dass es falsch ist. Ich habe nie behauptet, dass es falsch ist."

„Wenn wir also nicht mit deinem Sohn zusammenleben würden und du nie mein Akupunkteur gewesen wärst ..." Ich befeuchtete meine Lippen. „Würden wir?"

„Sofort", raunte er, als er nach mir griff. Der sanfte Druck seiner Hand auf meiner Taille ließ die Luft aus meiner Lunge strömen. „Wenn diese Faktoren nicht wären, weiß Gott allein, was wir mittlerweile getan hätten."

Gänsehaut überzog meinen Arm, als ich seinen berührte. „Aber diese Faktoren sind vorhanden."

„Ja." Er schlang die Arme um mich. „Sind sie."

Ich fuhr mit den Fingerrücken seinen Kiefer entlang. „Das heißt, wir können es nicht tun."

Michael nickte.

Ich konnte mich nicht dazu überwinden, meine Hand zurückzuziehen. Ich konnte mich kaum dazu überwinden, die Worte „Warum machen wir dann *das hier*?" zu formulieren.

„Ich weiß es nicht." Seine Stimme zitterte und er legte seine Stirn an meine. „Ich weiß nur, dass ich dich jetzt will."

„Was unternehmen wir wegen morgen?"

Er schluckte, wich zurück und sah mir in die Augen. „Das werden wir ... herausfinden, wenn der Zeitpunkt gekommen ist. Im Moment kann ich nicht weiter denken als, nun ja, diesen Moment."

Ich wusste, dass es eine schlechte Idee war. Ich wusste, dass ich es bereuen würde. Ich wusste, dass ich mir selbst in den Hintern treten würde, sobald es vorbei war, denn das würde es nur noch schwieriger machen, ihn aus meinem Kopf zu bekommen.

Aber ich küsste ihn trotzdem.

Wir taumelten. Wir hielten uns aneinander fest, atmeten in schnellem Gleichklang und stolperten fast über die Füße des anderen, bevor ich die Anrichte fand und mich dagegen lehnte. Jetzt, da wir Schwerkraft und Halt hatten, wurde der Kuss tiefer und intensiver. Seine dicke Erektion drückte gegen meine und ließ meine Knie weich werden.

Seine Hände glitten unter mein T-Shirt und über meine Haut. Die Wärme seiner Berührung ließ mich erschauern und ich drückte meinen Rücken durch, was meinen Körper näher an seinen brachte. Ich hob die Hand, um mit den Fingern durch sein Haar zu fahren, und diese einfache Bewegung löste ein Stechen in meiner Schulter aus.

Ein Stechen, das meine Aufmerksamkeit von seinem Kuss ab- und auf den Schmerz lenkte, der diese ganze Unterhaltung ausgelöst hatte. Der Schmerz, der die Akupunktur brauchte, die ich nicht bekommen konnte, weil ich nicht damit umgehen konnte, dass Michael mich berührte, weil er mich auf keine andere Weise berühren würde. Außer jetzt. Dieses Mal. Dieses *eine* Mal.

Und was würde danach kommen?

Nichts hatte sich geändert. Die Gründe, warum er sich dagegen sträubte, existierten weiterhin, was bedeutete, dass wir, sobald sich der Staub gelegt hatte und die Orgasmen abgeklungen waren, wieder dort sein würden, wo wir zu Beginn unserer Unterhaltung gewesen waren.

Und wenn wir nach oben gehen sollten, war ich mir nicht sicher, ob ich seine Enttäuschung verkraften würde, wenn meine Schulter uns daran hinderte, so wild zu werden wie beim ersten Mal. Er wusste verdammt gut, dass ich chronische Schmerzen hatte, aber das in Theorie zu akzeptieren und im Schlafzimmer darauf Rücksicht zu nehmen, waren zwei ganz unterschiedliche Dinge.

„Wirklich?" Ich hörte Wes in meinem Hinterkopf, während Michaels Finger sich in meinen Nacken drückten. *„Wenn du wieder keine Lust hast, sag es einfach, verdammt noch mal."*

„Daran liegt es nicht." Ich öffnete meine Lippen für Michaels drängende Zunge. *„Du weißt, dass es nicht daran liegt."*

Michael drückte mich gegen die Anrichte und Wes' Phantomstimme knurrte in mein Ohr: *„Wenn es so schlimm ist, dann nimm eine verfickte Schmerztablette. Ich gehe jetzt duschen."*

„Wes, warte ..."

Als die zuschlagende Tür in meinem Kopf widerhallte, unterbrach ich den Kuss und löste mich von Michael. „Warte. Hör auf." Ich löste mich sanft aus seiner Umarmung und rutschte zwischen ihm und der Anrichte heraus. „Ich kann das nicht."

Er starrte mich an, seine Hände noch immer zwischen uns erhoben, und ich konnte nicht sagen, ob er mir nicht glaubte oder mich nicht richtig verstanden hatte.

„Es tut mir leid. Ich ... ich kann nicht." Ich trat einen

Schritt zurück und hob die Hände, um ihn daran zu hindern, den Abstand zu schließen, den ich geschaffen hatte. „Ich weiß, dass du Dylan beschützen willst. Ich weiß, dass du dir Sorgen wegen der ganzen Arzt-Patienten-Sache machst. Und ich verstehe das. Wir können keine Beziehung haben. Eine, die hundertprozentig sexuell ist oder ... oder es nicht ist. Das können wir nicht. Ich verstehe es." Die Hände immer noch erhoben, machte ich einen weiteren Schritt nach hinten. „Aber ich kann dich nicht für eine Nacht haben und dann so tun, als würde ich dich nicht jede Nacht danach wollen."

Bevor er mir einen Grund zum Bleiben geben konnte, drehte ich mich um und verließ die Küche.

Die Dinge wurden nur noch schlimmer. Zwei Schritte vorwärts, zehn Schritte zurück. Wir hatten einmal nachgegeben und eine Grenze überschritten, und in der Sekunde, in der wir uns getrennt hatten, waren wir noch weiter voneinander entfernt. Die Wände des Hauses schlossen sich immer enger um uns, je mehr Michael und ich versuchten, einander aus dem Weg zu gehen.

Jede Minute in diesem Haus trieb mich in den Wahnsinn, also machte ich mich aus dem Staub, wann immer ich die Gelegenheit dazu hatte. Ich verbrachte Stunden im Club. Hing mit Seth ab, wenn es möglich war. Alles, was Michael und mich nicht in die Schusslinie des jeweils anderen brachte.

Als ich heute Abend losfuhr, hatte ich kein bewusstes Ziel vor Augen, aber als ich das Auto anhielt, war ich nicht überrascht, wo ich war. Schließlich hatte ich mir trotz meiner Eile, das Haus zu verlassen, die Zeit genommen zu duschen, mich zurechtzumachen und mein Spiegelbild im Rückspiegel zu überprüfen, bevor ich aus der Einfahrt fuhr. Ich hatte ein wenig Parfüm aufgetragen und meine silberne Glückskette ruhte auf meinen Schlüsselbeinen. Wo *sonst* hätte ich hinfahren sollen?

Ich sperrte mein Auto ab und betrat das Jack's.

Die Jungs waren heiß, wie immer in diesem Club, und nicht wenige hatten sich so weit ausgezogen, dass man den Beginn ihrer frühsommerlichen Bräune sehen konnte. Enges Leder, enge Jeans, enge Shirts. Grinsen und Zwinkern, anzügliche Blicke, Anmachsprüche – *sein nächster Drink geht auf mich.*

Jetzt, da ich hier war und die Gesichter und Hintern in Augenschein nahm, um herauszufinden, ob irgendjemand ansprechend ablenkend oder ablenkend ansprechend aussah, kam mir in den Sinn, dass dies vielleicht nicht der beste Weg war, um Michael aus dem Schädel zu bekommen. Es war eine Sache, Sex zu benutzen, um meine finanziellen Probleme oder welches Drama auch immer aufgetreten war, zu ignorieren. Eine ganz andere war es, Sex, den ich irgendwie wollte, als Ablenkung von dem Sex zu benutzen, den ich wirklich wollte. Das war so, als würde man die Lust auf teurem Wein mit diesem Mist im Tetrapack aus dem Supermarkt stillen. Es löschte das Verlangen, aber vor allem ließ es einen an das denken, was man *nicht* bekam.

Allerdings hatte es einmal funktioniert. Na ja, irgendwie. Ich konnte nicht sagen, dass ich Michael in jener Nacht aus dem Kopf bekommen hatte, aber zumindest hatte ich Sex gehabt. Ein Orgasmus war nichts anderes als eine kurzzeitige Ablenkung. Eine *sehr* kurzzeitige Ablenkung. Und zu diesem Zeitpunkt würde ich nehmen, was ich kriegen konnte.

Aber ich konnte heute Abend nicht einmal die attraktiven Männer von den unattraktiven unterscheiden. Sie verschmolzen alle miteinander. Von den blondierten Haaren über die auffälligen Shirts bis hin zu den hautengen Hosen verschmolzen sie alle zu einer farblosen, gesichtslosen Umgebung, die nichts von dem enthielt, wonach ich wirklich suchte. Es gab keine Möchtegern-Cowboys, keine Twinks, weder meinen noch Seths Typ. Nur ein graues Meer aus trinkenden, wogenden, Dart werfenden *nicht-Michaels*.

Seufzend wandte ich mich wieder der Bar zu. Wem zum Teufel wollte ich eigentlich etwas vormachen? Dies war keine Nacht, in der irgendein warmer Körper meine Anspannung lindern würde. Es war entweder Michael oder niemand.

Dann ist es wohl niemand.

Ich schob meinen kaum angerührten Drink weg, legte einen Fünfer für den Barkeeper daneben und ging nach draußen, aber ich begab mich nicht direkt nach Hause. Mit heruntergelassenem Fenster und laut aufgedrehtem Radio fuhr ich durch die Stadt. Zum Light District. Nach Norden zur Tucker U. Runter ans Südende bei der East Centennial State University – East Cent, wie sie genannt wurde. Ich fuhr an ein paar Clubs vorbei, die vielversprechend aussahen, wenn auch nur für einen Abend mit Smooth Jazz und kaltem Bier.

Nein, ich war zu unruhig. Zu überdreht. Jazz konnte mich normalerweise entspannen – und davon gab es in dieser Stadt reichlich –, aber heute Abend war ich sicher, dass er mich nur daran erinnern würde, wie sehr ich mich *nicht* entspannen konnte.

Irgendwann musste ich nach Hause fahren. Gegen halb

elf gab ich es auf, nach einem Grund zu suchen, es nicht zu tun.

Michaels Auto stand in der Auffahrt. Das Licht in seinem Schlafzimmer war an, was bedeutete, dass er wach war, aber vermutlich allein. Hoffentlich mit Kopfhörern, mit geschlossener Tür und ohne meine Rückkehr mitbekommen zu haben. Es sei denn natürlich, dass er es sich anders überlegt hatte. In diesem Fall hoffte ich, dass er sich absolut bewusst war, dass ich nach Hause gekommen war.

Als ich leise die Treppe hinaufging, hörte ich außer meinen eigenen Schritten kein einziges Geräusch. Wären da nicht die Lichtstreifen über und unter der Schlafzimmertür gewesen, hätte ich nicht gedacht, dass überhaupt jemand hier war.

Ich schloss meine eigene Zimmertür hinter mir, lehnte mich auf dem Bett zurück und gab mich den Fantasien hin, die die ganze Nacht in meinem Kopf herumspukten. Verdammt, schon die ganze Woche. Wenn ich ehrlich zu mir selbst war, seit ich ihn kennengelernt hatte, und erst recht, seit ich ihn berührt hatte.

Ich schloss die Augen und unterdrückte ein Stöhnen, als mein Schwanz in der Jeans hart wurde. Langsam tastete ich nach dem Reißverschluss, aber selbst diese einfache Bewegung erzeugte ein fast unhörbares Knarren des Bettgestells. Ich erstarrte und war mir sicher, dass das Knarren laut und deutlich in Michaels Zimmer widerhallte und ihm das Bild von mir vor Augen führte, wie ich hier mit einem Ständer auf dem Bett lag. Und wenn ich mich bewegte, wenn ich irgendetwas machte, würde er es sehen, er würde es wissen und er würde wissen, warum.

Und am achten Tag erschuf Gott die Dusche, damit Männer wie ich sich unbemerkt einen runterholen können.

Ich schwang die Beine über den Rand des Bettes und stand auf.

Im Badezimmer drehte ich das Wasser auf und stellte aus Gewohnheit die Temperatur so hoch ein, wie ich ertragen konnte. Es brannte auf meiner Haut und ich drehte mich instinktiv um, damit das herabströmende Wasser auf meine wunden Muskeln traf.

Das Stechen in meiner Schulter war schlimm, aber nichts im Vergleich zu dem anderen stechenden Verlangen, das gelindert werden musste, bevor ich überhaupt daran denken konnte, etwas anderes zu tun, also ignorierte ich den Schmerz, stützte mich mit der linken Hand an der Wand ab und pumpte meinen Schwanz mit der rechten.

Ich hatte gerade genug von Michael gehabt, um zu wissen, wie er sich anhörte, wie er aussah, wie er schmeckte, wenn er so erregt war wie ich jetzt. Ich hatte mir jedes Stöhnen, jedes Knurren eingeprägt, die Art, wie sein Gesichtsausdruck an Schmerz grenzte, wenn er kurz davor war zu kommen. Meine Hand spiegelte seine Bewegungen wider, drückte und ließ los, wie er es getan hätte, wenn er mit mir in dieser Dusche wäre und mich mit einer Mischung aus Kühnheit und Unsicherheit küssen würde. Das hilflose Stöhnen und kehlige Knurren, wenn er mich fickte. Hände und Lippen, die nicht so unerfahren gewesen sein konnten, wie sie es waren.

Gott, Michael, ich will dich so, so sehr ...

Meine Augen rollten nach hinten, meine Knie knickten ein und Sperma vermischte sich mit dem heißen Wasser in meiner Hand. Ich ließ den Atem entweichen und konzentrierte mich darauf, aufrecht stehen zu bleiben. *Nicht umfallen. Nicht umfallen. Ich brauche nicht auch noch geprellte Kniescheiben. Bleib stehen.*

Irgendwann hörten meine Beine auf zu zittern. Meine

Sicht klärte sich. Ich kam wieder zu Atem und fand mein Gleichgewicht wieder. Das heiße Wasser strömte immer noch über meine Haut. Meine Schulter tat immer noch weh.

Und Michael war immer noch im anderen Zimmer. Und ich war immer noch hier drin. Die Nachwehen eines Orgasmus kribbelten an der Basis meiner Wirbelsäule, aber das war nicht genug.

Das war nicht annähernd genug.

„Jason, wir müssen reden."

Ich stellte meine Kaffeetasse auf die Küchenanrichte, atmete langsam aus und drehte mich um.

Michael lehnte an der Tür, einen Daumen in der Tasche seiner Jeans eingehakt.

Man musste kein Genie sein, um sich zu denken, was wir zu besprechen hatten. Nach tagelanger, spürbarer Anspannung musste früher oder später jemand nachgeben und das Schweigen brechen.

Ich nahm meine Schultern zurück und sah ihm in die Augen. „Okay. Lass uns reden."

Sein Adamsapfel hüpfte. „Dieses Arrangement, dass ich hier wohne, sollte uns beiden etwas von dem Druck nehmen." Er trat von einem Bein aufs andere. „Aber es scheint, als hätte es den gegenteiligen Effekt."

„Ja, ich glaube, das hat alles nur noch schlimmer gemacht."

Michael nickte.

„Was sollen wir also tun?", fragte ich. „Du wohnst nun mal hier und wir haben ... Nun, der Punkt ist, was geschehen ist, ist geschehen."

„Ja." Er fuhr sich mit einer Hand durch die Haare und seufzte. „Ich denke, das Beste ist jetzt, das hinter uns zu lassen und nach vorne zu blicken. Es ist passiert, aber ..."

Ich zuckte zusammen. „Aber es war ein Fehler."

Er wich meinem Blick aus und nickte erneut. „Vielleicht ist dieses Arrangement keine so gute Idee. Wenn wir nicht zusammenleben können, ohne verrückt zu werden, dann ... sollten wir es vielleicht nicht tun."

Ich senkte den Blick. Jeder Teil von mir wollte diesen Vorschlag abwehren und darauf bestehen, dass wir das hinkriegen könnten, aber ...

„Vielleicht sollten wir es wirklich nicht."

Michael verlagerte das Gewicht. „Willst du, dass ich bleibe?"

Ich sah ihn an. „Ich habe es *nötig*, dass du bleibst."

Er schluckte. „Aber ist mein Beitrag zur Hypothek wirklich", er deutete auf uns beide, „das hier wert?"

Wer hat etwas über die Hypothek gesagt?

„Schau, ich ..." Etwas entmutigt lehnte ich mich an die Anrichte. „Es gibt keine einfache Antwort darauf. Nein, ich will nicht, dass du gehst, aber ich will auch nicht, dass einer von uns beiden unglücklich ist."

„Ich auch nicht." Er befeuchtete seine Lippen. „Also was machen wir jetzt?"

„Wir haben nicht wirklich viele Möglichkeiten".

„Nein, haben wir nicht." Er sah mir einen langen Moment in die Augen. „Ich werde mich nach einer anderen Bleibe umsehen."

Was sollte ich dazu sagen? Ich konnte von ihm nicht verlangen, in dieser Atmosphäre zu bleiben. Ich konnte ihn verdammt noch mal nicht bitten, sein Kind in dieser Atmosphäre zu lassen.

„Was passiert, wenn du ausziehst?"

Er legte den Kopf schief. „Was meinst du damit?" Dann musste es Klick gemacht haben, denn er richtete sich auf und fügte hinzu: „Mit uns?"

„Ja."

„Scheiße, ich weiß es nicht." Er rieb sich die Stirn und atmete aus. „Ich brauche nur etwas Zeit, damit ich herausfinden kann, wie es weitergeht. Was als Nächstes passiert … Das kann ich im Moment nicht beantworten."

Ich nickte langsam. „Ja, ich verstehe." Ich war mir nicht einmal sicher, welche Antwort ich erwartet hatte. Ein Teil von mir hoffte inständig, dass wir einen Weg finden würden, uns zu treffen, sobald wir nicht mehr unter demselben Dach wohnten, dass wir etwas haben konnten, das nicht rein platonisch oder beruflich war. Ein Teil von mir hörte immer noch den Nachhall von Wes' Auszug und konnte den Gedanken nicht ertragen, dass Michael eines Tages aus denselben Gründen Schluss machen würde. Vielleicht wäre es jetzt das Beste, meine Finanzen und meine Schulter in Ordnung zu bringen, anstatt mich darauf vorzubereiten, wieder jemanden zu verlieren, wenn er es leid war, hilflos meinen chronischen Schmerzen ausgeliefert zu sein.

Ich wandte den Blick von ihm ab. „Okay. Gut. Wenn du eine Wohnung findest …" Ich schluckte. „Halt mich, äh, einfach auf dem Laufenden."

„Mache ich."

Die angespannte Stille dauerte ein paar Sekunden an. Dann ging er hinaus und ich atmete aus.

Scheiße. Mit geschlossenen Augen rieb ich mir den Nacken und knetete die sich ausbreitende Verspannung weg.

Das war's also. Ich stand wieder am Anfang. Wieder einmal sah ich mich mit der Aussicht konfrontiert, die

Hypothek allein aufbringen zu müssen, aber das löste nicht dieselbe Panik aus wie zuvor. Ich machte mir Sorgen, aber … zum Teufel, wenn ich das Haus nicht bezahlen konnte, dann konnte die Bank es haben und ich würde woanders hinziehen. Ich hatte es satt, mit meinem Kontostand zu kämpfen, nur damit ich nachts ruhig schlafen konnte.

Außerdem war in meinem Kopf im Moment kein Platz für so etwas.

Nicht mit der Aussicht, dass Michael mich verließ.

Als Wes auszog, war ich erleichtert. Ich liebte ihn, ich wollte nicht, dass er ging, aber er hatte so viel Mist aus diesem Haus mitgenommen, dass die Nachwirkungen unserer Trennung der Amputation eines entzündeten Gliedes glichen.

Meinen Mitbewohner zu verlieren, bedeutete nun mehr, als ein Haus und zu viele Schulden zu haben.

Es bedeutete, Michael zu verlieren. Und auf die eine oder andere Weise, früher oder später, würde Michael weggehen und ich konnte nichts tun, um ihn aufzuhalten.

Und das tat viel mehr weh, als es hätte sollen.

KAPITEL 17

Gegen drei Uhr nachmittags war ich mit der Durchsicht der Bücher des Clubs fertig. Zuvor hatte ich etwas Zeit totgeschlagen – alles, um die Bücher zu vermeiden -, indem ich die nächtliche Inventur der Barkeeper geprüft hatte. Jetzt gab es nicht mehr viel zu tun, außer den Club abzuschließen und heimzufahren.

Das war sicherlich eine verlockende Aussicht, aber Michael würde auch bald die Praxis schließen und nach Hause fahren. Es war eine von Dainas Sorgerechtswochen, also würden nur Michael und ich da sein. Nur wir beide, was das ganze gottverdammte Haus in ein sexuelles Pulverfass verwandelte.

Ich brauchte ein Bier. Bier löste alles.

Nun, okay, es löste nichts, aber den späten Nachmittag mit einem kalten Bier in der Sonne zu verbringen, war viel besser als nach Hause zu fahren und die Wände hochzugehen.

Bevor ich mein Büro verließ, schickte ich Seth eine SMS. *Bin auf dem Weg zum Mountainview Pub. Willst du ein Bier trinken gehen?*

Ein paar Minuten später, als ich gerade die Hintertür abschloss, antwortete er. *Fuck, ja. Hab noch einen Termin, bin in 1 h da.*

Wenigstens würde ich etwas Gesellschaft haben.

Ein Bier und neunzig Minuten später ließ sich der sonst so pünktliche Seth auf den leeren Stuhl mir gegenüber fallen.

Ich schaute mit einer dramatischen Geste auf meine Uhr. „Was ist aus ‚eine Stunde' geworden?"

Er ächzte. „Oh mein Gott. Es war ..." Er hielt inne, um den Kellner herbeizuwinken, dann wandte er sich wieder mir zu. „Aus einem halbstündigen Schmetterling am Knöchel wurde eine neunzigminütige Tortur."

„Ernsthaft?"

Er nickte. „Ihr Freund hat ihr immer wieder gesagt, dass es wehtun würde, aber sie hat darauf bestanden, dass sie es genau dort haben will. Und dass sie keine Angst vor ein bisschen Schmerz hat. Also habe ich etwa fünf Minuten tätowiert, dann zehn Minuten Pause, in denen sie sich erholen konnte, wieder fünf Minuten tätowiert und so weiter."

Der Kellner tauchte neben uns auf. Seth bestellte eines der lokalen Spezialbiere, eines, das selbst ich noch nicht kannte. Als wir wieder allein waren, sagte er: „Ich habe ihr vorgeschlagen, mich heute den Umriss fertig-stellen zu lassen und dann später für die Ausarbeitung wiederzukommen. Auf keinen Fall, sie wollte es heute fertig haben, weil es sicher das letzte Mal sei, dass sie täto-wiert wurde."

„Aber, aber, Seth", sagte ich. „Seit wann bist du deinen Kunden gegenüber so mitleidlos?"

„Weil sie mich von meinem Bier abgehalten hat!"

Ich grinste. „Okay, guter Einwand."

Seth schmunzelte. „Na gut, so schlimm war sie nicht, aber heute war ein ‚Ich brauch ein verdammtes Bier'-Tag."

„Das Gefühl kenne ich", murmelte ich in meine Bierflasche.

Seths Getränk kam einen Moment später, und nachdem er einen Schluck genommen hatte, fragte er: „Also, hat Michael was mit dir angestellt?"

Nur der Gnade Gottes war es zu verdanken, dass ich nicht mit einem Mundvoll Bier in meinen Nebenhöhlen endete. Hustend und stotternd starrte ich Seth an. „Ich ... *was?*"

„Mit deiner Schulter." Er senkte das Kinn und ein Mundwinkel hob sich. „Was dachtest du denn, was ich meine? Seine Blowjob-Fähigkeiten?"

„Genau, so was in der Art." Ich lachte und hoffte, dass Seth keine verräterische Röte in meinem Gesicht sehen würde. „Aber um deine Frage zu beantworten, ja, er hat mir sehr geholfen. Der Mann ist ein Wundertäter."

„Das musst du mir nicht erzählen."

Natürlich hatte Michael schon eine Weile nichts mehr für meine Schulter getan.

Vielleicht sollte ich mir einen neuen Akupunkteur suchen. Die ganze Behandlung ohne die unerwiderte Lust. Das war etwas Weiteres, um das ich mich kümmern sollte, während ich nach einem neuen Mitbewohner suchte.

„Jason?" Seth wedelte mit einer Hand vor meinem Gesicht. „Alles in Ordnung?"

„Ja." Ich rieb mir den Nasenrücken. „Nur ... Beziehungskram, schätze ich."

„Was? Bereitet dir dieser Scheißkerl Wes wieder Sorgen oder was?"

Ich schüttelte den Kopf. „Nein, ich habe seit Ewigkeiten nichts mehr von ihm gehört." Mit finsterer Miene fügte ich hinzu: „Ich glaube, er ist ziemlich glücklich mit seinem Sugardaddy.“

„Arschloch. Ich schwöre, wenn er nach Tucker Springs zurückkehrt, werde ich ihm ‚Depp‘ auf die Stirn tätowieren.“

Ich kicherte. „Ich werde ihn für dich festhalten.“

„Abgemacht.“ Er nahm einen Schluck und stellte die Flasche ab, ohne sie loszulassen. „Also, was ist los?“

„Nichts, was ein paar weitere Bier nicht heilen könnten“, sagte ich tonlos.

„Aha.“ Er nahm seinen berühmt-berüchtigten lächerlichen deutschen Akzent an. „De’ Doktor isch da. Erzähl’n Se mir *alles* drübe’.“

Ich atmete aus und drückte die Bierflasche gegen meine Stirn. „Sagen wir einfach, dass ich in diesem Haus den *Verstand* verliere.“

„Wirklich? Ich dachte, mit Michael ließe es sich gut leben. Und sein Kind ist nur die Hälfte der Zeit da.“

„Oh, das ist auch so.“ Ich ließ die Flasche sinken. „Mit Dylan habe ich kein Problem. Es geht um Michael.“

Seth legte die Stirn in Falten. „Was? Ihr zwei kommt nicht miteinander aus?“

„Doch, tun wir.“ Ich schüttelte den Kopf und starrte auf den Tisch zwischen uns. „Das tun wir definitiv.“

„Dann …?“

„Du kennst das doch, wenn du auf jemanden abfährst und –“

„Oooh.“ Er grinste. „Mit Michael zusammenzuleben muss, ähm, schwer sein. Er ist definitiv ein Hingucker.“

„Ja. So ungefähr.“ Ich nahm mein Bier wieder in die Hand und murmelte, bevor ich einen Schluck nahm: „Und wenn ich schlau gewesen wäre, hätte ich mich aufs Gucken beschränkt.“

„Was meinst du damit?"

„Ich meine, dass jetzt alles verdammt seltsam ist." Ich schwenkte müßig mein Bier, als wäre es ein Glas Wein. Mit einem bitteren Lachen fügte ich hinzu: „Ich hätte es kommen sehen müssen."

Verwirrung vertiefte die Falten zwischen Seths Augenbrauen. „Ich verstehe nicht ..." Dann blinzelte er. „Moment mal, *was?*"

Und mein Herz sank. Die Flasche in meiner Hand tat es auch fast. „Oh *fuck.*"

„Du ... und Michael ..." Seths Augen weiteten sich langsam. „Willst du mir sagen, dass Michael schwul ist?"

„Aber, ich meine, mein Sohn weiß es nicht. Und Seth auch nicht."

Ich schaffte es gerade noch, die Flasche abzusetzen, bevor ich sie fallen ließ, und ließ das Gesicht in meine Hand sinken. „Scheiße. Es tut mir so leid, Seth. Ich ... habe nicht nachgedacht."

„Ich bin sicher, dass ich nicht fragen muss, aber du wirst ... diskret sein?"

Michael würde mich umbringen. Und das zu Recht. Verdammt, wie konnte ich nur so dämlich sein?

Seths Stuhl knarrte, und als ich aufblickte, hatte er sich zurückgelehnt, den Blick abgewandt und starrte ohne Fokus auf den Boden. Ungläubigkeit hatte sich in die Falten auf seiner Stirn gegraben. Wenn es einen Menschen auf der Welt gab, der verstehen konnte, warum sich jemand nicht outen wollte, selbst einem engen Freund gegenüber, dann war es Seth, aber er war definitiv fassungslos und er musste gekränkt sein. Und warum auch nicht? Das war etwas, das er nicht von mir hätte erfahren sollen.

Scheiße ...

„Es tut mir so leid", sagte ich erneut.

Seth winkte mit einer Hand. „Es ist nicht deine Schuld. Und ich bin nicht, ich meine, ich bin nicht sauer. Ich bin nur ein bisschen verblüfft." Mehr zu sich selbst murmelte er: „Ich kann nicht glauben, dass er es mir nie gesagt hat."

„Oh Gott", flüsterte ich. „Michael wird stinksauer sein."

„Hör zu, die Katze ist bereits aus dem Sack. Ich schwöre bei meinem Leben, dass ich Michael kein Wort davon erzählen werde. Aber was ist denn jetzt zwischen euch los?" Er beugte sich etwas näher heran und legte den Kopf schief. „Habt ihr was am Laufen oder wie?"

„Irgendwie schon." Scham erzeugte einen Knoten in meinem Magen. „Wir haben angefangen, dann haben wir aufgehört, dann haben wir ..." Ich schüttelte den Kopf. „Scheiße, ich weiß es nicht einmal."

Seth strich mit dem Daumen über sein Kinn. „Habt ihr miteinander geredet?"

„Wiederholt."

Er sagte einen Moment lang nichts, dann schüttelte er den Kopf. „Ich weiß nicht, was ich dir sagen soll. Ich kann mir nicht vorstellen, dass es euer Zusammenleben einfacher macht."

„Nein", sagte ich. „Ganz und gar nicht. Aber die Situation hat sich irgendwie von selbst gelöst." Ich drückte die kalte Flasche wieder an meine Stirn. „Michael sucht sich eine andere Bleibe. Ich schätze, dass er in den nächsten Wochen weg ist."

„Wow. Verdammt." Seth trommelte mit den Fingern auf den Tisch. In ruhigem Ton und mit einem deutlichen Mangel an Begeisterung sagte er: „Viel Glück."

„Danke."

Sein fehlender Rat half nicht gegen die Schuldgefühle in meiner Magengrube. Normalerweise konnte Seth Einblicke geben wie kein anderer; für einen alleinstehenden Mann verfügte er über enorme Weisheit in Bezug auf Liebe und Lust. Aber dieses Mal nicht.

Wir wechselten zu angenehmeren Themen, aber Seth entspannte sich nicht. Wann immer eine Pause entstand, wurde seine Miene distanziert, und wenn er lachte, wirkte es halbherzig. Ich konnte nicht entscheiden, ob er wütend oder verletzt war oder versuchte, die Information zu verarbeiten, und ich fragte nicht nach. Das mochte feige sein, aber ich hatte Angst davor zu hören, wie sehr ich zu allem Überfluss auch noch das vermasselt hatte. Vor allem, weil sich meine Eingeweide in schuldbewusste Knoten verdrehten.

Nachdem Seth sein zweites Bier getrunken hatte, musste er zurück in sein Tätowierstudio, um noch ein paar Dinge zu erledigen, bevor er Feierabend machte. Ich bezahlte seine Getränke, wir schüttelten uns die Hände und er brach auf.

Während er davonging, stützte ich die Ellbogen auf den Tisch und legte die Stirn in meine Hand. Ein ungutes Gefühl machte sich hinter meinen Rippen breit. Ja, das würde die Situation sicher vereinfachen.

Michael, ich möchte wirklich wieder mit dir schlafen, und übrigens? Ich habe dich gerade vor deinem besten Freund geoutet. Mein Fehler. Also, hast du ein Kondom zur Hand?

Oh Gott. Ich konnte nicht glauben, dass ich das getan hatte. Ich wusste nicht einmal, wie ich es ihm erklären sollte, ohne wie der rücksichtslose Trottel zu klingen, der ich war. Ich hatte eine Gelegenheit gesehen, mit jemandem zu reden, der mich verstehen könnte, um vielleicht die ganzen wirren Gedanken in meinem Schädel auf die Reihe zu bekommen, und hatte dabei Michaels Vertrauen völlig verspielt. Mein Leben war zurzeit einfach nur ein Haufen Scheiße.

Ich wusste nicht, wie ich das wiedergutmachen sollte, aber um seiner und meiner geistigen Gesundheit willen war es gut, dass er auszog. Hoffentlich eher früher als später.

Alles, was ich wusste, war, dass ich nicht mehr mit ihm zusammenleben konnte, nachdem wir so weit gekommen waren und dann aufgehört hatten.

KAPITEL 18

Scheiße. Nicht heute Nacht. Bitte, bitte, nicht heute Nacht.

In der Dunkelheit starrte ich an die Decke, während ich mir die Schulter rieb. Ich hatte keine Ahnung, wie spät es war, und die Verspannung in meinem Nacken hielt mich davon ab, den Kopf zu drehen, um auf die Uhr zu schauen. Wahrscheinlich ein oder zwei Uhr nachts, denn ich bezweifelte, dass ich lange geschlafen hatte.

Ich hätte wissen müssen, dass das passieren würde. Ich war gestern Nacht schon unruhig gewesen, hatte verzweifelt nach etwas gesucht, um meine Hände und meinen Geist bei der Arbeit zu beschäftigen, und ich hatte mit den anderen Jungs eine Ladung Alkohol abgeladen. Und das Hinterzimmer umgeräumt. Und im Allgemeinen viel mehr getan, als ich eigentlich hätte tun sollen.

Ich schloss die Augen und machte langsame, tiefe Atemzüge, während ich mir vorsichtig die Schulter rieb. Der Schmerz war tief, als hätte mir jemand ein Messer hinter das Schlüsselbein und in den Brustkorb gestoßen. Selbst das Atmen tat weh.

Scheiße. Scheiße. *Scheiße.*

Die leere Dusche rief mich aus dem Badezimmer zu sich. Ebenso wie die Schmerztabletten in der Schublade neben dem Kühlschrank. Jede Ecke im Haus lockte und versprach jene euphorische Erleichterung, die nur Menschen mit chronischen Schmerzen verstehen konnten.

Aber wenn ich mich bewegte, wenn ich ein Geräusch verursachte, riskierte ich, Michael zu wecken. Und er würde mich finden und darauf bestehen, mich zu behandeln, und ich würde ihn nicht abweisen können, denn *egal was*, es wäre besser als nichts, selbst wenn Michaels bloße Anwesenheit erneute Anspannung in mir aufsteigen lassen würde.

Ich knetete meinen Nacken und meine Schulter, bis mir die Hand wehtat, aber es half nicht im Geringsten. Ranken aus leuchtendem, scharfkantigem Rot fächerten sich vom ersten Krampf aus auf, wanden sich um meine Wirbelsäule, schlängelten sich meinen Hals hinauf und krochen zu meiner anderen Schulter. Übelkeit erhöhte meinen Speichelfluss und ich verkrampfte den Kiefer.

Ich bewegte mich nicht. Ich ging nicht duschen. Keine Pillen, keine Suche nach dieser irrationalen momentanen Erleichterung, wenn ich meine Schulter in eine scharfe Kante drückte.

Ich würde es in ein paar Stunden bereuen, aber ich konnte Michael nicht gegenübertreten.

Nicht heute Nacht.

Mir blieb nur noch, darum zu beten, dass der verdammte Schmerz aufhörte, denn *das* war ja in der Vergangenheit so wirksam gewesen.

Es kam mir in den Sinn, dass ich Michael gar nicht erst kennengelernt hätte, wenn es jemals funktioniert hätte, den Schmerz wegzuwünschen. Wäre das gut gewesen? Im Moment wusste ich es nicht. Er hatte sowohl meine körperlichen als auch meine finanziellen Qualen gelindert, aber er ließ mich aus ganz anderen Gründen nachts wach liegen, und diese Gründe lagen weder in seiner noch in meiner Hand. Ich wollte es. Er wollte es. Wenn er es nicht wollen würde, wäre es nicht so gottverdammt schwer für uns, uns voneinander fernzuhalten.

Und jetzt war ich hier. Und er war hier, am anderen Ende des Hauses, wahrscheinlich tief schlafend hinter seiner geschlossenen Tür, gegenüber vom Zimmer seines Sohns.

„Wenn es wieder so schlimm ist", hatte er gesagt, *„zögere nicht, mich zu wecken."*

„Ich weiß das Angebot zu schätzen, aber ich bezweifle, dass ich dich mitten in der Nacht stören würde, es sei denn, das Haus brennt."

„Nun, das Angebot steht. Besser so, als die Nacht damit zu verbringen, dir mit einer scharfen Ecke blaue Flecken zu verpassen."

Das Angebot stand.

Und ich hatte Schmerzen.

Aber ich störte ihn nicht.

Ich war noch wach, als Michael gegen halb acht zur Arbeit ging. Jetzt, da er nicht mehr da war, konnte ich ein bisschen aktiver werden, um den Schmerz loszuwerden, als mir nur zu wünschen, er würde meine Muskeln verlassen.

Tabletten. Heiße Dusche. Wärmekissen. Aufsetzen. Hinlegen. Mehr Tabletten. Noch eine Dusche. Wieder das Wärmekissen. Selbst die Mauerkante half dieses Mal nicht; sie verschlimmerte den Schmerz nur, ohne den seligen Moment der kurzzeitigen Erleichterung. *Nichts* half.

Wie zum Teufel sollte ich heute Abend zur Arbeit gehen? Scheiße. Ich konnte meinen Job nicht machen. Ich konnte nicht mit meinem Mitbewohner zusammenleben.

Ich bekam keine verdammte Luft mehr, wegen der Schmerzen und des Stresses und ... Himmel, wegen jeder gottverdammten Sache in meinem Leben.

„Scheiße", murmelte ich und drückte das lauwarme Wärmekissen gegen meine Schulter. Das war nicht gut, und wenn Michael nach Hause kam, konnte ich nichts davon verbergen. Wenn er es mitbekäme, würde er fragen, warum ich angespannt war, und ich müsste ihm entweder eine blödsinnige Ausrede auftischen oder es zugeben, und das würde nicht passieren. Ich musste mich einfach nur ruhig verhalten zwischen dem Zeitpunkt, an dem er nach Hause kam, und dem Zeitpunkt, an dem ich in den Club musste. Völlig machbar. Hoffte ich.

Ich war gerade mit der hundertsten Aufwärmung des Hot Packs seit heute Morgen fertig und näherte mich dem Ende des Wirkungsbereichs meiner dritten Schmerztablette, als er nach Hause kam. Schnell flüchtete ich in mein Schlafzimmer, bevor er und Dylan hereinkamen.

Um halb zehn bekam ich langsam einen Lagerkoller. Ich musste in den Club, bevor meine Angestellten den Laden zerlegten.

Im Haus herrschte seit einer guten Stunde Totenstille. Dylan war schon vor einer Weile ins Bett gegangen und Michael hatte keinen Mucks von sich gegeben. Ich wartete so lange wie möglich und vergewisserte mich, dass sich beide zur Nachtruhe zurückgezogen hatten oder zumindest so lange außer Sichtweite waren, dass ich schnell die Flucht antreten konnte, und verließ dann mein Schlafzimmer.

Mit vorsichtigen und leisen Schritten ging ich die Treppe hinunter. Im Wohnzimmer leuchtete noch eine Lampe, aber ansonsten war dieser Teil des Hauses dunkel. Ich schaltete das Licht in der Küche ein, nahm meine Schlüssel und –

„Jason."

Ich wäre fast aus der Haut gefahren, was einen Schwall Schmerz in meinen Nacken und Arm sandte. Zusammenzuckend drehte ich mich um und sah ihn an, als er mir in die Küche folgte.

„Michael." Ich atmete aus. „Großer Gott, du hast fast mich zu Tode erschreckt."

Die Arme vor der Brust verschränkt musterte er mich. „Du hast Schmerzen, nicht wahr?"

Ich biss die Zähne zusammen. „Mir geht es gut."

„Verarsch mich nicht."

Ich hätte wissen müssen, dass ich nichts vor ihm verbergen konnte.

Ich wich seinem Blick aus und sagte: „Meine Schulter tut weh. Das kommt vor. Mach dir deswegen keinen Kopf."

„Ist das ..." Er machte eine Pause. „Heilige Scheiße, Jason. Du bist ein Wrack, oder?"

Ich widerstand dem Drang, mir den Nacken zu reiben. „Es geht mir *gut*."

„Den Teufel tut es. Das kann ich von hier aus sehen." Er senkte das Kinn und betrachtete mich auf diese Weise, die mir sagte, dass ich damit nicht durchkam. „Du hältst deinen Arm nur dann so schützend an deine Seite, wenn du wirklich Schmerzen hast." Er runzelte die Stirn und ließ den Blick zu meiner Schulter wandern. „Hast du es irgendwie verschlimmert?"

Außer, dass ich mich völlig unter Stress setze? Wegen körperlicher Aktivitäten, die ich gerne ausüben würde, aber nicht kann?

Ich räusperte mich. „Definiere ‚verschlimmern'."

Ich dachte, er würde mir die Leviten lesen, weil ich etwas getan hatte, was ich nicht hätte tun sollen, obwohl ich es verdammt noch mal besser wusste, aber er lachte nur leise und schüttelte den Kopf.

„Und ich dachte, ich bin stur", sagte er. „Also gut, was hast du getan?"

Ich grinste verlegen. „Ich habe im Club geholfen, eine Ladung Alkohol abzuladen."

Michael verdrehte die Augen. „Ernsthaft?"

Ich nickte.

„Wie schlimm ist es?", fragte er.

Ich schluckte. „Es ist ... ziemlich schlimm."

Er zeigte mit einer scharfen Geste aufs Wohnzimmer. „Du weißt, wie es läuft. Ich gehe meine Sachen holen."

Ich stellte mich breitbeinig hin. „Ich weiß das zu schätzen, Michael, wirklich, aber ich *muss* jetzt zur Arbeit." *Und ich kann das nicht. Nicht jetzt.*

„Hast du einen Schichtleiter?"

„Na ja, könnte man so sagen. Die Barkeeper, die schon eine Weile da sind, haben inoffiziell die Aufsicht."

„Meld dich krank." Sein Gesichtsausdruck verhärtete sich. „Ärztliche Anweisung."

„Ich glaube mich zu erinnern, dass ich meine Termine abgesagt habe, also ist das –"

„Willst du wieder die ganze Nacht Schmerzen haben?"

Ich zog eine Augenbraue hoch. „Wieder?"

„Glaubst du, ich weiß nicht, dass du letzte Nacht nicht geschlafen hast?" Er legte den Kopf schief und starrte mich nieder.

Ich schluckte schwer, schaute weg und verlagerte das Gewicht. „Tut mir leid, wenn ich dich wachgehalten habe."

„Mach dir deshalb keine Sorgen", sagte er in einem sanften Tonfall. „Aber spiel nicht den Märtyrer, wenn wir beide wissen, dass ich dir helfen kann." Er machte eine

Pause. „Vielleicht ist es auf Dauer nicht gut, mich als Akupunkteur zu haben, aber heute Abend ...“

Ich schloss die Augen und ließ einen langen Atemzug durch die Nase entweichen. Verfickte Schulter. Mittlerweile war der Schmerz schlimmer als die Spannung zwischen uns, und selbst wenn ich zuließ, dass er mich berührte, würde mich das nicht genug erregen, um die Erleichterung auszugleichen, die mir die Akupunktur verschaffen würde.

Verzweifelte Zeiten, verzweifelte Maßnahmen.

Ich holte mein Handy heraus und wählte die Nummer des Clubs.

„Lights out, Brenda am Apparat.“

„Brenda, ich bin's, Jason.“

„Oh, hey, Boss. Was gibt's?“

Ich schaute Michael an und räusperte mich. „Hör mal, würdest du heute Abend für mich abschließen und aufpassen, dass sich alle benehmen? Ich brauche ...“

„Brauchst du einen freien Abend?“

„Ich ... Nun ja, ich muss ...“

„Ich übernehme für dich“, sagte sie. „Mach dir keine Sorgen.“

Ich atmete aus. „Na gut. Dann sehen wir uns morgen Abend.“

„Gute Nacht, Boss. Ich hoffe, es geht dir bald besser.“

„Danke.“ Erst nachdem ich aufgelegt hatte, fiel mir auf, dass ich ihr nicht gesagt hatte, warum ich nicht kommen würde. Sogar meine verdammten Angestellten wussten, wenn ich zu starke Schmerzen hatte, um zu funktionieren. Wahrscheinlich, weil das der einzige Grund war, warum ich mich je abmeldete.

Nein, meine Schulter bestimmte nicht mein Leben. Ganz und gar nicht.

Zu Michael sagte ich: „Nun gut. Ich habe diese Nacht frei."

„Gut. Hemd aus, Schuhe aus, ab auf die Couch. Ich hole meine Sachen."

Ich zog meine Schuhe aus und, mit einiger Mühe, mein Hemd. Wie beim ersten Mal, als er mich zu Hause behandelt hatte, legte ich mich auf den Bauch auf die Couch, stützte den Kopf auf meinen guten Arm und hielt den anderen an meiner Seite.

Michael kam mit seinen Sachen zurück und setzte sich neben mich.

Ich erschauerte, als seine Hand meine Haut berührte, aber er schien es nicht zu bemerken. Jedenfalls reagierte er nicht. Nein, er war heute Abend zu hundert Prozent professionell. Dr. Whitman, nicht Michael. Wie er dazwischen wechseln konnte und so tat, als wären wir nie etwas anderes gewesen als Arzt und Patient, würde ich nie verstehen. Wir lebten zusammen (im Moment), wir waren Freunde (hoffentlich) und wir hatten miteinander gevögelt (leider).

Aber offenbar hatte Dr. Whitman nie mit mir geschlafen.

Er stach eine Nadel in meine Haut.

Ich zuckte zusammen und holte tief Luft. Normalerweise taten sie nicht sehr weh, aber dieses Mal brannte es. „Fuck ..."

„Tut mir leid. Wird es besser?"

Das erste Brennen war heftig, ebenso wie der darauffolgende Schmerz, aber nach einem Moment ließ er nach. „Ja, es wird schon besser." Ich ließ einen langen Atemzug entweichen.

„Gut." Er setzte eine weitere Nadel in der Nähe meines Halses an. „Warum hast du mich letzte Nacht nicht geweckt?" Er stupste sie an ihren Platz. „Es hat keinen

Sinn, dich den ganzen Tag elend zu fühlen, wenn das nicht sein muss."

„Du musstest heute arbeiten. Das konnte ich dir nicht antun."

„Aber wenn du solche Schmerzen hast ..." Michael schnalzte mit der Zunge. „Mein Gott, Jason, ich kann dich nicht so leiden lassen, wenn ich etwas dagegen tun kann."

Ich sagte nichts und ließ ihn die Nadeln anbringen. Einige davon taten weh, andere nicht. So verrückt es auch war, das Brennen machte mir nichts aus; es gab mir etwas, woran ich denken konnte außer an seine Finger auf meiner Haut. In der Not war ich nicht wählerisch.

Nachdem die Nadeln gesetzt worden waren, ließ Michael mich eine Weile in Ruhe. Auf eine masochistische, von Stolz getriebene Art und Weise hoffte ich fast, dass der Schmerz nicht nachlassen würde. Ich wollte nicht, dass er recht hatte und dies die Lösung war, da es indirekt auch die Ursache war.

Doch trotz meiner sturen Gedanken entspannten sich die Muskeln allmählich. Sie taten weh, brannten an manchen Stellen fast, aber die grellroten Krallen lockerten langsam ihren Griff. Als er zurückkam, war meine Schulter erträglich wund und mein Hals nicht mehr voller Stahlseile. Nur die schlimmsten Knoten blieben, wie winzige Einschusslöcher in der Mitte der Muskeln.

„Die Nadeln bleiben noch ein paar Minuten drin, aber ich werde diesmal eine andere Technik ausprobieren."

„Waterboarding als Ergänzung zur Autobatterie?"

„Nur wenn das hier nicht funktioniert." Er griff nach etwas auf dem Couchtisch. „Außerdem habe ich die Autobatterie nicht hier, also muss das reichen."

Ich schaute nach hinten und drehte den Kopf so weit, wie es meine Lage und Steifheit zuließen. In der einen

Hand hielt er ein Feuerzeug. In der anderen etwas, das verdächtig nach einem sehr großen Joint aussah: dünnes weißes Papier, das um einige Kräuter gewickelt und an einem Ende verdreht war, aber etwa sieben oder acht Zentimeter lang. Hätte es sich tatsächlich um einen Joint gehandelt – ich nahm an, dass es keiner war, aber was wusste ich schon? –, dann wären jedem Studenten in der Stadt vor Neid die Tränen gekommen.

„Ich werde deine Haut damit nicht berühren." Er schnippte das Feuerzeug an und hielt es an das offene Ende. „Du wirst etwas Hitze spüren, aber ich werde dich nicht verbrennen."

„Das ist gut zu ..." Ich schnüffelte und legte den Kopf wieder auf meinen Arm. „Ist es das, was ich denke, das es ist?"

Michael lachte, als er das Feuerzeug mit einem leisen Klicken auf den Couchtisch legte. „Nein, das ist kein Marihuana."

„Bist du dir da sicher?"

„Ja. Und ich kann dir versichern, du bist nicht der Erste, der das denkt."

„Hat es die gleiche Wirkung?"

„Ich wünschte, es wäre so."

Da sind wir schon zwei.

„Wie gesagt, ich werde das nur dicht an deine Haut halten. Es wird dich nicht berühren, also wird es nicht brennen." Er legte eine Hand auf meine andere Schulter und eine Sekunde später erwärmte eine intensive Hitze das Zentrum des schlimmsten Muskelkrampfs.

Instinktiv versuchte ich, mich von der Hitze zu entfernen, aber Michaels Hand hielt mich fest.

„Ich werde dich nicht verbrennen, versprochen. Entspann dich."

Ich schloss die Augen, atmete aus und widerstand dem Drang, erneut zurückzuzucken, als die Wärme näher an meine Haut kam. Die Hitze war nicht unangenehm, aber nah dran. Ähnlich wie bei den heißen Duschen, die ich nahm, um den Schmerz zu lindern – *genau* an der Grenze von zu heiß.

Aber entspannen? Fehlanzeige. Und das hatte nichts mit dem schwelenden Quasi-Joint zu tun, der gefährlich nahe an meine Haut gehalten wurde. Mit Michael im Zimmer konnte ich nicht einmal ruhig atmen.

Die Spannung in meiner Schulter wurde wieder stärker, daher zwang ich mich, nicht an den Mann zu denken, der neben mir saß. Ich räusperte mich. „Also, was genau bewirkt das?"

„Man nennt das Moxibustion." Seine Hand wanderte von meiner verletzten Schulter zur Seite meines Halses, und obwohl er weiterredete, war der einzige Teil seiner Erklärung, den ich mitbekam, etwas über die Hitze, die Giftstoffe herauszog. Der Rest trat in den Hintergrund und erreichte nie meine Synapsen, während ich mich auf die sich bewegende, nicht-wirklich-brennende Hitze und die vergleichsweise kühle Präsenz seiner Hand auf meiner Haut konzentrierte. Seine Stimme trug zu dem beruhigenden, fast hypnotisierenden Effekt bei. Ich verstand vielleicht nicht, was er sagte, aber Michaels Tonfall knetete die Verspannungen in meinem Nacken und meiner Schultern weg, genau wie die Hitze, die Nadeln und seine Hand.

Dann hörte die Hitze auf. Michaels Hand verließ meine Haut. Ich blinzelte ein paar Mal und kehrte langsam auf die Erde zurück.

Er zog die Nadeln heraus und tupfte ein oder zwei ab, die wohl ein wenig bluteten. Als er fertig war, fragte er: „Wie fühlst du dich?"

„Viel besser." Ich setzte mich langsam auf. „Danke."

„Gern geschehen. Wenn du das nötig hast, brauchst du nur zu fragen."

„Danke." Ich senkte den Blick und griff nach meinem Hemd.

„Geht es dir gut?", fragte er. „Abgesehen von deiner Schulter, meine ich?"

Ich schloss die Augen. Allein der Gedanke an eine Antwort schickte neue Spannung in meine Muskeln. Ich neigte den Kopf, um meinen Hals zu strecken, und zuckte ein paar Mal mit den Schultern, um sie zu lockern.

„Jason?"

Seufzend rieb ich mir die Schläfen. „Ich bin frustriert." Ich lachte humorlos. „Ich schätze, in den letzten ein oder zwei Jahren ist das wohl mein natürlicher Zustand."

„Wegen etwas Bestimmtem?" Sein Ton war vorsichtig.

„Nur der übliche Mist. Nichts Ungewöhnliches." Ich seufzte und zog mein Hemd an. „Wie auch immer, noch mal danke." Ich machte mich daran aufzustehen.

„Jason, warte."

Seine sanfte Stimme ließ mich innehalten und ich sank zurück auf die Couch.

„Hm?"

„Kann ich irgendetwas tun?"

Ich kaute auf meiner Lippe. War das seine Art, das Gespräch in Gang zu bringen, das ich mich nicht getraut hatte zu beginnen? Die *Wir verlieren beide gleich den Verstand, also scheiß auf die Kündigungsfrist – verpiss dich sofort, damit wir mit unserem Leben weitermachen können-*Diskussion?

„Irgendeine Idee?", fragte ich. *Du bist am Zug.*

„Mir fallen ein paar Sachen ein." *Jetzt wieder ich.*

„Wie zum Beispiel?" *Nein, du bist dran.*

„Sag du es mir." *Du*.

Ich machte ein finsteres Gesicht. Er hatte also das Gespräch begonnen, aber er hatte nicht vor, es mir leicht zu machen. Große Überraschung.

„Ich weiß nicht, ob es etwas gibt, das irgendjemand tun *kann*, solange wir beide noch hier wohnen. Mich eingeschlossen." Ich atmete schwer aus und die Worte strömten aus mir heraus, schnell und wütend. „Das ist der Punkt, an dem ich völlig frustriert werde. Es ist nicht ja so, dass ich die ganze Welt will, weißt du? Ich will nur ein paar einfache Dinge, die wirklich nicht zu viel verlangt sein sollten, und ..." Ich rieb mir mit den Händen übers Gesicht. „Gott, es tut mir leid. Ich bin einfach nur frustriert. Ich will ..."

Denim glitt über die Polster, als sich Michael auf der Couch neben mir bewegte. „Was willst du?"

Ich schloss die Augen und rieb mir die Schläfen. „Nur, du weißt schon, ein kleines bisschen Stabilität. Ein kleines bisschen Frieden. Ich will, dass meine Schulter aufhört, mir das Leben zur Hölle zu machen, und ich will ..." Ich unterbrach mich und biss mir buchstäblich auf die Zunge, um den Gedanken für mich zu behalten.

Seine Stimme war leise, als er fragte: „Was, Jason?"

„Nichts." Ich ließ die Hände sinken und schüttelte den Kopf. „Mach dir darüber keine Gedanken."

„Jason. Erzähl mir den Rest. Was ist es? Was willst du noch?"

Verdammt noch mal, Michael, du weißt genau, was ich will.

Ich schaute ihn nicht an. „Dich."

Er setzte sich gerader hin, und obwohl ich ihm nicht ins Gesicht sehen konnte, hätte ich schwören können, dass ich spüren konnte, wie sich seine Augen weiteten. „Was?"

„Bist du wirklich überrascht?"

Er atmete aus.

„Nicht, dass es eine Rolle spielt. Jetzt habe ich es gesagt." Ich schluckte schwer und zwang mich, mich zu ihm umzudrehen. „Ich will dich. Und ich kann mich nicht dazu durchringen, einen Scheiß darauf zu geben, warum ich es nicht sollte. Das, was wir tun oder nicht tun oder doch tun, macht mich *wahnsinnig*."

Michael befeuchtete seine Lippen. „Deshalb ziehe ich aus. Es macht mich auch irre."

„Ich weiß. Und das sage ich mir auch immer wieder." Ich lachte verbittert und schüttelte den Kopf. „Wahrscheinlich ist es ganz gut, dass wir das hinter uns lassen, anstatt ..." Gott, allein der Gedanke daran tat weh.

„Anstatt was, Jason?"

Ich senkte den Blick. „Du weißt ganz genau, womit ich es zu tun habe." Ich deutete auf meine Schulter.

„Und?" Er rutschte hin und her. „Was hat das damit zu tun, dass wir, äh, einander wollen?"

Ich sah ihm in die Augen. „Schalt den Arzt für eine Minute ab. Denk mal darüber nach."

Er blinzelte und schüttelte den Kopf. „Ich kann dir nicht folgen."

„Wie lange würdest du das wirklich aushalten?" Ich rollte mit der Schulter und tat so, als würde sie nicht *schon* wieder steif werden. „Weil es nicht nur mein Leben bestimmt. Wer auch immer mit mir zusammen ist, muss auch damit klarkommen." Ich zuckte mit der anderen Schulter. „Deshalb hat mich mein Ex verlassen."

Michaels Augenbrauen hoben sich. „Und du denkst, dass ich deshalb weggehe? Weil ich nichts mit deinen chronischen Schmerzen zu tun haben will?"

„Nein. Nein. Ich ... ich schätze, ich habe Angst, etwas zu verlangen, weil ich nicht glauben kann, dass es später nicht enden wird wegen ..." Ich tippte mir auf die Schulter.

„Mein Gott." Michael schüttelte den Kopf. „Das ist .... Ich hoffe wirklich, dass du mich für besser hältst als das."

„Es geht nicht darum, jemanden für besser oder schlechter zu halten. Es ist die Hölle für mich, damit zu leben. Ich erwarte nicht, dass es für andere einfach ist, damit zu leben, verstehst du?"

„Dein Ex war ein Idiot", knurrte er. „Er hatte offensichtlich keine Ahnung, was er an dir hatte." Michael schluckte. „Ich kann mir beim besten Willen nicht erklären, warum er dich verlassen hat, und so sehr ich es auch versucht habe, ich kann nicht aufhören, mir zu wünschen, dass es mit uns klappt."

Mein Herz setzte einen Schlag aus. Ich schaute ihm in die Augen. „Du ... du kannst nicht damit aufhören?"

„Nein." Er atmete tief ein und nahm meine Hand. „Ich weiß nicht einmal, wie viel Schlaf ich deswegen verloren habe. Ich will dich. Mit kaputter Schulter und allem."

„Aber warum ..." Ich schlang meine Finger um seine. „Warum kämpfen wir dann weiter so dagegen an?"

Er schüttelte den Kopf, sagte aber nichts.

„Ich weiß, dass du deinen Sohn beschützen willst", sagte ich sanft. „Und ich möchte ihn auch nicht verwirren oder verärgern. Aber Michael ..." Ich schluckte schwer. „Du bist auch hier. Und, ich weiß auch nicht, vielleicht willst du das nicht so sehr wie ich, aber wenn du es willst, warum halten wir uns dann zurück?"

„Du weißt, warum."

„Ich weiß, welche Gründe du anführst." Ich holte tief Luft und hoffte, dass ich mich nicht auf zu dünnes Eis begab. „Aber ich frage mich, ob du wirklich deinen Sohn beschützt oder ob du dich selbst beschützt." Ich deutete auf die Decke über uns. „Denn er würde es nur erfahren, wenn wir mehr tun würden, als nur miteinander zu schlafen. Also ist das der einzige Grund, der mir einfällt, dies zu vermeiden, wenn du es genauso sehr willst wie ich ...“

Michael senkte den Blick. Eine ganze Minute verging, bevor er schließlich sagte: „Du hast recht. Es geht nicht nur um Dylan. Oder um die Tatsache, dass du mein Patient bist oder warst.“ Er stützte die Ellbogen auf die Knie und fuhr sich mit beiden Händen durch die Haare. „Es liegt an mir.“

„Wie meinst du das?“

„Bei dir war es das erste Mal, dass ich alle Zurückhaltung aufgab und das war, was ich so viele Jahre lang vorgab, nicht zu sein.“ Er ließ die Hände von seinem Haar in den Nacken gleiten. „Und da wir zusammenwohnen, bedeutete das, dass ich in Sachen Beziehung von einem Tag auf den anderen von Null auf Hundert kam, verstehst du? In dem einen Moment kann ich mir kaum eingestehen, dass ich schwul bin.“ Er ließ die Hände sinken und sah mich an. „Im nächsten lebe ich mit einem Mann zusammen, dessen Anwesenheit es mir fast unmöglich macht zu atmen.“

Apropos unmöglich zu atmen ...

Ich zwang Luft in meine Lunge und wollte etwas sagen, aber Michael kam mir zuvor.

„Du bist nicht der Einzige, der Dinge tut, um sein eigenes Leben zu verkomplizieren“, sagte er leise. „Und wenn wir ... Wenn die Sache schiefgeht ...“

Vorsichtig und zu jedem, der mir einfiel, betend, dass Michael nicht zurückschrecken würde, griff ich nach seiner Hand. Als er nicht auswich, verschränkte ich unsere Finger miteinander. „Willst du es denn?“

Er schaute mir in die Augen. „Natürlich will ich.“

„Dann ...?“

Er hielt meinen Blick fest.

Dann atmete er aus und sah auf unsere Hände hinunter. „Es gibt so viele Gründe, warum wir das nicht tun sollten." Sein Daumen strich über meinen. „Aber im Moment muss ich zugeben, dass sie alle verblassen im Vergleich zu dem Grund, warum wir es tun sollten."

Ich fuhr mit dem Fingerrücken an seinem stoppeligen Kiefer entlang. „Und der wäre?"

Er ließ seine Hand in mein Haar gleiten und einen Sekundenbruchteil, bevor sich unsere Lippen trafen, flüsterte er: „Weil ich es verdammt noch mal will."

Und dann küsste er mich.

Muskeln, von denen ich nicht einmal wusste, dass sie verkrampft waren, entspannten sich, als Michaels Lippen meine trafen. Mein Herzschlag beschleunigte sich nicht. Er verlangsamte sich und wurde von schnell und besorgt zu erleichtert und ruhig.

„Ich habe es so satt, verantwortungsbewusst zu sein", murmelte er. „Nur einmal möchte ich so tun, als würde der Rest der Welt nicht existieren, und das tun, was ich tun möchte."

„Warum ignorieren wir dann nicht den Rest der Welt", flüsterte ich, „und gehen nach oben?"

„Ich dachte schon, du würdest nie fragen."

KAPITEL 19

Oben an der Treppe angekommen zögerte Michael. Sein Blick wanderte zu der geschlossenen Tür, hinter der sein Sohn schlief. Als er mich wieder ansah, flüsterte er: „Wir müssen leise sein."

Ich nickte. „Werden wir auch sein." Ich zog ihn an mich und küsste ihn sanft. „Keine Sorge."

Ich ergriff seine Hand und führte ihn in mein Schlafzimmer, da wir uns damit am anderen Ende des Flurs von Dylans Zimmer befanden.

Sobald die Tür hinter uns geschlossen war, lagen wir uns wieder in den Armen, und ich hätte schwören können, dass der Raum von der Verzweiflung vibrierte, die daher rührte, dass ich so nahe an etwas war, das ich schon länger brauchte, als gut für den Verstand eines Menschen war. Mehr als einmal musste ich mir sagen, dass dies wirklich geschah. Selbst ihn zu sehen, zu schmecken, zu fühlen, reichte nicht aus, um es auch zu glauben, wenn ich mir so sicher war, dass ich träumte. Dass ich jeden Moment aufwachen würde.

Aber ich wachte nicht auf und Michael überlegte es sich nicht anders, und mit jeder Minute, die verging, mit jedem Moment, in dem ich mich an ihn klammerte und mich in seinem Kuss verlor, wurde es real. Es wurde real und mein Verlangen nach ihm stieg und wir klammerten uns nicht mehr an Klamotten, sondern versuchten, diese Klamotten loszuwerden.

Doch das Bedürfnis nach Stille bremste uns aus. Wir öffneten jeden Knopf, als ob eine falsche Bewegung Lichter und Sirenen auslösen könnte. Reißverschlüsse wurden langsam und heimlich heruntergezogen. Ich wagte es nicht, den Kuss zu unterbrechen, nicht einmal, um tiefer Luft zu holen, aus Angst, ein verdammtes Geräusch zu machen.

Und als jede trennende Stofflage entfernt war, sanken wir langsam und fast lautlos auf mein Bett. Meine Schulter tat noch immer weh, die Muskeln waren immer noch unangenehm angespannt, aber das hielt mich nicht davon ab, mit beiden Händen über ihn zu streichen.

Er stützte sich auf und erwiderte meinen Blick. Langsam fuhr er sich mit der Zunge über die Unterlippe und ich fragte mich, ob er noch Zweifel hatte.

Keine Zweifel, Michael, konnte ich mich nicht überwinden zu sagen, also legte ich meine Hand in seinen Nacken und zog ihn in einen Kuss.

Seine Lippen verließen meine und er küsste sich von meinem Hals zu meiner Brust hinunter. Als er sich weiter nach unten vorarbeitete, biss ich mir auf die Lippe und bemühte mich, ruhig zu bleiben, während die Vorfreude mich schier umbrachte.

„Oh Gott, Michael", flüsterte ich, als sein Mund meinen Nabel streifte. Ich tastete blind nach seinem Haar und als ich es fand, packte ich es sanft und massierte seine

Kopfhaut, denn ich musste ihn berühren, musste mich irgendwie an ihm festhalten.

Er stützte sich auf einen Arm und hielt den Ansatz meines Schwanzes in der anderen Hand, und sein Mund – oh fuck, sein Mund. Seine Zunge zog unglaubliche, atemberaubende Kreise um die Eichel, stimulierte mich, bis ich so erregt war, dass meine Nervenenden kurz davor waren, sich zu entzünden. Ich grub die Zähne in meinen Zeigefinger und kniff die Lider aufeinander, während ich mich zwang, keinen Laut von mir zu geben. Ich hielt so still, wie ich konnte, wagte nicht, mich zu bewegen, zu zucken oder gar zu atmen, aber Michael ließ mir fast keine Wahl, während er meinen Schwanz lutschte.

Vielleicht merkte er gar nicht, dass ich kurz davor war aufzuschreien, vielleicht war es ihm auch egal, denn er hörte nicht auf. Er pumpte mich mit einer Hand. Neckte mich mit seinen Lippen und seiner Zunge. Stöhnte so leise, dass ich es nur wegen der prickelnden Vibration an meiner Haut wahrnahm. Mein Gott, das konnte nicht enden, ohne dass ich zum Höhepunkt kam, und je mehr er meinen Schwanz bearbeitete, als ob *unerfahren* nicht einmal in seinem Wortschatz vorkäme, desto schneller trieb er mich der unvermeidlichen Erlösung entgegen.

Ich biss fester auf meinen Finger und kniff die Augen noch mehr zusammen. Oh fuck, er war unglaublich und ich stand so kurz davor, war so verdammt nah am Orgasmus, musste leise sein, so nah, *gib keinen Laut von dir, gib keinen Laut von dir, oh Gott, Michael ...*

Die Dunkelheit hinter meinen Augenlidern wurde weiß und der Damm brach. Als mein Orgasmus mich überrollte, ließ ich die Hand auf das Bett fallen, umklammerte die Laken und musste mir keine Sorgen machen, dass ich einen Laut von mir gab, denn all die aufgestaute Ekstase entkam meinen Lippen in einem einzigen, fast geräuschlosen Ausatmen.

Als sich mein Blick klärte und mein Rücken wieder aufs Bett sank, rutschte Michael auf mich. Er küsste mich, sein Mund salzig von meinem Sperma, und ich packte sein Haar und seinen Nacken, während ich ihn noch härter küsste. Ich wollte mehr. Brauchte mehr. Es spielte keine Rolle, dass ich immer noch von einem Orgasmus herunterkam, ich war so erregt, dass ich keine Luft mehr bekam.

Fick mich, bitte, fick mich, kreischten meine Gedanken, während ich mit zitternden Händen durch Michaels Haare fuhr. *Jetzt, bitte* ...

Schließlich gelang es mir, etwas zu sagen, aber „Kondom" war alles, was ich herausbrachte. Aber Michael verstand die Botschaft. Sobald ich das Wort gesagt hatte, erschauerte er und ächzte, als er seinen harten Schwanz an meine Hüfte drückte.

Wir setzten uns auf, hörten aber kaum auf herumzumachen und ließen nur voneinander ab, als es unbedingt sein musste. Irgendwie – ich werde nie wissen, wie – bekamen wir Kondom und Gleitgel in die Finger und schafften es, sie einzusetzen. Ich verteilte Gleitgel auf das Kondom und drückte dabei seinen Schwanz gerade so weit, dass ihm der Atem stockte, bis er mein Handgelenk packte und meine Hand mitten in der Bewegung stoppte.

„Ich kann es kaum erwarten", flüsterte er.

„Ich auch nicht." Ich küsste ihn. „Willst du, dass ich –"

„Das ist perfekt." Er beugte sich vor, küsste mich erneut und drückte mich mit seinem Gewicht auf den Rücken.

Meine Schulterblätter hatten gerade das Laken berührt, als er den Kuss unterbrach und sich aufsetzte. Er fuhr mit den Fingerspitzen an der Innenseite meines Oberschenkels entlang und ich spreizte die Beine. Mit gerunzelter Stirn legte Michael seinen Schwanz an. Die Kühle des Kondoms ließ meinen Puls in die Höhe schnellen, ebenso wie die Hitze seines Körpers, und ich fluchte leise, als er in mich eindrang.

Mein Gott, es gab nichts Intensiveres, als Michaels Schwanz so kurz nach einem Orgasmus aufzunehmen. Alle meine Nerven waren in höchster Alarmbereitschaft, ich nahm alles überdeutlich wahr, von seinen Lippen, die meine berührten, bis zu seinem dicken Schwanz, der tiefer in mich glitt.

Unsere Blicke trafen sich. Sofort kribbelten meine Lippen, weil sie seine vermissten, und ich griff nach ihm im selben Moment, als er sich zu mir hinunterbeugte, um mich zu küssen. Ich schlang die Arme um ihn, öffnete meine Lippen für seine Zunge und bemühte mich inständig, bei Bewusstsein zu bleiben, als sich seine Hüften in Bewegung setzten.

Leise stöhnend schob Michael die Arme unter mich und hakte seine Hände über meine Schultern. Langsam, fließend wiegte er das Becken und schob dadurch seinen Schwanz in mich hinein und zog ihn heraus, ohne dass das Bett unter uns auch nur ein leises Quietschen von sich gab. Unsere Lippen bewegten sich zusammen, unsere Körper ebenso, und die Stille verlangte nach Langsamkeit und die Langsamkeit ließ jede Bewegung, jede Berührung ewig dauern, bevor der nächste Moment des Kontakts die nächsten Nervenenden entzündete.

Seine Finger verkrampften sich auf meinen Schultern, während sein Kopf neben meinen sank. Heißer Atem strömte an meinem Hals vorbei. Jeder Muskel in seinem

Körper – zum Teufel, jeder Muskel in meinem – zitterte sowohl vor Anstrengung als auch vor der Beherrschung, die es brauchte, um weiter so langsam zu vögeln. Das Stöhnen, das er von sich gab und das meine Schulter und die Seite meines Halses wärmte, bestand zu gleichen Teilen aus Frustration und Ekstase, als wäre er nur ein „Scheiß drauf" davon entfernt, so hart in mich zu stoßen, dass es wehtat. Gleichzeitig klang er genauso weggetreten wie ich bei dieser Reizüberflutung in Zeitlupe.

Ein Zittern trieb ihn tiefer in mich. Ein weiteres wölbte seinen Rücken auf. Dann stemmte er sich auf den Armen hoch. Er warf den Kopf zurück, seine Augenbrauen zogen sich zusammen und sein Mund öffnete sich zu einem lautlosen, atemlosen Schrei, als er seinen Schwanz tief in mich stieß und kam.

Seine Ellbogen knickten ein und das Bett knarrte leise, als er sich auf mich sinken ließ. Ich schlang die Arme um ihn, schloss die Augen und kam genau wie er langsam zu Atem.

Nach einer Weile ging Michael ins Bad, um das Kondom zu entsorgen. Wir machten uns sauber und legten uns dann vorsichtig wieder ins Bett, als ob jedes Knarren der Matratze oder des Bettgestells der ganzen Nachbarschaft verkünden würde, dass wir zum zweiten Mal mehr als Mitbewohner gewesen waren.

Wir lagen nebeneinander, ein Laken über uns gezogen, die Hände sanft über noch heiße Haut gleitend, und sahen einander an. Die Luft zwischen uns war elektrisiert von einer Million Dinge, die darauf warteten, gesagt zu werden.

Wir hatten also diese Grenze überschritten. Ein weiteres Mal.

Da waren wir also. Ein weiteres Mal.

Was nun?

Ich leckte mir über die Lippen. „Hältst du das noch immer für eine gute Idee?"

Michael lächelte und strich mit den Fingern über die Seite meines Gesichts. „Ich frage mich langsam, wie ich jemals glauben konnte, dass es keine ist."

Ich lachte leise, als Erleichterung meinen Herzschlag wieder ein wenig verlangsamte. „Das habe ich mich auch schon gefragt." Ich wurde ernster und sagte: „Ich möchte, dass du bleibst, Michael."

Sein Lächeln verblasste. „Was ist, wenn das nicht funktioniert?"

„Dann werden wir uns damit befassen, wenn es so weit ist. Aber ich kann mir nicht einreden, dass es nicht einen Versuch wert ist."

Seine Augen verloren kurz den Fokus, dann schüttelte er den Kopf. „Kann ich auch nicht."

Ich verschränkte vorsichtig unsere Hände. „Alles, worum ich dich bitte, ist, dass du geduldig bist, wenn ..." Ich deutete auf meine Schulter.

„Werde ich sein, unter einer Bedingung."

Ich schluckte. „Okay ...?"

Er führte meine Hand an seine Lippen und küsste sie sanft. „Versprich mir, dass du um Hilfe bittest, wenn es wehtut."

Ich drückte seine Hand. „Mache ich. Versprochen."

Michael lächelte. Er hob den Kopf und drückte mir einen leichten Kuss auf die Lippen. Als er sich zurück auf das Kissen legte, sagte er: „Noch eine Sache. Wenn wir uns darauf einlassen ..." Er schloss die Augen. „Dann muss ich mit meiner Ex-Frau darüber reden."

Ich schnitt eine Grimasse. „Was glaubst du, wie sie es aufnehmen wird?"

„Ich weiß nicht, wie sehr sie sich darüber freuen wird.

Wenn du denkst, dass *meine* Erziehung verklemmt und konservativ war ...“ Er pfiff leise und wandte sich dann mir zu. „Ihre Eltern, meine, Seths – auch wenn unsere Eltern nicht ganz so irre waren wie seine, waren sie doch alle aus demselben beschissenen Holz geschnitzt.“

„Glaubst du, sie wird versuchen, dich davon abzuhalten, es Dylan zu erzählen?“

Er kaute einen Moment auf seiner Lippe, dann sah er mir in die Augen. „Möglich. Rechtlich gesehen kann sie mich nicht von irgendetwas abhalten, ohne mich vor Gericht zu zerren.

„Glaubst du, sie würde das tun?“

„Ich weiß es nicht. Wir verstehen uns gut, die Scheidung war einvernehmlich, aber das hier ...“ Er seufzte. „Das könnte ein bisschen zu viel für sie sein. Hoffentlich versucht sie nicht, Dylan deswegen von mir fernzuhalten. Ich bin mir ziemlich sicher, dass sie nicht so weit gehen würde, aber man weiß ja nie.“

„Ich schätze, wir hoffen das Beste“, flüsterte ich.

Michael nickte. „Und wenn es für dich in Ordnung ist, hätte ich gerne, dass du dabei bist, wenn ich mit ihr rede. Und dann, vorausgesetzt, das geht gut ... Dylan.“

„Bist du sicher, dass es eine gute Idee ist, wenn er weiß, dass wir ... sind, was wir sind? Ich meine, meine Mutter hat meine Geschwister und mich meinem Stiefvater vorgestellt, aber sie hat uns nicht gesagt, dass sie tatsächlich etwas miteinander hatten, bis sie sicher war, dass er noch eine Weile da sein würde.“

Er sah zu, wie sich unsere Finger zwischen uns verschränkten. „Und ich halte das für eine gute Vorgehensweise.“ Er schluckte hart, dann setzte er sich ein wenig auf und beugte sich herüber, um mich zu küssen. „Deshalb möchte ich, dass er es weiß.“

Mir stockte der Atem. „Wirklich?"

Michael nickte. „Es ist vielleicht noch zu früh, um an so etwas zu denken, aber ... mein Bauchgefühl ..." Er hielt inne und sammelte sich, bevor er fortfuhr. „Es wäre nicht so schwer gewesen, dem aus dem Weg zu gehen, wenn es nur um Sex gegangen wäre."

Mein Herz schlug schneller. „Das denke ich auch."

„Und ich weiß nicht, was es *ist*", sagte er, „aber was auch immer es ist, wenn wir uns darauf einlassen, dann bin ich es meinem Sohn schuldig, ehrlich zu sein. Ich möchte nicht, dass er mit dem Gedanken aufwächst, dass homosexuelle Beziehungen seltsam sind, und sie vor ihm zu verbergen, ist, als würde man zugeben, dass mit uns etwas nicht stimmt." Seine Finger glitten von meinem Gesicht in mein Haar. „Vor allem, weil ich glaube, dass mit uns eine ganze Menge *stimmt*."

„Und wenn es mit uns nicht klappt?"

„Dann werde ich ihm das genauso erklären wie das hier." Er brach den Blickkontakt für eine Sekunde ab, sah mir dann aber wieder in die Augen. „Gott, Jason, ich weiß nicht, warum ich dachte, ich könnte so tun, als wären wir nur Mitbewohner und nichts weiter." Er strich mir mit dem Handrücken über die Seite meines Gesichts. „Nicht bei den Gefühlen, die ich für dich habe."

Ich schluckte. „Und die sind ...?"

„Um ehrlich zu sein, bin ich mir nicht einmal sicher", sagte er. „Aber ich weiß, dass ich mit dir zusammen sein will, und ich will, dass mein Sohn weiß, dass ich mit dir zusammen bin."

Und endlich – *endlich* – konnte mein Herz wieder richtig schlagen.

„Das reicht mir." Ich legte meine Hand auf seine und drehte den Kopf, um seine Handfläche zu küssen. „Wir leben bereits zusammen. Warum alles andere überstürzen?"

Er lächelte und zum ersten Mal heute Nacht hatte sein Gesichtsausdruck nichts Zögerliches oder Zurückhaltendes an sich. Er strich mit den Fingern durch mein Haar und sagte: „Ich glaube, damit kann ich arbeiten."

„Gut." Ich drückte meine Lippen auf seine. „Ich auch."

Als ich mich von ihm löste, bildete sich jedoch ein Knoten in meiner Magengrube.

„Stimmt etwas nicht?", fragte er.

„Ich, ähm ..." Ich holte tief Luft. „Es gibt etwas, das du wissen musst, bevor wir die Sache weitergehen lassen."

„Oh?" Er betrachtete mich aufmerksam und wartete darauf, dass ich etwas sagte.

„Diese ganze Sache hat mich gestresst", sagte ich. „Also war ich eines Abends verwirrt. Frustriert. Und ich weiß auch nicht, ich schätze, ich brauchte ein Ventil und vielleicht einen Rat."

Michael runzelte die Stirn und mein Magen verkrampfte sich.

Die Hände im Schoß verschränkt, fuhr ich fort: „Michael, es tut mir leid. Ich habe nicht nachgedacht und mir war nicht klar, was ich gesagt habe, bis es draußen war, aber ich ..." Ich zwang mich, ihm in die Augen zu sehen. „Seth weiß Bescheid."

Sein Mund öffnete sich. „Wie bitte?

„Seth weiß Bescheid. Über das, was zwischen uns war." Ich schluckte. „Über ... dich."

Ein Schauer lief durch ihn. Er schloss die Augen und sank zurück auf das Kissen. „Oh Scheiße ..."

„Es tut mir so leid. Ich schwöre, ich ..."

„Es ist ... es ist okay. Ich weiß, dass du nicht vorhattest, es ihm zu sagen." Er hörte sich atemlos an, als hätte ich ihm einen Schlag in die Magengrube verpasst. „Er hätte es wahrscheinlich sowieso irgendwann herausgefunden, aber ..." Michael kaute auf seiner Lippe. „Wie hat er reagiert?"

„Er war überrascht. Irgendwie geschockt, denke ich. Er hat es nicht wirklich kommen sehen."

Michael erschauderte erneut.

„Ich fühle mich furchtbar", sagte ich. „Ich bin es gewohnt, mit ihm über alles zu reden, und dieses Mal ..."

Michael nahm meine Hand in seine und führte sie an seine Lippen. Er sah mir in die Augen und sagte: „Ich verstehe das. Wenn du auch nur annähernd so gestresst und verwirrt warst wie ich, kann ich es dir nicht verdenken, dass du mit ihm geredet hast. Es war ja nicht so, dass du mich aus Boshaftigkeit geoutet hättest."

„Gott, nein." Ich schob meine Finger zwischen seine. „Ich würde nie –"

„Ich weiß." Er ließ meine Hand los und umfasste mein Gesicht. „Ich werde mit ihm reden. Wir werden mit ihm reden. Er ist ein vernünftiger Kerl."

Mit einem vorsichtigen Lächeln fragte ich: „Reden wir über den gleichen Seth?"

„Okay, *vernünftig* ist vielleicht nicht das richtige Wort ..."

Unsere Blicke trafen sich wieder und wir lachten beide.

Als meine Erheiterung nachließ, berührte ich sein Gesicht. „Du bist also ... du bist wirklich nicht sauer?"

Er schüttelte den Kopf. „Wir werden die Sache mit ihm klären. Heute bin ich einfach nur froh, dass wir die Sache mit uns geklärt haben."

„Ich auch." Ich strich mit dem Daumen über seine Wange und zog ihn an mich. „Noch so eine Nacht und ich glaube, ich hätte den Verstand verloren."

„Ging mir genauso." Michael legte eine Hand auf meinen Hinterkopf, schlang den anderen Arm um mich und lud mich zu einem Kuss ein. Und dieser Kuss ging weiter. Und vertiefte sich.

Und langsam, schweigend, ohne dass uns etwas zurückhielt, liebten wir uns ein weiteres Mal.

KAPITEL 20

Als ich mich am nächsten Morgen um viertel vor elf endlich aus dem Bett quälte, fand ich Michael in der Küche, wo er mit den Fingern auf einer dampfenden Tasse dieses Grauens, das er Tee nannte, herumtrommelte. Er hatte ausnahmsweise ein T-Shirt an und sah ... nervös aus?

„Alles okay?", fragte ich.

„Ja. Ich, ähm, habe Daina angerufen, nachdem ich Dylan an der Schule abgesetzt hatte." Er atmete tief durch und sah mir in die Augen. „Sie ist auf dem Weg hierher." Er schluckte. „Würdest du, ähm ...."

„Willst du weiterhin, dass ich hier bin?"

„*Bitte.*" Er legte seine Hände auf meine Taille. „Vielleicht reagiere ich einfach über. Ich weiß es nicht. Ich meine, Daina ist eine tolle Frau, aber sie teilt einige der Ansichten ihrer Familie."

„Homophob?"

„Nicht unbedingt. Sie mag Seth sehr, aber ich bin mir nicht sicher, was sie davon halten würde, wenn Dylan bei Seth *leben* würde. Oder bei mir, wenn sie es erst einmal weiß." Er rieb sich den Nacken und seufzte. „Gott, ich habe keine Ahnung."

Ich küsste ihn auf die Wange. „Wie auch immer, ich werde hier sein."

„Danke." Er erwiderte den Kuss und ließ mich dann los, damit ich mir einen Kaffee einschenken konnte.

Während ich einen Becher aus dem Schrank holte, fragte ich: „Wieso habt ihr, also du, Daina und Seth, eigentlich so engstirnige Familien? Ich hätte schwören können, dass L. A. ziemlich progressiv ist."

Michael schnaubte. „Oh, die Leute dort *denken*, dass sie es sind. Aber glaub mir, sie sind es nicht. Außerdem haben wir drei uns kennengelernt, weil unsere Familien in dieselbe Kirche gegangen sind."

„Ooooh."

„Ja. Eigentlich war es eine dieser progressiven, liberalen Kirchen, die man in Kalifornien erwartet", sagte er. „Aber unsere Familien waren alle wahnsinnig verklemmt und konservativ, also haben sie sich irgendwie zusammengetan." Er seufzte. „Meine und Dainas waren allerdings nicht *annähernd* so schlimm wie die von Seth."

„Gott sei Dank", murmelte ich. „Ich glaube nicht, dass Familien noch viel schlimmer sein können als diese Arschlöcher."

„Bin genau deiner Meinung. Ich freue mich definitiv nicht darauf, mich vor meinen Eltern zu outen. Überhaupt nicht." Ein hinterhältiges Grinsen umspielte seine Lippen. „Aber Dainas Eltern? Denen muss ich es vielleicht schon allein wegen des Unterhaltungswerts sagen."

Ich lachte. „Das würdest du tatsächlich tun, oder?"

„Vielleicht ..."

„M-hm."

Er schmunzelte, aber dann verflüchtigte sich seine Belustigung. „Vorausgesetzt, Daina regt sich nicht auf."

„Glaubst du, dass sie das tun wird?"

„Ich bin mir wirklich nicht sicher", sagte er leise. „Ich schwanke ständig zwischen ja und nein, denke mal, sie wird ausrasten, und denke dann wieder, sie wird es sofort akzeptieren. Wenn ich nur ein Freund wäre, hätte sie wahrscheinlich kein Problem damit. Sie hält es für ein Verbrechen, was Seths Familie ihm angetan hat." Er machte eine Pause und rieb sich erneut den Nacken. „Und vielleicht wäre es für sie sogar in Ordnung, wenn wir noch verheiratet wären und keine Kinder hätten. Aber jetzt ist auch Dylan betroffen ..."

„Es hat sie aber nicht gestört, dass Dylan bei mir wohnt."

Michael senkte den Blick. „Sie weiß nicht, dass du schwul bist."

Ich war mir nicht sicher, was ich davon halten sollte. „Oh."

Er atmete aus. „Ich hätte es ihr sagen sollen, aber ich ... schätze, ich wollte die Sache nicht kompliziert machen." Er lachte trocken und schüttelte den Kopf. „Das hat doch richtig gut geklappt, oder?"

Ich hatte keine Ahnung, was ich sagen sollte.

„Tja", fuhr Michael fort, „es gibt wohl nur einen Weg, um herauszufinden, was sie denkt."

„Ja. Sieht so aus."

Ich hatte meine zweite Tasse Kaffee zur Hälfte ausgetrunken und Michael hatte gerade einen weiteren Kessel mit diesem grässlichen Tee aufgesetzt, als ein Motor draußen unsere Aufmerksamkeit erregte. Er wurde langsamer, ging in den Leerlauf und wurde dann abgeschaltet. Eine Sekunde später fiel eine Autotür ins Schloss.

„Bist du sicher, dass du das willst?", fragte ich.

Schritte draußen. Das Klicken von Absätzen auf dem Beton, dann ihr dumpfes Klacken auf der hölzernen Veranda.

„Ich habe jetzt keine Wahl mehr", sagte Michael. Es klingelte an der Tür und er atmete tief durch.

Ich blieb in der Küche, während er die Tür aufmachte. Der Luftdruck im Raum veränderte sich fast unmerklich, als sich die Tür öffnete, dann erneut, als sie sich schloss. Gedämpfte Stimmen – dem Klang nach freundlich – murmelten im Vorraum. Dann kamen die Schritte: das leise Tappen von Michaels nackten Füßen und das laute Knallen von High Heels auf dem Holzboden.

Sie kam zuerst in die Küche. „Oh, hallo, Jason. Schön, dich wiederzusehen."

„Freut mich auch", sagte ich mit einem Lächeln, das mir schwerfiel.

Hinter der Herzlichkeit ihrer Begrüßung schien sie unruhig zu sein. Ob sie nun etwas Bestimmtes vermutete oder nicht, sie musste wissen, dass es einen Grund gab, warum Michael sie hergebeten hatte. Eine Angelegenheit, die persönlich und nicht am Telefon geklärt werden musste.

Sie betrachtete mich, ihn, wieder mich, ihre Lippen angespannt und ihre Haltung steif. Meine weitere Anwesenheit schien sie zu verunsichern: Hatte ich etwas damit zu tun? Hatte ich einfach nicht kapiert, dass jetzt ein guter Zeitpunkt für mich war, um zu verschwinden?

Sie sah Michael an. „Also, du wolltest mit mir über etwas reden." Ihr Blick huschte zu mir, und als ich mich nicht bewegte, spannte sie sich noch ein wenig mehr an.

„Ja, ich will reden", sagte Michael. „Und ich ..." Er schaute mich an und ich nickte ihm, wie ich hoffte, beruhigend zu. Er legte seine Hände flach auf die Anrichte und verlagerte das Gewicht von einem Fuß auf den anderen. „Ich muss mit dir reden. Zusammen mit Jason."

Sie schluckte. „Über?"

„Nun", sagte er. „Ich ..."

Im Raum wurde es still. Neben mir trommelte er nervös mit den Fingern auf die Arbeitsplatte, während er wahrscheinlich nach den richtigen Worten suchte. Ich konnte mich nur mit Mühe davon abhalten, seine Hand zu drücken, aber das würde uns verraten und ihn seiner Chance berauben, ehrlich zu ihr zu sein.

Ihr Blick wanderte zwischen uns hin und her, und obwohl sie nichts sagte, dämmerte ihr deutlich die Wahrheit. Sie wusste es. Ich konnte es in ihren Augen sehen, als sie in meinen, dann in seinen und wieder in meinen nach Bestätigung suchte. Eine Bestätigung, die ich ihr nicht geben konnte und die nur von Michael kommen konnte, wenn er die passenden Worte fand.

Schließlich legte Michael seine Hand auf meine auf der Anrichte und die Wahrheit war draußen. Was er verbal nicht ausdrücken konnte, hatte er mit dieser unmissverständlichen Geste kundgetan. Ich beobachtete, wie sich ihre Blicke in der engen Küche trafen.

Daina zuckte zusammen, als ob die Berührung unserer Hände sie körperlich erschüttert hätte. „Was ..." Ihr Blick huschte wieder zwischen uns hin und her. Mit kaum mehr als einem Flüstern fragte sie: „Michael, willst du mir sagen, dass du ... *schwul* bist?"

Er nickte langsam. Dann sagte er, seine Stimme nicht lauter als ihre: „Ja. Ich bin schwul."

Ihre Hände tasteten blind nach der Anrichte hinter ihr, und als sie die Kante fanden, lehnte sie sich schwer dagegen und schwankte leicht, als hätten ihre Beine vergessen, wie sie sie tragen konnten. Nach einem Moment löste sie eine zitternde Hand von der Theke und strich sich durchs Haar und sie sah plötzlich ... verloren aus.

Michael und ich tauschten unsichere Blicke aus. Das war der Moment, in dem die Wahrheit einsickerte, in dem sie sie begriff. Gott allein wusste, was für eine Reaktion folgen würde, sobald die Worte den Weg in ihren Verstand gefunden hatten.

Offensichtlich zuversichtlich, dass ihre Beine sie tragen würden, verschränkte sie die Arme vor der Brust. Es schien keine feindselige Haltung zu sein. Wenn überhaupt, dann umarmte sie sich selbst. Wappnete sich.

Schließlich sah sie Michael in die Augen. „Wie lange weißt du es schon?"

Michael und ich ließen gleichzeitig den Atem entweichen. Sie hatte die Verleugnung übersprungen – hatte auf „Was meinst du damit, du bist schwul?" oder „Wie kannst du das sein?" oder „Das ist unmöglich" verzichtet – und stürzte sich kopfüber in den Versuch, es zu verstehen.

Er räusperte sich. „Nun ja." Er hielt inne und schaute mich an. „Nicht ... nicht lange. Ich meine, ich habe es schon lange vermutet, aber ich war mir nicht sicher."

Ihr Blick schoss wieder zu mir, richtete sich dann auf ihn. „Er ist also der ..." Sie schluckte. „Der Erste?"

Michael nahm einen tiefen Atemzug. „Ähm, er ist ..." Er sackte eine Spur zusammen, als ob die Scham ihn niedergedrückt hätte, und stieß einen langen Seufzer aus. „Ja, er ist der Erste. Ich wusste es irgendwie schon seit der Highschool, aber nach ... nach der Art und Weise, wie wir alle erzogen wurden, hatte ich Angst, es wäre falsch. Also habe ich versucht, so zu tun, als ob es nicht real wäre."

Daina starrte auf den Boden zwischen uns. „Aber du hast es gewusst." Das war keine Frage.

„Im Hinterkopf. So sehr ich auch versucht habe, mir

einzureden, dass es nicht wahr ist ..." Er nickte langsam. „Ja, ich habe es gewusst."

Sie schlang die Arme fester um sich, schürzte die Lippen und zog die Stirn in Falten. Michael und ich tauschten wieder nervöse Blicke aus.

Sein Daumen wanderte über meinen Finger und Daina zuckte wieder zusammen. In diesem Moment wurde mir klar, dass sie auf unsere Hände gestarrt hatte.

Michael zog seine weg und sah mich mit hochgezogenen Augenbrauen an, als wollte er sich vergewissern, dass ich damit einverstanden war. Ich nickte. Dann brach er das Schweigen. „Daina ..."

„Oh mein Gott." Sie lachte. Ich konnte mich nicht entscheiden, ob sie nervös oder erleichtert klang, oder ob es dieses humorlose Lachen war, das manchmal einem heftigen Wutanfall vorausging. Sie schüttelte den Kopf und fügte hinzu: „Ich kann nicht glauben, dass ich es nicht gemerkt habe."

„Was meinst du damit?", fragte er.

Sie biss sich auf die Lippe, ihr Blick kurz abwesend. Als sich ihre Blicke wieder trafen, war das Lachen aus ihrem Gesicht verschwunden, aber an seine Stelle war kein Zorn getreten. „Ich komme mir so dumm vor, ich –"

„Daina, bitte, du konntest es nicht wissen", sagte Michael leise. „Es tut mir leid, ich habe –"

„Nein, nein, das ist es nicht. Es ist ..." Sie hielt inne und als sie weiterredete, sprach sie schnell, als ob die Gedanken auf diese Weise leichter zu sortieren wären. „Es ergibt alles einen Sinn. Jahrelang habe ich mir Vorwürfe gemacht, weil ich wusste, dass etwas zwischen uns fehlte. Ich wusste es, aber ich fand nicht heraus, was es war, und ich fühlte mich so schuldig. Die ganze Zeit dachte ich, dass ich etwas falsch mache oder dass mit mir etwas nicht stimmt und dass wir deshalb keine Verbindung aufbauen konnten, und –"

„Daina, du hast ..."

„Lass mich ausreden", sagte sie. „Ich habe mich schuldig gefühlt, weißt du, wegen der Scheidung und Dylan und ..." Sie sah ihm in die Augen. „Aber jetzt, da du mir das gesagt hast, weiß ich, dass ich nichts falsch gemacht habe." Sie machte eine Pause und ihre ausdruckslose Miene blieb einen Moment lang unverändert. Dann atmete sie aus, ihre Schultern entspannten sich und ihre Lippen verzogen sich zu einem Lächeln. „Ich habe nichts falsch gemacht. Du hast auch nichts falsch gemacht. Wir waren einfach nicht füreinander bestimmt."

Michael nickte. „Ja, genau. Wir konnten nicht erzwingen, dass es funktioniert, und niemand hat Schuld, dass es nicht funktioniert hat."

Daina fuhr sich wieder mit der Hand durch die Haare und lachte. „Michael, du weißt gar nicht, wie sehr mich das erleichtert."

„Mein Gott, Daina, ich hatte ja keine Ahnung ..." Er nahm sie an den Schultern und sie schlang die Arme um ihn. Die ganze Welt war völlig still, als die beiden sich umarmten, und als er mich über ihre Schulter hinweg anschaute, lächelte ich ihn an und er erwiderte es.

Nachdem sie sich voneinander gelöst hatten, bedeutete Michael uns, dass wir alle am Esstisch Platz nehmen sollten. Daina und ich setzten uns einander gegenüber, Michael ans Kopfende.

„Wie hat das überhaupt angefangen?", fragte sie. „Du hast mir nur gesagt, dass du mit einem Patienten zusammenziehst, also ..."

„Was ja auch stimmte." Michael lachte leise und

schaute mich an. „So fing es an. Und so sollte es auch bleiben."

Sie ließ den Atem entweichen. „Ich verstehe."

„Und ich sage es dir jetzt, weil ich wollte, dass du es weißt", sagte Michael. „Und ich werde es nicht hinter deinem Rücken machen, aber ich ..." Sein Adamsapfel hüpfte einmal. „Ich möchte, dass Dylan es weiß."

Sie spannte sich an. „Du willst ..."

„Ich denke, er sollte es wissen", sagte er.

„Aber ..." Daina machte eine Pause. „Er ist noch ein bisschen jung, meinst du nicht?"

„Er war jünger, als er Lee kennenlernte."

„Nun ja, ich weiß, aber ..." Sie unterbrach sich und schürzte die Lippen, während sie auf ihre Hände auf dem Tisch starrte.

„Aber das hier ist anders?", fragte Michael.

Sie nickte entschuldigend. „Ich sage nicht, dass es falsch ist, es ist nur ..." Sie sah auf und ihre Lippen wurden schmaler vor Frustration, als ob sie nicht die richtigen Worte finden könnte. „Gott, ich weiß es nicht einmal. Aber egal ob richtig oder falsch, glaubst du, er wird es verstehen?"

„Das wird er, wenn wir es ihm sagen. Er hat die Scheidung akzeptiert, er hat akzeptiert, dass du wieder geheiratet hast." Michael sah mich an, dann wieder zu ihr. „Er kann auch das hier akzeptieren."

Sie holte tief Luft, sagte aber nichts.

„Daina, ich verstehe, warum du dir Sorgen machst." Michael hielt seine Stimme sanft. „Aber ich möchte nicht, dass er in dem Glauben aufwächst, dies sei ungewöhnlich oder falsch. So wie du und ich erzogen wurden."

Sie schwieg weiter und kaute auf ihrer Lippe herum.

„Was, wenn *er* schwul ist?", fragte er.

Daina riss den Kopf hoch, ihre Augen geweitet. „Was?"

Er rutschte leicht hin und her. „Wenn es so wäre, hypothetisch gesprochen, würdest du wollen, dass er in dem Glauben aufwächst, dass etwas mit ihm nicht stimmt? So wie es bei Seth und mir der Fall war?"

Trotzig schob sie das Kinn vor. „Wir haben ihm nicht gesagt, dass es falsch ist, Michael. Ich schlage nur vor, dass wir warten, bis er ein bisschen älter ist. Bis er es verstehen wird."

„Und du glaubst nicht, dass er sich fragen wird, was wir davon halten, wenn wir so lange damit warten, es ihm zu sagen?"

Sie seufzte. „Ich schätze, ich mache mir einfach nur Sorgen, ihn zu überfordern."

„Daina", sagte Michael sanft, „ich möchte, dass Dylan weiß, dass sein Vater mit jemandem zusammen ist, und ich möchte, dass er weiß, dass daran nichts falsch ist. Sollte unser Sohn zufällig schwul sein, möchte ich nicht, dass er denkt, das wäre abnormal." Er schürzte die Lippen, als ob er überlegte, was er sagen sollte, aber die Anspannung über seinem Kiefer ließ darauf schließen, dass er sich nur sammeln wollte. „Ich darf nicht der Grund dafür sein, dass mein Kind in der Highschool verwirrt ist, sich im College schämt und sich selbst hasst, bis er plötzlich Mitte dreißig ist und seiner Ex-Frau erklärt, wer er wirklich ist."

Die Zittrigkeit seiner Stimme ließ mir das Herz in die Hose rutschen und der verblüffte Gesichtsausdruck von Daina spiegelte meinen eigenen wider.

Sie starrte ihn an, den Mund geöffnet, ohne zu atmen oder etwas zu sagen.

„Ich habe zwanzig Jahre in dem Wissen verbracht, dass ich schwul bin", flüsterte er. „Und so getan, als wäre ich es nicht, weil ich in dem Glauben erzogen wurde, es sei falsch. Ich habe es vor mir selbst verheimlicht, vor meiner Familie und vor dir." Er verschränkte seine Finger mit meinen. „Ob Dylan nun schwul ist oder nicht, ich möchte, dass er weiß, dass es okay ist." Seine Stimme brach leicht, als er hinzufügte: „Er *muss* es einfach wissen."

Daina atmete aus und schüttelte den Kopf. „Mein Gott, Michael, ich hatte keine Ahnung, dass du das durchgemacht hast."

„Das wusste niemand", sagte er. „Verstehst du jetzt, warum ich das tun will?"

Sie nickte. „Kann ... kann ich wenigstens dabei sein, wenn du mit ihm redest?"

„Natürlich", sagte Michael. „Ich denke, wir sollten beide dabei sein." Sein Blick wanderte zu mir. „Eigentlich sollten wir alle drei dabei sein."

Ich strich mit dem Daumen über seine Hand und wandte mich Daina zu. „Es macht dir nichts aus?"

Sie schüttelte den Kopf. „Nein, ich glaube, Michael hat recht."

„Es wird ihn nicht überfordern?", fragte ich. „Wenn wir in der Überzahl sind?"

„Nein", sagte sie. „So haben wir es auch gemacht, als Lee und ich zusammen kamen. Wir waren alle drei da, um mit Dylan zu reden. Es schien ganz gut zu funktionieren." Sie drehte sich zu Michael um. „Nicht wahr?"

„Ja. Hoffentlich klappt es auch dieses Mal."

Hoffentlich würde es das.

So sehr sie es auch hinter sich bringen wollten, Michael und Daina brauchten ein wenig Zeit, um den Mut aufzubringen, es ihrem Sohn tatsächlich zu sagen. Schließlich, an einem Mittwochabend, fuhr ich mit Michael los, um Dylan von seiner Mutter abzuholen. Er war den ganzen Weg über still und konzentrierte sich auf die Straße, obwohl er ab und zu einen Blick auf mich warf. Seine Hand ruhte auf meinem Bein und ich drückte sie sanft, um ihn zu beruhigen.

Ich wünschte, ich könnte etwas sagen, um ihm seine Nervosität zu nehmen, aber ich hatte in Dylans Schuhen gesteckt. Ich war vier, als sich meine Eltern scheiden ließen, sechs, als mein Vater erneut heiratete, und neun, als meine Mutter es tat. Meine Welt wurde jedes Mal aus den Angeln gehoben, wenn meine Eltern sich mit mir zusammensetzten, um mir eine neue Entwicklung zu erklären. Ich hatte Mühe mir vorzustellen, wie ich mich gefühlt hätte, wenn Mom mir gesagt hätte, sie habe eine Freundin, oder Dad, dass er einen Freund habe, und ich versuchte mir im Stillen einzureden, dass ich nicht so fassungslos, erschüttert und überrascht gewesen wäre wie meine Eltern, als ich ihnen sagte, *ich* hätte einen Freund.

Michael nahm seine Hand von meinem Knie, damit er mit beiden Händen lenken konnte, als er vom Freeway abfuhr.

„Geht es dir gut?", fragte ich.

Er schluckte. „Bin nervös."

„Das wird schon", sagte ich. „Atme einfach durch. Und bau keinen Unfall."

Er lachte, was zumindest bedeutete, dass er noch atmete, und warf mir einen gespielt finsteren Blick zu.

Ein paar Minuten später fuhr er in die Einfahrt eines grauen, zweistöckigen Hauses am Ende einer Sackgasse, die meiner nicht unähnlich war. Als er den Motor abstellte, holte Michael tief Luft.

„Nun denn", sagte er, „los geht's."

Daina erwartete uns an der Tür. „Hey. Bereit?"

„Ich glaube schon."

„Ja. Ich auch." Sie lächelte, obwohl es an eine Grimasse grenzte. „Übrigens, Lee hat gesagt, ich soll dir viel Glück wünschen."

Michael brachte ein aufrichtigeres Lächeln zustande. „Ich werde mich später bei ihm bedanken müssen. Ist er weg?"

Sie nickte. „Er hat das Baby zu seiner Mutter rübergebracht. Wie auch immer, kommt rein. Ich hole Dylan."

Während wir ins Wohnzimmer gingen, lief sie die Treppe hinauf. Wir setzten uns auf die Couch und tauschten unruhige Blicke aus.

Oben öffnete sich eine Tür, und als Stimmen zu uns drangen, schloss Michael die Augen und atmete noch einmal tief durch.

„Das wird schon", sagte ich erneut und hoffte, dass er nicht merkte, dass ich so nervös war, dass mir übel war.

„Ich weiß." Er klang ungefähr so sicher wie ich.

Dylan kam ins Wohnzimmer und sowohl seine Augen als auch die seines Vaters leuchteten auf. „Hi, Dad!"

„Hey, Kleiner." Obwohl ich sicher war, dass er immer noch nervös war, strahlte Michael, als Dylan ihn umarmte.

Als er seinen Vater losließ, sah Dylan mich an. „Hallo, Jason!" Dann hielt er inne und legte die Stirn in Falten, *genau* so, wie es sein Vater oft tat. „Was machst du hier?"

„Dylan!", schalt Daina ihn liebevoll. „So spricht man nicht mit einem Gast."

Seine Wangen verfärbten sich und er lächelte mich verlegen an. „Tut mir leid."

Ich erwiderte das Lächeln. „Kein Problem."

„Dylan", sagte seine Mutter, „warum setzt du dich nicht hin? Wir wollen uns ein wenig mit dir unterhalten, bevor du mit Dad und Jason zu ihnen fährst."

Dylans Lächeln verschwand und seine Augen weiteten sich. Unsicher beäugte er uns und setzte sich auf den Sessel, die Hände unter die Knie geklemmt und die Füße hinter dem Couchtisch hin und her schwingend.

Daina setzte sich auf die Armlehne von Dylans Lehnstuhl und streichelte ihm übers Haar. Wir drei tauschten Blicke aus und jeder drängte stillschweigend die anderen, das Eis zu brechen und die Sache ins Rollen zu bringen. Ich würde es ganz sicher nicht tun. Je länger das Schweigen andauerte, desto mehr zappelte Dylan und desto mehr musste ich mich anstrengen, um nicht selbst herumzuzappeln. Unangenehme Gespräche, ob mit oder ohne Kinder, waren nicht meine Lieblingsbeschäftigung.

Schließlich holte Daina tief Luft und wandte sich ihrem Sohn zu. Sie öffnete den Mund, um etwas zu sagen, aber er kam ihr zuvor.

„Bin ich in Schwierigkeiten?"

„Nein, nein!", sagten Michael und Daina gleichzeitig.

Michael rutschte an die Kante der Couch vor. „Ganz und gar nicht."

„Du bist nicht in Schwierigkeiten", sagte Daina. „Dad und ich ..." Sie machte eine Pause und ihr Blick wanderte zu mir. „... und Jason wollen nur mit dir über ... ein paar Dinge reden."

Dylans Füße hörten auf zu wippen. Seine Stimme war angespannt vor Panik, als er fragte: „Geht Lee weg?"

„Nein, natürlich nicht", sagte Daina. „Hier geht es nicht um Lee und mich. Er wird zu Hause sein, wenn du in zwei Wochen zurückkommst, so wie immer."

Das entspannte den Jungen ein wenig, aber Besorgnis blieb in seinen hochgezogenen Schultern zurück.

Michael räusperte sich. „Es ist nichts Schlimmes

passiert. Wir wollen dir nur ... ein paar Dinge erzählen, falls du Fragen hast oder etwas nicht verstehst. Okay?"

Dylan nickte. Diesmal schwang er die Füße vor, erst den einen, dann den anderen, und legte damit jene rastlose Energie an den Tag, die es einem Siebenjährigen, besonders einem nervösen, unmöglich machte, still zu sitzen. Mit rhythmischen Stößen, die mein unruhiges Herzklopfen widerspiegelten, schlugen seine Fersen gegen den Sessel.

Michael und Daina tauschten wieder Blicke aus. Sie nickte leicht und er wandte sich wieder an Dylan.

„Weißt du noch, als Lee und deine Mutter ein Paar wurden?", fragte er. „Als sie sich zum ersten Mal trafen und anfingen, miteinander auszugehen?"

Dylan nickte. „Ja, ich erinnere mich."

„Okay, also, Jason und ich ..." Michael hielt inne und ließ seine Hand in meine gleiten. „Bei uns ist es irgendwie das Gleiche."

Dylans Blick wanderte zwischen seiner Mutter, seinem Vater, mir und Michaels und meinen verschränkten Händen hin und her. Wir Erwachsenen hielten den Atem an und warteten darauf, dass er etwas sagte.

Mit gerunzelter Stirn fragte er: „Du hast also einen ..." Er legte den Kopf leicht schief. „Freund?"

Michael nickte langsam. „Ja."

„Oh." Er war einen Moment lang still. Ich wappnete mich gegen die Flut von Fragen. Wie reagierten Kinder auf so etwas? Michaels Hand zuckte in meiner und ich drückte sie beruhigend.

Endlich sprach Dylan wieder. „Kann ich einen Pudding haben?"

Wir brachen alle drei in Gelächter aus.

„Natürlich." Daina stand auf. „Ich bin gleich wieder da." Sie zerzauste Dylans Haare, als sie an ihm vorbeiging.

Während sie in der Küche war, wandte sich Dylan mir zu. „Du bist also der Freund von meinem Dad?"

Ich warf einen Blick auf Michael, der mir kurz zunickte. Zu Dylan sagte ich: „Ja, genau."

Dylans Blick wanderte von mir zu seinem Vater und wieder zurück.

Michael räusperte sich. „Also, hast du irgendwelche ... Fragen? Irgendwas? Zu diesem Thema?"

Der Junge schüttelte den Kopf. Einen Moment später kam Daina mit einem Schokoladenpuddingbecher und einem Löffel zurück. Michael verzog das Gesicht, als sie ihn Dylan reichte, aber er sagte nichts.

Dylan schob den Löffel in den Pudding und strampelte wieder mit beiden Füßen. Nach ein paar Löffeln fragte er: „Seid ihr wie Mom und Lee?"

„Was meinst du damit?" fragte Michael. „Ob wir verheiratet sind?"

„So was in der Art." Dylan zuckte mit den Schultern.

Michael schaute mich an. Dann lächelte er und legte seine Hand auf meine. „Nicht ganz, aber wir werden sehen, was passiert."

„Okay." Dylan schaute mich an und sagte nüchtern: „Mein Dad ist schlau. Freunde sind viel besser als Freundinnen."

„Ach wirklich?", sagte ich. „Und warum?"

Der Junge rümpfte die Nase. „Weil Mädchen eklig sind."

Ich konnte mir ein Schnauben nicht verkneifen. Michael auch nicht.

„Was?", empörte sich Daina. „Sind sie *nicht*."

„Doch, sind sie!" Dylan kicherte.

„Deine Mutter ist nicht eklig", sagte ich.

„Sie zählt nicht. Sie ist Mom."

„Die Logik eines Siebenjährigen." Daina zuckte mit den Schultern. „Da kann man wohl nicht widersprechen, oder?"

Ich lachte leise. „Nein, kann man nicht."

„Nun", sagte sie mit gespielter Entrüstung, „eines Tages wirst du erkennen, dass Mädchen nicht annähernd so eklig sind, wie du denkst."

Dylan rümpfte nur erneut die Nase und seine Eltern und ich lachten. Keiner von uns sagte ein Wort, während er weiteraß, völlig unbeeindruckt von den Sorgen der Erwachsenen.

„Also gut, Schatz", sagte Daina, als er mit seinem Pudding fertig war. „Wirf das in den Müll und dann hol deine Sachen, damit ihr aufbrechen könnt."

Dylan stand vom Sessel auf und lief die Treppe hinauf.

Sobald der Junge weg war, atmete Michael aus, schloss die Augen und lehnte sich gegen die Couch.

Daina schüttelte den Kopf. „Michael, ich glaube, unsere Eltern könnten eine Menge von ihm lernen."

„Und wie", sagte er. „Vorausgesetzt, sie hören jemals auf, aus dem Häuschen zu geraten, weil wir ihm nicht beibringen, wie böse ‚die Schwulen' sind."

Sie gab einen leisen Laut der Zustimmung von sich. „Wissen sie es schon? Deine Eltern?"

„Noch nicht." Er begegnete ihrem Blick. „Ich glaube, damit warte ich noch eine Weile. Im Moment scheint das eine Sache zu sein, die noch ein wenig warten kann."

„Gutes Argument", sagte sie. „Was glaubst du, wie sie es aufnehmen werden?"

„Tja, besser als Seths Eltern, so viel ist sicher."

Daina schnaubte. „Dazu braucht es nicht viel."

Michael atmete schwer aus. „Wie auch immer, irgendwann werde ich mich schon damit befassen. Ich wollte vor allem, dass du und Dylan es wisst."

„Ich bin froh, dass du es uns gesagt hast", sagte sie leise.

„Ich auch." Michael stemmte sich hoch und trat um den Couchtisch herum. Er umarmte seine Ex-Frau und hielt sie einen langen Moment fest, die Augen geschlossen, und pure Erleichterung stand ihm ins Gesicht geschrieben.

Als Dylan die Treppe herunterkam, ließ Michael Daina los und ich erhob mich.

„Bist du fertig?", fragte Michael.

Dylan nickte.

Als wir zum Auto gingen, atmete Michael durch. „Nun, das war gar nicht so schlimm. Jetzt muss ich noch mit Seth reden."

Ich zuckte zusammen.

Michael legte den Arm um mich und küsste mich auf die Wange. „Ich werde das schon mit ihm klären. Mach dir keine Gedanken darüber."

Mach dir keine Gedanken darüber.

Ja, klar.

KAPITEL 21

Am folgenden Nachmittag warteten wir auf der Terrasse einer Kneipe im Light District auf Seth. Nervosität regte sich in meiner Magengrube und Michael zappelte auf dem Stuhl mir gegenüber herum. Ich versuchte, mich auf unsere Umgebung zu konzentrieren, auf diesen herrlichen Tag, anstatt den Gehweg aus Kopfsteinpflaster nach Seth abzusuchen.

Der Sommer war definitiv in Tucker Springs angekommen. Die Hitze war zwar noch nicht drückend, aber sie war da und wärmte meine Schultern, während ich es mir in einem Metallstuhl vor dem Pub bequem gemacht hatte. Ein paar Fahrräder rauschten an uns vorbei. Kinder spielten zwischen der Bronzeskulptur eines springenden Lachses und dem abstrakten Kunstbrunnen.

Scheinbar ohne seine Umgebung zu bemerken, zupfte Michael am Etikett seines kaum angerührten Biers. Er war nicht so aufgeregt wie gestern auf dem Weg, um Dylan die Sache zu erklären, aber er war definitiv nervös. So viel zu *Mach dir darüber keine Gedanken.*

Er warf einen Blick auf seine Uhr, atmete dann scharf

aus und machte sich wieder daran, das Etikett abzulösen. „Bist du sicher, dass er kommen wird?"

Ich nickte. „Das weißt du doch. Vorausgesetzt, er wird nicht von einer Laufkundschaft aufgehalten."

„Ja, das klingt nach ihm."

Ich musste mich zusammenreißen, um nicht nach seinem Arm zu tasten. Er war immer noch dabei, sich daran zu gewöhnen, geoutet zu sein, und wie ich unser Glück kannte, würde ich meine Hand genau dann auf ihn legen, wenn Seth auftauchte. Also hielt ich meine Finger um mein Bier gelegt, von dem ich noch nicht viel getrunken hatte.

Ungefähr fünf Minuten später tauchte Seth zwischen den Leuten auf. Die Hände in den Hosentaschen, mit einem Gesichtsausdruck, der Michaels Nervosität in nichts nachstand, näherte er sich langsam, fast vorsichtig.

Keiner von uns sagte ein Wort, bis Seth sich mit einem unverbindlichen „Hey" auf den leeren dritten Stuhl fallen ließ.

„Hey." Michael hielt den Blick gesenkt und schluckte schwer.

Seth winkte der Kellnerin und bestellte ein Bier. Das Schweigen hielt weiter an, als die Kellnerin zurückkehrte und Seth eine braune Flasche reichte.

Als wir drei wieder allein waren, räusperte sich Michael. „Also. Ich schätze, du weißt es schon. Wegen ..." Er deutete auf sich und mich.

„Ja." Seth hielt Michaels Blick fest, schien in seinen Augen nach etwas zu suchen. „Aber ich ... ich bin neugierig. Warum hast du es mir nie erzählt?"

Michael nahm einen tiefen Atemzug. „Weil ich mir selbst nicht ganz sicher war, bis ..." Er schaute mich an, bevor er sich wieder Seth zuwandte. „Bis vor Kurzem."

„Aber hast du geglaubt, du könntest es sein?", fragte

Seth. „Ich meine, ist das einfach so aus heiterem Himmel gekommen?" Er legte den Kopf schief. „Oder hast du vorher mal darüber nachgedacht?"

„Ähm, nun ja ..." Michael schluckte schwer. „Um ehrlich zu sein? Ich hatte so eine Ahnung, bevor du dich mir gegenüber geoutet hast."

Seth atmete aus. „Dachte ich mir."

„Ach ja?"

Seth nickte. „Etwa zu der Zeit, als Charlie Turner zu uns in die Band gekommen ist? Teufel, ja."

Michaels Mund klappte auf und er wurde rot. „Du hast davon gewusst?"

Seth lachte leise. „Komm schon. Du warst nicht gerade subtil."

Michael lachte auch. „Mann, ich hätte nicht gedacht, dass das jemand gewusst hat."

„Nun, ich glaube nicht, dass Charlie es je mitbekommen hat."

„Gott sei Dank." Michael nahm die Schultern zurück und sah Seth in die Augen. „Damit das klar ist: Ich wollte das nicht mit Absicht vor dir verbergen. Ich habe daran gedacht, es dir zu sagen. Gott, ich weiß gar nicht, wie oft ich daran gedacht habe."

„Und warum hast du es nicht getan?" Seths Ton war sanfter, als ich ihn je zuvor gehört hatte. „Was dachtest du denn, was ich tun würde?"

„Es lag nicht an dir. Ich wollte nichts sagen, weil ich es selbst nicht akzeptieren wollte." Michael griff nach meiner Hand. „Und ich habe es erst vor Kurzem völlig akzeptiert."

Seth schaute einen langen Moment auf unsere Hände. „Das kann ich respektieren. Wirklich. Denn sich zu outen ..." Er pfiff leise. „Keine leichte Sache. Und es war eine Überraschung, aber hey, wenn ihr zusammen glücklich seid, dann freue ich mich für euch."

„Du bist nicht sauer, dass ich es dir nie gesagt habe?"

Normalerweise hätte Seth mit einer bissigen Bemerkung geantwortet, aber in seinen Worten war keine Spur von Sarkasmus. „Michael, wenn du nicht bereit warst, es jemandem zu sagen, wer bin ich, dir das vorzuwerfen? Gerade ich weiß, wie schwer es ist, sich zu outen."

„Ich weiß", sagte Michael, „und genau das hat mich beunruhigt. Du hast mir genug vertraut, um es mir zu sagen, aber ich konnte den Gefallen nicht erwidern?"

„Das ist kein Gefallen." Seth lehnte sich vor und verschränkte die Arme hinter seinem Bier. „Du bist mir nichts schuldig. Ja, ich hoffe, du kannst mir in solchen Dingen vertrauen, aber hast du dir selbst vertraut?"

Michael richtete sich auf und senkte den Blick. „Ich ... Vielleicht ist es das."

„Natürlich ist es das." Seth nahm sein Bier in die Hand. „Ich liege nie falsch, das weißt du."

Michael lachte erneut. „Oh, wie könnte ich das je vergessen?"

„Zweifellos." Mit einem Grinsen hob Seth sein Bier an die Lippen. Nachdem er einen Schluck genommen hatte, wurde sein Ton wieder ernst. „Ich meine das auch so, Mike. Ehrlich. Du musstest es für dich klären, und wenn du bereit gewesen wärst, hätte ich dir zugehört." Sein Blick wanderte zu mir. „Oder in dem Fall, wenn dein Freund bereit war."

Mein Gesicht brannte, aber Michael drückte meinen Arm und ich entspannte mich.

Dann sagte er zu Seth: „Ja, du hast recht. Ich brauchte ein paar Jahre, um es wirklich zu begreifen."

„Nun, niemand hat dir je vorgeworfen, schnell von

Begriff zu sein." Eine Pause. Sie lachten beide und Seth sagte: „Mach dir keine Sorgen, Mann. Ganz im Ernst."

„Danke", sagte Michael. „Glaube ich."

Seth schmunzelte. „Um ehrlich zu sein, bin ich gar nicht so überrascht, dass du schwul bist. Ehrlich nicht. Aber es gibt eine Sache, die ich wirklich, wirklich *nicht* verstehe.

„Und das wäre?"

Seth nahm seine Bierflasche und zeigte damit in meine Richtung. „Was zum *Teufel* ist mit deinem Männergeschmack los?"

Michael schnaubte und ich musste laut lachen.

„Ich liebe dich auch, Seth", sagte ich.

„Ich meine ja nur." Er zuckte mit den Schultern. „Wenn du eine Nummer wert wärst, wäre ich selbst schon vor langer Zeit hinter dir her gewesen."

Ich verdrehte die Augen. „Ja, klar. Das haben wir schon mal besprochen. Du bist nicht mein Typ und ich nicht deiner."

„Genau." Er hob sein Bier in der Andeutung eines Toasts. „Daher meine Einschätzung, dass du keine Nummer wert bist."

„Du bist ein echter Freund, weißt du das?"

„Nimm es nicht persönlich", sagte Michael mit einem Grinsen. Er zwinkerte mir zu und fügte hinzu: „Er würde seine Meinung ändern, wenn er einige der Dinge wüsste, die ich weiß."

Seth sah ihn an, für einen Moment sprachlos. Dann erschauderte er. „Gott, das will ich gar nicht wissen."

„Lügner", sagte ich in meine Bierflasche.

Er zeigte mir den Mittelfinger und Michael und ich kicherten.

„Und was hält Daina von all dem?", fragte Seth. „Wenn

Dylan bei euch wohnt und so?" Er machte eine Pause. „Wusste *sie*, dass du schwul bist?"

„Nein." Michael schüttelte den Kopf. „Aber jetzt weiß sie es und sie hat kein Problem damit."

Ich schmunzelte. „Und Dylan findet es wirklich gut."

Seths Augenbrauen hoben sich. „Ach ja?"

„Ja. Ein Freund ist besser als eine Freundin."

Seth blinzelte.

„Denn laut ihm", sagte Michael trocken, „sind Mädchen eklig."

Seth warf den Kopf in den Nacken und lachte. „Ist das euer Ernst?"

„Ich schwöre bei Gott", sagte ich. „Ich war Zeuge der ganzen Sache."

„Tja, verdammt." Seth stellte sein Bier auf den Tisch. „Er könnte die Werbesprüche für eine Schwulenkampagne schreiben." Er machte eine ausladende Geste, als würde er ein imaginäres Schild malen. „Werdet schwul, denn Mädchen sind eklig."

Michael verschluckte sich an seinem Bier.

„Ich glaube, damit sollte ich euch beide tätowieren", sagte Seth. „Ein Banner über eure Brust. Geht aufs Haus."

„Danke, ich verzichte", sagte ich.

„Ich auch." Michael grinste. „Ich lasse mir sowieso keine Tattoos stechen. Ich hasse Nadeln."

Seth und ich sahen ihn ungläubig an.

Er hob seine Handflächen. „Was?"

Wir lachten alle drei und dann hielt Michael seine Bierflasche in die Höhe. „Auf unterstützende, verständnisvolle Freunde."

Seth hob seine. „Selbst wenn diese Freunde einen furchtbaren Männergeschmack haben."

„Und einen noch schlechteren Geschmack bei ihren

Tätowiererfreunden", sagte ich und stieß mit dem Hals meiner Flasche gegen ihre.

„Leck mich." Seth nahm einen Schluck, und als er sich in seinem Stuhl zurücklehnte, deutete er die Straße hinunter, die zu seinem Laden führte. „Weißt du, Mike, diese Büroräume gegenüber vom Ink Springs sind noch frei."

„Ach ja?" Michael tippte mit seiner Bierflasche gegen die Tischkante und ließ den Blick in Richtung derselben Straße schweifen. „Hm. Das sollte ich mir vielleicht mal ansehen." Dann schaute er mich an und seine Mundwinkel hoben sich. „Auf jeden Fall hätte ich dann einen kürzeren Heimweg."

Ich lächelte. „Das stimmt."

„Und", sagte Seth grinsend, „ich müsste nicht quer durch die Stadt zu meinen Terminen fahren, weil du direkt gegenüber von mir sein würdest."

„Aha!" Michael schlug ihm auf den Arm. „Ich wusste, dass du einen Vorteil davon haben würdest."

„Ja, schon." Seth zuckte mit den Schultern. „Was hast du denn erwartet? Uneigennützigkeit?"

„Von dir? Oh bitte."

Ich nickte. „Bin ganz seiner Meinung."

Seth winkte mit einer Hand. „Ja, ja, leckt mich beide."

„Also, was diese Büroräume angeht", sagte Michael. „Wenn wir schon mal hier sind, warum schauen wir sie uns nicht mal an?"

Wir tranken unser Bier aus, bezahlten die Rechnung und verließen die Terrasse der Kneipe.

Und als wir über den belebten Stadtplatz in Richtung des Gebäudes schlenderten, das eines Tages die neue Akupunkturpraxis von Tucker Springs werden könnte, verschränkte Michael seine Finger mit meinen.

Ich schaute ihn an, lächelte und legte meine Finger um

seinen Handrücken. Es war schwer zu sagen, wohin das führen würde. Wir hatten die Sache in der völlig falschen Reihenfolge gemacht: erst zusammenziehen, dann miteinander schlafen, dann herausfinden, dass das, was wir hatten, all die Kopfschmerzen wert war, die ein solches Arrangement mit sich bringen konnte. Aber ich war noch nie jemand gewesen, der es sich leicht machte, und Michael schien damit zufrieden zu sein, diesen unbekannten Weg mit mir zu gehen, so krumm er auch war.

Es war zu früh, um es etwas so Komplexes wie Liebe zu nennen, zu spät, um es etwas so Einfaches wie Lust zu nennen. Aber als wir Hand in Hand vom Stadtplatz zu Seths Studio im Herzen des Light District gingen, war ich glücklich. Das Leben war nicht perfekt. Meine Schulter war nicht völlig geheilt. Mein ganzer Stress hatte sich nicht auf magische Weise in Luft aufgelöst. Mein Club war nicht auf wundersame Weise eine profitable, gut geölte Maschine.

Aber ich hatte Michael. Und wir waren glücklich.

Ich hob unsere Hände und küsste die Rückseite seiner Finger, und Michael lächelte. Ich erwiderte es und während ich unsere Hände wieder sinken ließ, gingen wir weiter.

Vielleicht hatte meine kaputte Schulter mein Leben doch nicht ruiniert.

Ende

DIE TUCKER-SPRINGS-REIHE

Jeder Roman kann eigenständig gelesen werden.

Wo Nerven enden
Begehre deinen Nächsten
After the Fall (dt. Titel folgt)
It's Complicated (dt. Titel folgt)

BÜCHER VON L.A. WITT

Der Ehe-Schachzug

Wenn Die Meere Feuer Fangen

Die Stimme meines Herzens

Auf Anfang

Der Meister wird erscheinen

Die Mauern zwischen Herzen

...und mehr!

http://www.gallagherwitt.com/german.html

ÜBER DIE AUTORIN

L. A. Witt wurde mit ihrem Mann aus Spanien vertrieben und nach Maine geschickt, um dort ihr Domizil aufzuschlagen. Jetzt schreibt sie dort und ist ansonsten abwechselnd damit beschäftigt, den Leuten zu versichern, dass ihr die Kälte in Maine durchaus bewusst ist, sich zu fragen, wo sie sich ihr nächstes Tattoo stechen lassen soll, und einer mürrischen Maine-Coon-Katze gut zuzureden.

Gerüchte besagen, dass ihre Erznemesis, Lauren Gallagher, auch irgendwo in der Wildnis von New England unterwegs ist, weshalb L. A. auch einen Teil ihrer Zeit damit verbringt, eine Spezialeinheit von Hummern auszubilden.

Die Autorinnen Ann Gallagher und Lori A. Witt wurden gebeten, beim Hummer-Training zu helfen, aber sie „müssen Bücher schreiben" und sich „auf unsere Karriere konzentrieren" und „glaubst du nicht, dass unsere Rivalität ein bisschen ausgeartet ist?". Wahrscheinlich helfen sie Lauren einfach dabei, ihrer Armee aus Eichhörnchen beizubringen, auf Elchen in den Kampf zu ziehen.

Website: www.gallagherwitt.com

E-Mail: gallagherwitt@gmail.com

Twitter: @GallagherWitt

ARTIFICIAL INTELLIGENCE

No artificial intelligence was used in the making of this book or any of my books. This includes writing, co-writing, cover artwork, translation, and audiobook narration.

I do not consent to any Artificial Intelligence (AI), generative AI, large language model, machine learning, chatbot, or other automated analysis, generative process, or replication program to reproduce, mimic, remix, summarize, train from, or otherwise replicate any part of this creative work, via any means: print, graphic, sculpture, multimedia, audio, or other medium. This applies to all existing AI technology and any that comes into existence in the future.

I support the right of humans to control their artistic works.

www.ingramcontent.com/pod-product-compliance
Lightning Source LLC
Chambersburg PA
CBHW020418260626
47156CB00007B/2444